Raimon Weber

# Zwienacht

Thriller

ViB
verlag im bücherzentrum

Von Raimon Weber sind
bisher erschienen:

DIE NUSS IM OHR DES PRÄSIDENTEN – KURZGESCHICHTEN

WIR WAREN UNSTERBLICH – ROMAN

WOZU WIR FÄHIG WAREN – ROMAN

EIS BRICHT – ROMAN

WER WRINGT DENN DA DIE KATZE AUS? – KOLUMNEN 1998-2008


Druck: Zimmermann, Balve
Layout: graphic|and|art
Lektorat: Gordon Friese, Michael Sacher
Unna 2008
ISBN 978-3-9809261-5-7

Verlag im Bücherzentrum

Für Johanna

Den Fünften strangulierte und erschlug ich im Osten. In Demut vor meiner ungeheuren Aufgabe.

Der Reisende<br>R.Kenning

## Spätsommer

Unter den geschlossenen Lidern huschten die Augen hin und her. Gesang weckte ihn. Er öffnete die verklebten Lippen und ächzte heiser. Es war schwül, die Luft fühlte sich klebrig an.

*Durst!*

Niemals in seinem Leben war er durstiger gewesen. Er versuchte sich aufzurichten, aber die Muskeln wollten nicht gehorchen. Für Sekunden glitt er zurück in den Schlaf.

Die hellen Stimmen drangen erneut in sein Bewusstsein. Richards müder und verwirrter Verstand suchte nach einer Erklärung. Hatte er vergessen, den Fernseher auszuschalten? Warum fühlte sich seine Matratze so hart an? War er etwa auf dem Fußboden eingeschlafen?

Richard öffnete die Augen erneut und verstand nichts von dem, was er sah. Ihn umgab ein Halbdunkel unter Zweigen mit fleischigen Blättern, von denen ein moderiger Geruch ausging, der ihn würgen ließ.

Irgendwo in der Nähe wurde ein neues Lied angestimmt.

Richard kroch auf allen Vieren über den lehmigen Untergrund, zuckte instinktiv zurück, als sich die Spitze eines Zweiges in seine Wange bohrte und schrie auf, als ein weiterer, zurückschnellender Zweig sein Gesicht peitschte. Der Schmerz ließ seine Augen tränen. Die Tränen vermischten sich mit Schweiß. Er geriet in Panik, war völlig desorientiert, stieß halb blind winselnde Laute aus, rutschte auf den Knien hektisch weiter, beide Arme zum Schutz vor weiteren Angriffen des Gebüschs über dem Kopf verschränkt. Ein Kronkorken bohrte sich in sein Knie.

Dann war er frei, hockte im Licht und musste sich übergeben. Er würgte den Inhalt seines Magens mit solcher Vehemenz hervor, dass er trotz seiner Verwirrung befürchtete, irgendetwas in seinem Inneren könnte dabei zerreißen.

Der Gesang geriet ins Stocken, einzelne Stimmen setzten aus, schließlich alle, bis auf eine, die anders ... älter klang. Vielleicht zwei Sekunden lang intonierte sie noch inbrünstig das Lied von den Indianern und den Chinesen, die lesen lernen wollten, wie um die anderen wieder zum Mitsingen zu bewegen.

Stille.

Jemand sagte laut „Mein Gott!“, ein Mädchen rief „Iiih!“ und übergangslos war der Platz von wütendem Geschrei erfüllt.

Richard hob den Kopf und wischte sich mit den Fäusten übers Gesicht, um klarer sehen zu können.

Mindestens hundert Augenpaare starrten ihn an. Männer, Frauen und vor allem Kinder. Zwei Dutzend Jungen und Mädchen standen auf einem Podest. Vor ihnen eine einzelne Frau – graue Kurzhaarfrisur, hellblaues Kleid mit einem Schweißfleck, der sich entlang ihrer Wirbelsäule ausbreitete: die Lehrerin, die bis zuletzt so eifrig gesungen hatte.

Erst jetzt schien sie mitbekommen zu haben, dass etwas nicht stimmte und wandte sich um.

Richards benebelter Verstand begann stockend zu erfassen, an welchem Ort er sich befand. Die Sommerferien waren vorbei. Dies war eine Einschulungsfeier für Erstklässler. Mit Eltern, Oma und Opa und den älteren Schülern, die soeben ihr eingeübtes Willkommensständchen abgebrochen hatten.

Eine düstere Wolkenbank schob sich vor die Sonne und nahm allen Farben die Intensität. Von Osten her drang Donnergrollen.

Richard hatte keine Ahnung, wie er hierher gekommen war. Einige der Erwachsenen schienen ihm vertraut. Er entdeckte einen Fotografen der Lokalpresse, der ihn mit der Kamera ins Visier nahm. Plötzlich begann sich die ganze Szenerie wie ein Karussell langsam zu drehen. Richard versuchte mit den Augen einen festen Punkt – einen metallenen Müllkorb – zu fixieren.

„Ich muss krank sein", krächzte er entschuldigend mit einer Stimme, die wie ein rostiges Scharnier klang. Endlich gelang es ihm schwankend aufzustehen.

„Und ob, du Schwein!", bellte eine Stimme von links und ehe er sich zur Seite wenden konnte, traf ihn ein Tritt in den Unterleib. Richard knickte ein wie ein Klappmesser, seine vom jahrelangen Sitzen am Schreibtisch mürbe gewordenen Kniegelenke gaben dabei ein Geräusch wie trockenes Holz, das zerbricht, von sich. Mit beiden Händen umfasste er seine Genitalien, die sich in glutflüssiges Blei verwandelt hatten. Und erst jetzt, als der Schmerz den Nebel in seinem Kopf abrupt gelichtet hatte und er an sich heruntersah, um zu prüfen, wie viel Schaden er dort unten davongetragen hatte, stellte Richard fest, dass er nackt war.

Bis auf einen winzigen schwarzen Lederslip mit einer kreisrunden Öffnung, aus der sein schlaffes Glied baumelte. Wie etwas, das nicht zu ihm gehörte.

Der Donner grollte jetzt lauter. Und viel näher.

Richards Verstand nahm sich eine Auszeit, unfähig zu verstehen, was hier geschah.

Der untersetzte Kerl, der ihn getreten hatte, stand mit geballten Fäusten und bebenden Lippen vor ihm. Ein Regentropfen klatschte auf seinen Schädel. Der Mann fuhr sich beiläufig mit der Hand durch das schüttere Haar, ohne Richard aus den Augen zu lassen. Der Fotograf war jetzt bis auf ein paar Meter herangekommen und hob erneut seine Kamera für ein paar Nahaufnahmen.

„Ni... ni..., nicht“, stotterte Richard. Da ließ ein neuerlicher Donnerschlag den Tag erbeben. Fette Tropfen klatschten vereinzelt auf den Asphalt des Schulhofs.

„Ich rufe die Polizei“, schrillte eine Frauenstimme. Die Chorleiterin in dem verschwitzten Kleid musterte ihn aus sicherer Entfernung mit einem Blick, als sei Richard ein Mensch gewordenes Ekzem. In ihrer rechten Hand hielt sie ein Handy.

Richard fragte sich, ob das alles nur ein Albtraum sei, als er lautes Fauchen vernahm. Als würde heißer Dampf aus einem Kessel entweichen. Plötzlich war er von grellem, purpurweißem Licht umgeben. Als würde er direkt in das Innenleben eines Halogenstrahlers starren.

Dann sah, hörte und fühlte er gar nichts mehr.

Der Körper eines Menschen enthält sechs Liter Blut. Das ist ausreichend Rot, um damit mein Lieblingszimmer anzustreichen.

Der Reisende

## Spätherbst

Richard Gerling spähte aus dem Fenster. Auf der Straße, ein Stockwerk unter ihm, schob ein Mädchen ihr Fahrrad über das nass glänzende Kopfsteinpflaster. Es sah dabei aus, als hätte es den schönsten Tagtraum ihres bisher vielleicht fünfzehnjährigen Lebens. Richard fragte sich, wie viele Gründe es in seinen über vierzig Jahren gegeben hatte, um auch nur annähernd so versonnen durch seine ehemalige Heimatstadt Unna zu spazieren.

Erste Liebe ... die ersten Monate seiner Ehe ...

Das Letztere verneinte er. Eigentlich hatte er schon sehr schnell gespürt, dass er und Susanne niemals ein ganzes Leben gemeinsam verbringen würden. Nach ein paar Monaten konnte er nicht einmal mehr ihre Stimme ertragen. Es hatte ihm auch nicht das Geringste ausgemacht, dass Sex über Nacht bedeutungslos wurde. Zumindest mit seiner Frau. Nach der Scheidung hatte es ein paar Affären gegeben. Dabei war nichts von der Art gewesen, für das man in Lederslips und Hundehalsbänder schlüpfte und sich obendrein dermaßen abschoss, dass der Verstand vorübergehend zu einem weich gekochten Ei degenerierte.

Richard presste die Faust gegen die Stirn. Hinter seinen Schläfen pochte der Schmerz. So plötzlich und brutal, dass sich sein Blick verschleierte. Fast blind tastete er nach dem Sessel neben dem Fenster und ließ sich in die Polster sinken.

Es gab einen wirklich guten Moment in seinem Leben, erinnerte er sich, während er nach den Schmerztabletten griff: Als er vor fünfzehn Jahren das erste Exemplar seines Debütromans in Händen hielt, ihn aufklappte und am Papier und dem frischen Leim schnupperte, der die von ihm gefüllten Seiten zusammenhielt.

Richard steckte sich zwei Ibuprofen in den Mund, zerbiss sie und schaffte es die mehligen Krümel trocken herunterzuwürgen.

Das letzte Vierteljahr in Unna war Richard vorgekommen, als hätte man ihn halb wahnsinnig durch ein Labyrinth gezerrt, in dem hinter jeder Ecke eine feixende Fratze hervorlugte oder Gestalten mehr oder weniger verstohlen mit dem Finger auf ihn deuteten. Als er im Supermarkt von ein paar jungen Burschen rüde angerempelt wurde, ließ er sich die Lebensmittel nur noch ins Haus liefern. Aber das war kein Ausweg.

Er war berühmter als jemals zuvor. Allerdings nicht durch seine schriftstellerische Leistung, sondern durch das, was ihm widerfahren war. Etwas, das über seinen Auftritt in SM-Montur inklusive Erbrechen auf dem Schulhof einer Grundschule hinausging und die Angelegenheit für Boulevard-Blätter und die Skandal-Magazine bei den privaten Fernsehsendern zumindest für eine Weile interessant werden ließ.

Und Richard den Aufenthalt in seiner Heimat unmöglich machte.

Zum zwanzigsten Mal an diesem Vormittag fragte er sich: Was war damals geschehen? Wie war er in diese Situation geraten? Und vor allem: Wer hatte sich das Ganze ausgedacht?

Richard hatte die letzten Stunden vor seinem Blackout mühsam recherchieren müssen. Es kam ihm vor, als wären Teile seines Erinnerungsvermögens einfach gelöscht worden.

Er beugte sich vor, um einen letzten Blick auf das Mädchen mit dem Fahrrad zu werfen, dann betrachtete er das kreisrunde, blasse Mal auf seinem rechten Handrücken. Es schmerzte nie, ganz im Gegensatz zu seinem Schädel.

Darin war irgendetwas kaputt gegangen.

An dem Abend, bevor er sich auf dem Schulhof wiederfand, war er auf der alljährlichen Sommerparty seines Verlegers

Klaus Sänger gewesen. Sänger feierte grundsätzlich am letzten Tag der großen Ferien.

Normalerweise mied Richard solche Veranstaltungen, aber dieses Mal hatte sein Verleger darauf bestanden und Richard wollte ihn nicht vor den Kopf stoßen.

Auf der Party war es hoch hergegangen. Gut hundert Gäste wippten zur Live-Musik einer Jazzband und schütteten Longdrinks vom eigens engagierten Barmixer in sich hinein.

Richard vertrug nur wenig Alkohol und so war er sich ziemlich sicher, dass er es bei ein paar Gläsern Bier belassen hatte.

Natürlich waren auch Kollegen von Richard unter den Gästen gewesen. Vielleicht hatte sich einer von ihnen einen Scherz mit ihm machen wollen. Einen überaus drastischen Scherz mit K.-o.-Tropfen und SM-Montur.

Aber niemand wollte etwas bemerkt haben. Sein Verleger hatte vermutet, dass sich Richard einfach irgendwann klammheimlich davongeschlichen hatte.

Richard Gerling setzte sich wieder an den Schreibtisch. Er hatte ihn direkt unter das Fenster im Schlafzimmer gestellt, in der Hoffnung, inspiriert vom neuen Ausblick und in der Gewissheit in Sicherheit zu sein, wieder zu seinem alten Arbeitspensum zurückzufinden. Er hatte es immer geliebt, den Computer in der Nähe des Bettes aufzustellen. Früher war er immer wieder in der Nacht aufgewacht, den Kopf voller Ideen, die sofort in die Tastatur gehämmert werden mussten, ehe sie sich wieder verflüchtigten.

Heute war alles anders.

Richard starrte mit glasigem Blick auf den Computermonitor. Die Buchstaben verschwammen vor seinen Augen zu einem undeutlichen Strichcode. Er würde wohl auch heute nicht einen einzigen Satz zustande bringen können.

Seit einem Monat lebte er in Döbeln, seinem Exil. Mit viel Akribie hatte er die Wohnung in der ersten Etage des Altbaus eingerichtet und war zurückgekehrt zu seiner ganz speziellen vorehelichen Form von Gemütlichkeit, die aus übervollen Bücherregalen, gestapelten Zeitschriften und bunten Tüchern an Wänden und Lampen bestand. Das heißt, eigentlich benötigte er nur einen Teil der Wohnung. Das Schlafzimmer mit Schreibtisch, Nachschlagewerken und Bett war sein Lieblingsort.

Die Wohnung wurde durch einen Flur in zwei Hälften getrennt. Schlafzimmer und das kaum genutzte Wohnzimmer zeigten zur Straße, während sich Küche, Bad und ein weiteres Zimmer, in das er sein überflüssiges Gerümpel gepackt hatte, auf der Rückseite des Hauses befanden.

Anfangs war Richard voller Elan gewesen. Endlich konnte er wieder auf die Straße gehen, ohne Gefahr zu laufen, beleidigt oder zumindest schief angesehen zu werden. Er mochte das Leben in der kleinen Stadt, ging zum Einkaufen auf den Wochenmarkt und beobachtete anschließend von einem Platz im Café die Menschen, wie er es früher immer in seiner Heimat getan hatte, um sich inspirieren zu lassen. Und er war davon überzeugt gewesen, die Inspiration gefunden zu haben, als er endlich mit einem neuen Roman begann.

Dann war der Einbruch gekommen. Zuerst verschlimmerte sich die Schlaflosigkeit und dann folgten sehr schnell Kopfschmerzen und Konzentrationsstörungen.

Bisher hatte Richard es nur auf eine halbgare Kolumne für eine Monatszeitschrift gebracht. Ihm war, als sei der letzte Rest Sinn aus seinem Leben gesickert. Der neue Roman, der Nachfolger seines Bestsellers, hing auf Seite 16 fest und er bezweifelte, ob auch nur eine dieser Seiten es wert war, gedruckt zu werden. Die Story erschien ihm banal, die Charaktere flacher als in jeder Heftchenreihe. Er glaubte niemals in die seelischen Abgründe eines Menschen eintauchen zu können, wie es beim letzten Buch gelungen war. Ihm wurde klar, dass sich dieser Coup nicht wiederholen ließ.

Richard vernahm ein Geräusch, zuerst ein Trippeln, dann ein emsiges Schaben. So, als würde sich etwas durch die Wand zu seiner Rechten graben. Er hatte es zum ersten Mal vor ein paar Tagen gehört und anfangs versuchte er sich einzureden, es seien Vögel, die es irgendwie geschafft hatten, in einen Zwischenraum zwischen seiner Wohnung und dem Nachbarhaus zu gelangen. Dort brüteten, um ihren Nachwuchs aufzuziehen. Aber Vögel legten ihre Eier nicht in den letzten Tagen des Oktobers ab und würden auch kein Interesse daran haben, sich Einlass in seinen Unterschlupf zu verschaffen.

Richard sprang so heftig auf, dass der Stuhl umfiel. Er holte aus und trat mit voller Wucht gegen die Wand. Er zielte auf einen Punkt direkt über der Fußleiste, wo der Abdruck seiner Schuhspitze bereits einen Schmutzfleck auf der weißen Raufasertapete hinterlassen hatte. Das Kratzen verstummte. Zumindest für eine Weile.

Er würde noch einmal den Vermieter anrufen und darauf drängen, dass sich endlich ein Kammerjäger der Sache annahm.

*

An manchen Tagen hieß der Mann Billy, obwohl er größten Wert darauf legte, dass ihn nie jemand so in seiner Heimatstadt Döbeln nennen würde. Billy klang für ihn niedlich und ... hilflos. Wie jemand, den man herumschubsen kann. Und benutzen.

Nach dem Abendessen mit seiner Mutter zog er heimlich den Latexslip an. Er konnte sich dann nur noch in kurzen, fast trippelnden Schritten fortbewegen. Der Latex schnürte seinen Unterkörper dermaßen ein, dass eine Erektion unmöglich war und die Erregung, die er schon beim bloßen Anblick des roten Slips fühlte, so schmerzhaft im Zaum gehalten wurde.

Seine zweiundachtzigjährige Mutter hatte heute darauf bestanden zu kochen, um wenigstens einmal in der Woche den in einer Aluminiumschale servierten und immer nur lauwarmen Gerichten aus der Großküche zu entkommen. Sie hatte Kohlrouladen gemacht. Versalzen, weil entweder ihre Geschmacksnerven nachließen oder den zitternden Händen das Dosieren nicht mehr gelingen wollte. Immer wenn Billy aufstieß, kroch der Geschmack des Kohls die Kehle hinauf. Er verabscheute das, stand dieses banale Kohlaroma doch zu sehr im Kontrast zu der schrillen und stimulierenden Welt, in die er sich in wenigen Stunden bis in den Morgen hinein begeben würde. Sekt, Wodka und Kokain würden den Mief des Alltags vertreiben. Und Schweiß, vielleicht auch ein klein wenig der Duft des eigenen Bluts.

Er hörte den heiseren Ruf seiner Mutter aus dem Parterre. Sie schaffte die Treppenstufen in die obere Etage schon längst nicht mehr. Nach dem letzten Schlaganfall war sie an den Rollstuhl gefesselt. Es war das Herz, aber sie hatte sich dem dringenden Rat der Kardiologen eine Operation durchzuführen vehement widersetzt.

Er akzeptierte die Entscheidung seiner Mutter, die kurze Zeitspanne, die ihr noch blieb, ohne eine solch qualvolle Prozedur verbringen zu wollen.

Den Einbau eines Treppenlifts hatte er allerdings mit den Besonderheiten des alten Hauses abgelehnt. Sie hatte hier oben nichts zu suchen, das hier war sein Reich. Er betrachtete sich noch einmal im Spiegel seines Schlafzimmers, zog sich eine Jeans und ein Hemd über und sah ungeduldig auf die

Armbanduhr. Vermutlich kam seine Mutter mal wieder nicht mit der Fernbedienung des Fernsehers zurecht und stand unmittelbar vor einer Panikattacke, weil sie Gefahr lief die ersten Sekunden von Florian Silbereisens Auftritt zu versäumen.

„Junge!“ Als er in den Flur trat, hörte er sie erneut krächzen. Sie klang nicht drängend oder vorwurfsvoll, wie noch vor wenigen Jahren, eher kleinlaut, als wollte sie ihrem viel beschäftigten Sohn nicht zur Last fallen. Sie hatte angesichts ihres dahinsiechenden Körpers erkannt, wie wichtig er für sie war.

Unter der Hose gab der Latex bei jeder Bewegung ein ganz leises Quietschen von sich. Es war an der Zeit, sich nach Dresden aufzumachen.

*

Richard Gerling schlief nicht. Er lag auf dem Bett und sah in die Dunkelheit. Seit zwei Wochen, in denen sich der Schlaf in jeder Nacht auf höchstens drei Stunden des Dahindämmerns beschränkte, versuchte er sich einzureden, dass dieser Zustand kein Grund zur Beunruhigung darstellte. Aber jeder weitere Morgen, der viel zu früh mit hängenden Lidern und schmerzenden Gliedmaßen begann, machte ihn nervöser.

Die Zeiger des Weckers standen auf zwanzig nach drei. Schon um zehn hatte er sich hingelegt, das Radio eingeschaltet und einen Sender mit Oldies und Schlagern ausgesucht, obwohl ihm an solcher Musik nicht viel lag. Die Lieder brachten keine Überraschungen, waren wie ein ruhiger Fluss, umrahmt von ebenso monotonen wie belanglosen Kommentaren des Moderators.

Das Radioprogramm hatte es ermöglicht, Richard zu einem kurzen Schlaf zu verhelfen, bei dem der Verstand nicht völlig abschaltete, sondern wie in einer Art Stand-by-Betrieb verharrte. Bereit, auf jedes ungewöhnliche Geräusch zu reagieren, und wie in nahezu jeder der letzten Nächte hatte es ein solches Geräusch gegeben. Vor etwa einer Viertelstunde war irgendwo etwas sehr Schweres mit einem dumpfen Poltern zu Boden gefallen. Richard war aufgeschreckt und zu verwirrt gewesen, um deuten zu können, woher das Poltern gekommen war. Er schüttelte nur unwillig den Kopf mit dem noch tauben Verstand, kaum fähig oben und unten, rechts oder links zu unterscheiden.

Im Radio schwatzte der Moderator von den Heiratsplänen einer Schlagerdiva, dann ertönte leise ein Stück von ihrem neuesten Album.

„Das war es dann für heute", brummte Richard und schwang die Füße aus dem Bett. Er hockte noch eine Weile auf der Bettkante, drückte das Kinn gegen die Brust, faltete die Hände wie zum Gebet, während die grauen Haare zerzaust in alle Richtungen strebten. Richard war bereits mit dreißig ergraut und seit dem Vorfall vor einem Vierteljahr in Unna hatte er sich von seiner Stoppelfrisur verabschiedet und die Haare wachsen lassen, um seine alte Identität nicht nur mit einem neuen Namen zu verschleiern. Zusätzlich hatte er seinen Kinnbart abrasiert und die Kontaktlinsen gegen eine runde Nickelbrille eingetauscht. So war er Richard Gerling geworden. Bisher hatten es ihm die Döbelner abgenommen.

Richard schlurfte zum Fenster. In den Häusern auf der gegenüberliegenden Straßenseite war nur ein einziges Fenster beleuchtet. Am Tage schaute dort häufig ein Rentner hinaus, stützte sich auf ein Kissen und beobachtete aus dem ersten Stock das Geschehen unter sich: spielende Kinder, Hausfrauen, die vom Einkauf zurückkamen und sich mit ihren vollen Tüten vom Discounter zu einem Schwatz auf dem Bürgersteig zusammenfanden.

Der Rentner trug auch an den kälter werdenden Herbsttagen nur ein altmodisches, weißes Unterhemd. Er schien ein Waffennarr zu sein, denn auch jetzt konnte Richard durch den Schleier der Gardine eine Reihe von Gewehren und einen Krummsäbel an der Wand hängen sehen. Wenn der alte Mann, Richard am Fenster bemerkte, hob er grüßend die Hand und Richard fand es ein klein wenig tröstend, dass außer ihm noch jemand – egal ob Waffenfetischist oder nicht – zu solch früher Stunde wach war.

Er stellte sich vor, wie sein Nachbar in diesem Moment in der Küche hockte, vor sich vielleicht eine Tasse Kaffee und ein Nachschlagewerk mit den Abbildungen historischer Karabiner und Pistolen.

Die Straße, die Richard mit ihren Bauten und dem Kopfsteinpflaster immer ein wenig an das alte Berlin vor dem Mauerfall erinnerte, lag ruhig im Licht der Laternen. Nur eine kleine Katze schlich geduckt über das Pflaster, hielt kurz inne und verschwand dann aus Richards Blickfeld. Vermutlich suchte sie einen Weg in das leer stehende Nachbarhaus, dem einzigen nicht renovierten Gebäude der ganzen Straße. Ein marodes Paradies für Ratten, direkt hinter der Wand von Richards Wohnung. Bei seiner Ankunft hatte es ihn an einen riesigen, faulen Zahn erinnert. Die Eingänge und Fenster hatte man mit Brettern vernagelt und an die Ruine schloss sich eine ebenfalls verlassene Fabrik an.

Richard hatte keine Ahnung, was dort zu Zeiten der DDR hergestellt worden war, aber vermutlich waren Abriss- und Entsorgungskosten zu hoch für potentielle Interessenten. Vielleicht würde die Fabrik noch ewig in parasitärer Vereinigung mit dem Wohnhaus vor sich hin verrotten.

Richard streckte die schmerzenden Arme bis die Gelenke knackten, als der Schrei eines Tieres das Gedudel aus dem Radio übertönte. Schrill, überschnappend und voller Todesangst.

Die Katze, fiel ihm ein. Er öffnete das Fenster, sofort drang ein Schwall kalter Luft durch den Spalt und ließ ihn frösteln. Er schlang den Bademantel um sich und lehnte sich weit vor, aber er konnte die Katze nicht entdecken. Vielleicht, sagte er sich, war sie im Kampf mit den Bewohnern der Ruine unterlegen. Wie um seine Vermutung zu bestätigen, begann wenig später-wieder das emsige Kratzen hinter der Schlafzimmerwand.

Schlafzimmer und Küche seiner Wohnung waren Wand an Wand mit der Ruine der Ratten. Aber er hörte sie nur im Schlafzimmer. Es war, als hätten sie nur darauf gewartet, bis er sich den Raum nach seinen Vorstellungen hergerichtet hatte, um ihm dann den Nerv zu töten.

Er war nicht bereit, nur wegen dieser widerlichen Nager sein Hauptquartier zu verlagern.

Richard presste ein Ohr gegen die Wand und das Geräusch war mit einem Mal so laut und unmittelbar, dass er zurückschreckte. Er stand starr auf der Stelle, atmete hektisch und ballte die Fäuste.

„Scheiße!“, stieß er hervor und „Ich lasse euch umbringen!“

Als hätten die Ratten ihn verstanden, stellten sie ihre Arbeit abrupt ein.

Richard wankte in die Küche, er brauchte dringend etwas zu trinken. Im Kühlschrank befand sich nur ein halbleeres Tetrapack Milch. Richard nahm einen Schluck und spuckte die Milch angewidert in den Spülstein. Sie war sauer geworden. Die ständigen Kopfschmerzen und der Mangel an Schlaf machten es immer schwerer, Alltäglichkeiten wie den Kauf von Lebensmitteln zu bewältigen. Wenn er sich dazu aufraffte in den nächsten Supermarkt zu gehen, stand er ratlos zwischen den Regalen, unfähig sich daran zu erinnern, was er benötigte.

Richard spülte sich den Mund mit Wasser aus dem Kran aus. Er setzte sich an den Küchentisch und starrte das Bild an der gegenüberliegenden Wand an. Es zeigte einen norwegischen Fjord, dessen stahlblaues Wasser von einem winzig erscheinenden Fährschiff durchpflügt wurde.

Bei seinem ersten Urlaub in Norwegen hatte er sich gleich in das Land verliebt. Die Weite mit seinen wenigen und unaufgeregten Einheimischen schien wie für ihn gemacht. Er bevorzugte die Einsamkeit, hatte nie die Nähe vieler Menschen gesucht und fühlte sich in großen Städten, in denen sich im Sommer die Hitze staute, während sie in den kalten Monaten grau und abweisend wirkten, eingeengt.

Das Bild strahlte eine ungeheure Ruhe aus. Richard verlor sich darin, ohne es richtig wahrzunehmen, spürte nicht wie die Augenlider zu flattern begannen und er von einer Sekunde zur anderen einnickte.

Als er erwachte, wusste er nicht, wie lange er sitzend und den Kopf in die rechte Hand gestützt, geschlafen hatte. Die Nacht drängte sich noch immer ohne eine erste Ankündigung des Tages gegen die Fenster.

Aber etwas war anders. Alles um ihn herum wirkte unscharf. Er betrachtete den Tisch, den Küchenschrank und auch den norwegischen Fjord durch feinen Nebel. Richard tastete nach seiner Brille und setzte sie auf. Der Trübung verschwand nicht. Richard streckte die Hand aus, als könnte er den Nebel greifen, aber er fühlte nichts, nur schien seine Hand die Luft um ihn herum in Bewegung zu versetzen. Erstaunt stellte er fest, dass dieses Phänomen von farbigen Schlieren begleitet wurde. So, als würde er in einer öligen Pfütze rühren.

Das liegt nur an der Schlaflosigkeit, versuchte er sich einzureden, ohne verhindern zu können, dass sich sein Herzschlag beschleunigte. Vielleicht war es aber auch der Anfang von etwas, wovor er sich am meisten fürchtete.

Er vollführte mit dem Zeigefinger ein paar schnelle Drehungen und erzeugte dabei einen schillernden Strudel unmittelbar vor seinem Gesicht. Er schloss die Augen, aber der bizarre Anblick schien sich auf seinen Lidern eingebrannt zu haben.

Das Radio im Schlafzimmer spielte etwas von Vicky Leandros. Richard kannte das Lied aus seiner Kindheit. Doch die Stimme wurde von einem feinen Flirren begleitet. Ein Geräusch, das Richard zu seiner eigenen Verwunderung sofort mit Lametta assoziierte.

Veränderung der visuellen und akustischen Wahrnehmung, stellte Richard fest und stand kurz davor, laut aufzuschreien. Nur der Gedanke an den morgigen Termin bewahrte ihn davor. Er öffnete die Augen. Die Luft war klar. Zögernd streckte er die Hand aus, spreizte die Finger. Keine Schlieren.

Vielleicht ist es nur ein Wachtraum gewesen.

*

Ungefähr zwei Stunden nach dem Aufstehen fühlte er sich meistens am besten. Nicht frisch, geschweige denn vom kommenden Tag inspiriert, aber er war manchmal sogar rege genug, um am Computer ein paar Sätze zu konstruieren. Ab Mittag ließ seine Energie dann rapide nach.

Heute war es allerdings anders, die Erinnerung an die merkwürdigen Wahrnehmungsstörungen ließ ihn nicht los. Der Monitor blieb schwarz und Richard ertappte sich dabei, wie er immer wieder auf die Uhr blickte.

Um fünf Minuten nach neun hörte er den kleinen Fiat kommen. Er hatte extra eines der beiden Schlafzimmerfenster einen Spalt weit geöffnet, um die Ankunft nicht zu versäumen.

Unten vor dem Haus wurde der Motor abgestellt, dann öffnete sich die Fahrertür. Richard beobachtete, wie die Frau mit den schulterlangen braunen Locken aus dem Wagen stieg. Sie trug wie immer einen weißen Kittel. Richard schätzte sie aus der Entfernung auf Mitte dreißig. Sie hatte einen südländischen Teint und war nicht viel größer als ein Meter sechzig.

Er war sich darüber im Klaren, dass ihre zierliche Statur den Beschützerinstinkt in ihm auslöste, aber da war auch dieses Lächeln in ihrem Gesicht. Sie lächelte jeden Morgen ohne ersichtlichen Grund. Da war niemand auf der Straße, dem sie besonders freundlich gegenübertreten wollte, sie schien einfach in den Tag hineinzulachen.

Außerdem war er vernarrt in ihren Kittel.

Auf den Türen des roten Fiats klebten in weißen Buchstaben der Name, die Telefonnummer und die Internetadresse eines Pflegedienstes. Richard hatte auf der Internetseite ein Foto der jungen Frau entdeckt. Sie hieß Maria Couto dos Santos und Richard vermutete aufgrund des Namens, dass sie Portugiesin war.

Maria tauchte mit ihrem feuerroten Dienstwagen immer zwischen neun und halb zehn auf.

Jetzt war sie im Haus und er konnte hören, wie sie die Treppe bis in die Etage über ihm erklomm.

Außer Richard gab es in dem vierstöckigen Haus, wenn man das ausgebaute Dach als Etage mitzählte, sechs weitere Mietparteien. Im Parterre wohnte ein rüstiges Rentnerehepaar. Mehrmals am Tag führte der Mann einen Rauhaardackel aus. Mit so weit ausholenden Schritten, dass der kleine Hund mit seinen kurzen Beinen nur mühsam Schritt halten konnte. Die zweite Partei im Parterre bestand aus einer Familie mit zwei Mädchen im Grundschulalter. Die Kinder runzelten immer die

Stirn, wenn sie ihn sahen. Als hätten die Eltern eine deutliche Warnung vor dem neu hinzugezogenen Kauz ausgesprochen.

Dem Mann, der offenbar allein in der zweiten Wohnung auf seiner Etage lebte, war Richard bisher nur dreimal begegnet. Er war fett. Nicht nur beleibt, sondern fett. Sein Kopf mit dem teigigen Gesicht wirkte wie die Imitation des Vollmondes, der halslos auf dem Kopf mit dem schwarzen Locken thronte. Die Finger glichen prallen Würsten.

Bei der ersten Begegnung vor der Haustür war Richard von der ungeheuren Leibesfülle so verblüfft gewesen, dass er den Mann unverhohlen angestarrt haben musste, bis sich sein Nachbar mit einem ärgerlichen Grunzen von ihm abgewandt hatte. Richard war sich seines unverschämten Benehmens sofort bewusst geworden, aber ehe ihm eine Entschuldigung eingefallen war, stürmte der Mann mit erstaunlicher Geschwindigkeit die Stufen hinauf. Dabei hatte sein Körper beinahe den gesamten Flur ausgefüllt, während dabei die hölzernen Stufen bedrohlich unter ihm ächzten.

Hin und wieder bekam er Besuch von einer älteren Frau. Die unüberhörbaren Geräusche, die dann wenig später folgten – ein Staubsauger im Einsatz, Geklapper von Geschirr – zeigten, dass in der Wohnung geputzt wurde. Vermutlich war die Frau seine Mutter. Ein einziges Mal hatte er den Mann mit seinem alten, gelben DDR-Moped losfahren sehen und befürchtet, das Ding würde unter ihm zusammenbrechen. Die meiste Zeit stand das Gefährt allerdings im Flur und verlor Öl.

Im zweiten Stock lebte ein junges Paar mit einem Baby. Richard hörte es manchmal in seinen zu langen Nächten weinen. Die Mutter, eine freundliche, junge Frau, hatte kürzlich angeklopft und sich dafür bei ihm entschuldigt. Er musste sich nicht verstellen, als er ihr sagte, dass ihm ein kleines Kind nichts ausmachen würde. Es waren andere Dinge, die ihm den Schlaf raubten. Aber das erwähnte er nicht.

Die andere, direkt über Richard gelegene Wohnung, war es, die von der Portugiesin täglich aufgesucht wurde. Ahrens stand auf dem Namensschild neben der Klingel, aber er wusste über die Bewohner nur, dass sie niemals die Wohnung verließen und offensichtlich pflegebedürftig waren.

Das Dachgeschoss war zur einen Hälfte Abstell- und Trokkenraum, während in die andere Hälfte kurz nach seiner Ankunft in Döbeln zwei Frauen mittleren Alters eingezogen waren. Sie waren meistens unterwegs und wenn sie doch einmal zuhause waren, erkannte Richard das an dem blauen Trabant, der dann am Bordstein parkte.

Es störte Richard nicht, dass er so gut wie nichts über seine Nachbarn wusste. Der einzige Mensch, der bisher sein Interesse wecken konnte, war Maria Couto dos Santos.

Er ging in den Flur, hörte das Klirren ihres Schlüsselbunds, dann schlug die Wohnungstür hinter ihr zu.

Richard überlegte, wie viel er bei seinem Termin in wenigen Stunden preisgeben wollte. Beinahe alles, beschloss er. Sonst wäre es so, als würde ein starker Trinker auf die Frage des Arztes nach dessen Alkoholkonsum mit „Hin und wieder einen Schluck" antworten.

Wenn man von den anderen Menschen gemieden wird, nur misstrauische oder ängstliche Blicke erntet, dann braucht man sich auch nicht um sie zu kümmern.

So einfach ist das. Eine offene Feindseligkeit würden die sich nie erlauben. Oh nein! Die Leute wichen vor mir zurück, wagten keinen Protest, wenn ich mich an der Supermarktkasse vordrängte. Manchmal stieß ich ihnen absichtlich den Einkaufswagen in die Kniekehlen. Wenn sie sich dann entrüstet umwandten, ihre Fratzen nach einer Entschuldigung heischten, blickte ich sie völlig unbewegt an und sie wurden zu ängstlichen Schafen.

Ich musste ihnen einfach wehtun, wenn ich mich zu lange unter ihnen aufhielt.

Nur im Bett war es erträglich. Geschützt und warm, umgeben vom eigenen Geruch. Dort konnte man nachdenken, essen, fand Ruhe zur Entspannung. Stundenlang lag ich auf der Matratze und onanierte. Nur selten dachte ich dabei an Frauen, wusste ich doch aus eigener Erfahrung, dass sie ganz anders waren, als es die Filme vorgaukelten. Auch das war für mich eine Form von Betrug. Besser man mied Frauen und ging so allem Stress aus dem Weg.

Seit langem quälten mich Kopfschmerzen. Meistens verkroch ich mich dann unter der Bettdecke, aber heute war ich nicht dazu bereit, mir von den Schmerzen den Tag versauen zu lassen.

Mit nach vorn gebeugtem Oberkörper und geröteten Augen betrat ich die Apotheke.

„Schmerztabletten“, orderte ich grußlos. „Starke!“

Im Flur vor meiner Wohnungstür wurde ich dann von einer Gruppe Jugendlicher angerempelt. Ich erwischte einen von ihm am Arm und drückte mit aller Kraft zu. Ich konnte den Knochen unter dem Fleisch spüren. Der Junge verzog vor Schmerzen das Gesicht, Tränen schossen ihm in die Augen. Er versuchte vergeblich sich loszureißen, wurde geschüttelt und erhielt einen Stoß, der ihn straucheln ließ.

„Ihr seid wertlos!“, schrie ich und spuckte vor den Jugendlichen aus. Sie rannten erschrocken die Treppe hinab und einer rief mir aus sicherer Entfernung „Hurenbock!“ zu.

Diese elenden Feiglinge!

In meiner Wohnung zerkaute ich mehr Tabletten, als der Beipackzettel erlaubte und spülte sie mit Bier hinunter.

Es konnte Konsequenzen haben, wenn ich gegenüber solch einem Balg die Beherrschung verlor. Aufgebrachte Eltern standen dann vor meiner Tür, vorausgesetzt sie brachten den Mut dazu auf. Wahrscheinlicher war, dass sie mich bei der Polizei anschwärzten. Auf jeden Fall würde ich mich dann mit irgendwelchen Leuten herumschlagen müssen.

Es war immer das Gleiche, die Reaktionen so vorhersehbar. Alle in einen Topf und Deckel drauf. Traf man einen, traf man alle, brachte Unruhe in diesen erbärmlichen Haufen.

Das Dröhnen in meinem Schädel klang ab. Ich grinste und wusste genau um ihre Schwächen.

Der Reisende

Die Praxis befand sich direkt an der Mulde, jenem kleinen Fluss, der bei langen Regenzeiten reißend werden konnte und die Stadt in der Vergangenheit mehr als einmal überflutet hatte.

Richard verharrte auf der Brücke und blickte in das jetzt träge unter ihm vorüber fließende Wasser. Er verfolgte mit den Augen einen treibenden Ast, der beinahe die Form eines menschlichen Oberschenkelknochens besaß. Nach ein paar Sekunden war das Stück Holz außer Sicht. Richard atmete einige Male tief ein und machte sich auf die letzten Schritte zur Praxis.

Dr. Joachim Busch – Psychiater stand auf dem Schild neben der Eingangstür. Die Auswahl an Experten war in Döbeln nicht groß gewesen. Es hatte Richard einige Überwindung gekostet sich an einen Psychiater zu wenden, aber er war Realist genug um zu wissen, dass seine Erlebnisse und die daraus resultierenden Probleme diesen Schritt schon in Unna erforderlich gemacht hätten.

Der elektrische Türöffner summte und Richard trat ein.

Diesen ersten Termin hatte er nur vier Tage nach seinem Anruf bekommen. Richard war froh, sich für eine private Krankenversicherung entschieden zu haben.

Eine Frau, die Richard auf jenseits der sechzig schätzte, trug seine Daten in eine grüne Karteikarte ein. Den Computer, der auf einem separaten Schreibtisch stand, ließ sie ungenutzt. Der Bildschirmschoner ließ schillernde Luftblasen über den Monitor schweben. Sie erinnerten Richard ein wenig an die öligen Schlieren, die er glaubte, in den frühen Morgenstunden in seiner Küche gesehen zu haben.

Die Frau, Richard überlegte, ob man sie als Assistentin oder Arzthelferin bezeichnete, gab ungefragt ein paar Bemerkungen zum Wetter und den allgemeinen Preissteigerungen zum

Besten. Richard verhielt sich freundlich, aber wortkarg und konnte sich die Frau mit ihrer leicht ins lilafarbene neigenden Dauerwelle als chronische Klatschbase vorstellen. Sie führte ihn in ein helles Wartezimmer mit Aussicht auf den Fluss und er bereute es bereits hierher gekommen zu sein.

Nur wenige Minuten später hörte er die Stimmen zweier Männer. Der Psychiater verabschiedete einen Patienten. Richard wurde ein wenig ruhiger, als er feststellte, dass er ihn nicht zu Gesicht bekam, obwohl die Tür zum Flur nicht ganz geschlossen war. Es musste einen separaten Ausgang geben, um die Privatsphäre bestmöglich zu wahren. Wahrscheinlich würde er nie einem anderen Menschen im Wartezimmer begegnen. Jede Behandlung war exakt terminiert.

Schritte näherten sich. Ein groß gewachsener Mann in Richards Alter trat in das Wartezimmer, blieb lächelnd vor Richard stehen, der sich halb von seinem Stuhl erhoben hatte und streckte die Hand aus. Sie fühlte sich fest und vor allem trocken an, was Richard als angenehm empfand.

„Joachim Busch", stellte sich der Psychiater vor. „Sie sind Herr Gerling." Eine Feststellung, keine Frage. Eine einzelne, schwarze Strähne hatte sich aus der geordneten Frisur gelöst und hing dem Mann in die Stirn.

Richard nickte. Dr. Busch umgab der Geruch von Nikotin und herben Rasierwasser. Statt eines weißen Kittels trug er ein hellblaues Hemd über der verblichenen Jeans.

„Kommen Sie, unterhalten wir uns ein wenig." Busch deutete mit einer Handbewegung zum Flur und blies sich die Haarsträhne aus der Stirn.

Das Behandlungszimmer erinnerte Richard an die verkleinerte Ausführung einer Warte-Lounge der ersten Klasse in einem Flughafengebäude. Zartblaue Wände, beinahe identisch mit dem Farbton von Buschs Hemd, zwei historische Stiche, die das alte Döbeln zeigten. Es gab zwei Sitzgruppen, die sich um jeweils einen niedrigen Glastisch mit Chromgestell platzierten. In einer Ecke stand eine filigrane Pflanze in einem fleischfarbenen Gefäß. Ein paar braune Tonkügelchen der Hydrokultur waren auf den silbergrauen Teppich gekullert und bildeten den einzigen Makel in dem ansonsten blitzsauberen Raum. Es gab keinen Schreibtisch, kein Regal mit Fachliteratur oder irgendwelche Behandlungsgeräte. Wobei Richard sich sofort fragte, wie er sich die medizinischen Gerätschaften eines Psychiaters überhaupt vorzustellen hatte.

Dr. Busch bat ihn Platz zu nehmen und Richard ließ sich in einen der behaglichen Sessel fallen.

„Sie sagten am Telefon, dass Sie an den Folgen eines Unfalls leiden." Busch hielt sich nicht mit langen Vorreden auf. „Was für eine Art Unfall war das?" Der Doktor lehnte sich zurück und sah ihn mit einem angedeuteten Lächeln an.

Richard schluckte hörbar, seine Kehle hatte sich in Sandpapier verwandelt. Zwei, drei Sekunden vergingen. Busch verzog keine Miene, nickte und schüttete dann ein Glas mit Wasser aus einer Kristallkaraffe voll.

„Danke", krächzte Richard und nahm einen tiefen Schluck. „Ich wurde vom Blitz getroffen", sagte er dann und suchte nach einer Reaktion in Buschs Gesicht.

„Mmm...", machte Busch. „Wie lange ist das her?"

„Drei Monate."

Der Psychiater musterte seinen Patienten. „Wie schwerwiegend waren die Verletzungen?"

„Es gab keine. Zumindest keine sichtbaren."

„Was meinen Sie mit *keine sichtbaren*?"

Richard trommelte mit dem Zeigefinger einen nervösen Rhythmus auf der Sessellehne. „Ich war kurz bewusstlos."

„Wie kurz?"

„Nur ein paar Minuten."

„Ah... ."

„Aber ich glaube, dass der Blitz möglicherweise etwas in meinem Inneren ... in meinem Kopf angestellt hat. Ich habe recherchiert und dabei herausgefunden, dass es zu Spätfolgen kommen kann. Ungewöhnlichen Spätfolgen."

Busch nickte. „Und Sie glauben an derartigen Spätfolgen zu leiden. Wie äußert sich das?"

„Ich habe häufig starke Kopfschmerzen und kann kaum noch schlafen."

Der Psychiater zückte einen winzigen Schreibblock aus der Brusttasche seines Hemds und machte sich eine Notiz. So schnell, dass Richard vermutete, es gäbe ein medizinisches Kürzel für Schlaflosigkeit.

„Außerdem hatte ich heute Morgen eine visuelle Wahrnehmungsstörung."

Busch war die Ruhe selbst. „Was ist geschehen?"

Richard schilderte den feinen Nebel in seiner Küche und die öligen Schlieren, die er mit seinen Bewegungen in der Luft erzeugt hatte.

„Das war das erste Mal?", fragte Busch und brauchte diesmal etwas länger, um die Information auf seinem Block festzuhalten.

„Ja."

Der Psychiater tippte sich mit dem Bleistift an die Nase. „Waren Sie nach dem Blitzschlag in medizinischer Behandlung?"

Richard zögerte kurz. „Ja ... ich wurde in der Ambulanz durchgecheckt."

„Es gab keine weitere Behandlung?"

„Nein."

Dr. Busch blickte kurz aus dem Fenster. Die doppelten Glasscheiben schlossen alle Geräusche der Außenwelt ab. Auf dem Fenstersims trippelte eine Taube von links nach rechts.

„Ich muss das fragen“, begann Busch. „Herr Gerling, nehmen Sie verschreibungspflichtige Medikamente, Drogen oder Alkohol?“

„Das letzte Bier trank ich vor Wochen und Drogen ...“ Richard lachte gekünstelt. „Seit den Experimenten in meiner Jugend mit Marihuana bin ich davon kuriert. Mir bekam es einfach nicht. Ich wurde davon depressiv und befürchtete von dem Zeug nie mehr runterzukommen.“

„Sie sprachen von Ihren starken Kopfschmerzen. Was tun Sie dagegen?“

Richard erinnerte sich an sein Gelübde ehrlich zu sein. „Ich versuchte zuerst Aspirin, aber ebenso gut hätte ich Pfefferminzdrops lutschen können, deshalb stieg ich auf Ibuprofen, Formigran und solche Sachen um. Die wirken aber entweder gar nicht oder nur kurz.“

Dr. Buschs Notizen wurden umfangreicher. „Sie wurden von einem Blitz getroffen und trotzdem hat man Sie nur ambulant behandelt?“ Der Psychiater runzelte die Stirn. „Das finde ich im höchsten Maße unverantwortlich. In welchem Krankenhaus waren Sie?“

„In Unna. Ich wohne erst seit Kurzem in Döbeln. Die Entlassung geschah auf meinen ausdrücklichen Wunsch.“

Es war deutlich zu spüren, dass Busch nicht mit dem Verhalten seines Gegenübers einverstanden war. „Ich denke, ehe wir uns weiter miteinander unterhalten, sollten Sie zunächst einen Neurologen aufsuchen.“

Richard atmete tief ein und sagte nichts. Der Psychiater legte den Notizblock so vorsichtig auf den Glastisch, dass dabei nicht das geringste Geräusch entstand. „Ich halte eine Tomographie für notwendig, um auszuschließen, dass der Blitzschlag irgendwelche Schäden verursacht hat.“

Richard presste die Lippen fest zusammen.

Dr. Busch lehnte sich ein wenig nach vorn. „Eine Hirntomographie ist völlig schmerzlos. Ich werde einen Kollegen in Dresden kontaktieren, damit Sie nicht monatelang auf einen Termin warten müssen. Was halten Sie davon?“

Richard nickte kaum merklich. „Einverstanden.“ Er zögerte. „Aber ich würde dennoch gern bei Ihnen in Behandlung bleiben. Falls ... falls es schlimmer wird.“

Dr. Busch schüttete sich nun selbst ein Glas Wasser ein. Er betrachtete die Flüssigkeit ohne einen Schluck zu nehmen. „Ich denke, dass die Folgeschäden eines Blitzschlags noch immer ein ziemliches Neuland für die Medizin darstellen. Aber ich werde mich eingehend über den aktuellen Stand informieren. Wenn Sie einverstanden sind, sehen wir uns nächste Woche um dieselbe Zeit.“

Richard war die Erleichterung deutlich anzusehen.

„Ich hätte allerdings noch zwei Fragen“, fuhr Dr. Busch fort. „Was machen Sie beruflich und was hat Sie von Unna nach Döbeln verschlagen?“

Richard Gerling rutschte in seinem Sessel zur Seite, worauf dieser leise ächzte.

„Ich arbeite in der Werbung.“ Richard staunte, wie leicht ihm die Lüge über die Lippen kam. Tatsächlich hatte er zwei Jahre lang unter anderem für eine Werbeagentur gearbeitet und Slogans für Juweliere, Heiratsvermittlungen oder Restaurantketten getextet, ehe ihm die Schriftstellerei genügend Geld einbrachte. Er war also durchaus in der Lage auf weitere Details einzugehen.

Der Psychiater sah ihn weiterhin erwartungsvoll an und Richard fiel ein, dass er noch eine plausible Erklärung für seinen Umzug nach Mittelsachsen benötigte.

„Ich brauchte einfach eine Auszeit, einen Tapetenwechsel, aber nächsten Monat fange ich wieder mit der Arbeit an.“

„Sie machen dann Werbung für hiesige Unternehmen?“

„Auch. Dank Computer und Internet kam man meinen Job eigentlich von überall aus machen.“

Dr. Busch schien sich mit der Erklärung zufriedenzugeben. „Wissen Sie, Herr Gerling“, sagte er. „Ich muss eingestehen, dass ich niemals zuvor jemanden kennen gelernt habe, der vom Blitz getroffen wurde. Beim nächsten Mal müssen Sie mir das genauer schildern.“ Er stand auf. „Ich gebe Ihnen Bescheid, wenn ich den Termin in Dresden für Sie habe. Bis dahin möchte ich Sie bitten, mit den Schmerzmitteln vorsichtig zu sein.“

Richard ergriff die Hand des Psychiaters. „Ich will es versuchen.“

„Sollten sich die Wahrnehmungsstörungen verschlimmern, rufen Sie mich an.“

Als Richard Gerling auf die Straße trat, begann es zu nieseln. Unwillkürlich suchte er den grauen Himmel nach Anzeichen eines Gewitters ab. Früher, so überlegte er, konnte er sich nicht darin erinnern, dass es im Oktober jemals Gewitter gegeben hatte, aber seit einigen Jahren blitzte und donnerte es sogar gelegentlich im Winter. Das Klima befand sich im Wandel. Doch an diesem Nachmittag war es nur ganz normaler, feiner Regen, der auf die Stadt tropfte und ihn frösteln ließ.

Er fand Dr. Busch nicht unsympathisch, vielleicht ein wenig eitel, aber durchaus von der Sorte Mensch, zu der er Vertrauen fassen konnte. Es war gut, einen Anker in einer Phase seines Lebens zu haben, in der er manchmal glaubte, aus der Realität zu rutschen. Aber er war nicht aufrichtig gewesen, hatte seinen Beruf verheimlicht und jene Geschehnisse, die über einen Blitzschlag hinausgingen.

Es hatte einen Toten gegeben. Für den er nichts konnte, wie er sich immer wieder klar machte. Aber dennoch war jemand wenige Meter von ihm entfernt aus dem Leben geschleudert worden. Im wahrsten Sinne des Wortes.

Der folgende Abend war nahezu geräuschlos, sogar das Baby des jungen Paares weinte nur ein einziges Mal. Ein, zwei Minuten lang, bis es von den Eltern getröstet wurde und die Flasche oder die Brust bekam.

Richards Ehe war zu kurz gewesen, um überhaupt Zeit für den Gedanken an Kinder aufkommen zu lassen. Er war froh darüber. Wie hätte er seinem Sohn und seiner Tochter das Geschehen auf dem Pausenhof der Grundschule erklären sollen? Nur ohne Verantwortung konnte er es sich leisten in Döbeln, hunderte Kilometer von seinem Geburtsort, unterzukriechen.

Er beobachtete eine Weile die Menschen in den gegenüberliegenden Häusern, sah das bläuliche Flackern der Fernseher, eine Frau, die in der Küche etwas zubereitete und den Rentner, wie immer im Unterhemd, der den Krummsäbel im Wohnzimmer von der Wand nahm und damit ein paar Hiebe gegen einen eingebildeten Gegner ausführte.

Eine Stunde nach Mitternacht wurden Richards Gliedmaßen bleischwer, die Gedanken zerfransten und er schlief am Schreibtisch ein.

Die Nacht blieb still.

Als er am nächsten Morgen aufwachte und Helligkeit den Raum flutete, konnte er es zunächst gar nicht fassen. Es war kurz vor neun. Er wusste nicht, wann er zuletzt so lange geschlafen hatte. Er grinste in den Tag. Die Schmerzen in seinem Rücken, hervorgerufen durch die unbequeme Position im Bürostuhl, nahm er gern in Kauf.

Er war gerade noch rechtzeitig wach geworden, um zu erleben, wie die Portugiesin aus ihrem Fiat sprang.

Heute sind wir ausnahmsweise beide gut gelaunt, sagte er zu sich.

Maria blieb eine gute Stunde in der Wohnung im zweiten Stock. Er stand am Fenster und wartete auf sie. Sie trat aus der Haustür, das dunkelbraune Haar wie immer mit einem bunten Band gebändigt, öffnete die Wagentür und stellte ihre Koffer auf den Beifahrersitz. Als sie den Motor des Fiats starten wollte, gab der nur ein metallenes *Klack!* von sich. Sie versuchte es erneut, ohne Erfolg.

Von seiner Position aus konnte Richard sehen, wie das Lächeln aus ihrem Gesicht verschwand und einer Mischung aus Hilflosigkeit und Verärgerung wich.

Richard eilte in die Küche, öffnete die Klappe unter der Spüle, wo er ein schmales Werkzeugsortiment aufbewahrte und kramte seinen einzigen Hammer hervor.

Während er die Treppe hinunterstürmte, fiel ihm ein, dass der Frau klar werden musste, dass er sie beobachtet hatte, wenn er so unmittelbar auf ihre Autopanne reagierte, aber da war er schon an der Tür.

Maria Couto dos Santos blickte dem Mann mit dem Hammer in der Hand erstaunt entgegen. Richard war ziemlich außer Atem. „Könnte der Anlasser sein“, keuchte er.

Sie stieg nicht aus. Ihre Stimme klang gedämpft aus dem Fahrzeuginneren. „Und deshalb wollen Sie mein Auto zertrümmern?“

Richard errötete ... dann grinste er. „Äh... nein, ich fuhr mal einen alten VW Käfer, der hatte das gleiche Problem. Man musste dem Anlasser immer einen Schlag mit dem Hammer verpassen. Es liegt an den Kohlen, wissen Sie?“

Sie stieg aus. „Sind Sie Automechaniker?“

Er grinste noch immer schafsmäßig. „Nein, wie gesagt, ich kenne mich nur ein bisschen damit aus.“ Er wechselte den Hammer in die linke Hand und streckte die rechte aus. „Ich bin Richard Gerling aus dem ersten Stock. Zufällig sah ich, dass Ihr Wagen nicht ansprang.“

„Gerling", wiederholte die Frau. „Dann sind Sie der geheimnisvolle Neue."

Richard wusste nichts zu antworten.

Sie machte mit der Hand eine wegwerfende Geste. „Nehmen Sie das nicht so wichtig. Es ist nur so, dass die alte Frau Ahrens mir immer von allen Mietern den neuesten Tratsch erzählt, nur von Ihnen weiß sie so gut wie nichts. Deshalb heißen Sie bei ihr nur *der geheimnisvolle Neue*. Nehmen Sie ihr das nicht übel."

Richard schüttelte den Kopf. „Kein Problem."

Die Portugiesin deutete auf das grobe Werkzeug in Richards linker Faust. „Und Sie sind sicher, dass Sie den Wagen damit wieder zum Laufen bekommen?"

„Schon möglich."

Sie legte den Kopf schief und lächelte wieder. Richard fand, dass sie entzückend aussah. Allerdings, gestand er sich ein, hatte es ihn schon immer zu Krankenschwestern und ihrer besonderen Berufskleidung hingezogen und sie musste doch wohl so etwas Ähnliches wie eine Krankenschwester sein.

„Der Wagen gehört nämlich dem Pflegedienst, für den ich arbeite."

„Ein kleiner Schlag auf den Anlasser. Mehr nicht. Wenn er dann nicht anspringt, können Sie immer noch Ihre Firma anrufen."

Richard legte sich auf den Rücken und kroch, ohne darauf zu achten, dass er sich schmutzig machte, ein Stück weit unter den Motor des Fiats. Er stieß sich den Kopf, unterdrückte tapfer einen Schmerzensschrei und versuchte mit dem Hammer an den Anlasser zu gelangen.

„Ziemlich eng", ächzte er und überlegte, dass es von oben einfacher gegangen wäre, aber so machte es wohl bedeutend mehr Eindruck. Als er meinte, sich schon fast den Arm ausgekugelt zu haben, platzierte er einen Hieb auf den Magnetschalter des kleinen Anlassers.

„Aha“, hörte er die Stimme der Frau neben sich. Sie war in die Hocke gegangen und spähte unter den Wagen. „Da sitzt also der Anlasser.“

Richard kroch unter dem Fiat hervor. „Starten Sie mal.“

Der Motor sprang zwar beim ersten Versuch an, aber ein mahlendes Geräusch aus den Eingeweiden des alten Pandas zeigte ihm, dass der Wagen bald den Geist aufgeben würde.

Sie ließ den Motor im Stand laufen und stieg wieder aus. „Ich muss noch zu ein paar Terminen. Falls die Karre wieder nicht anspringt ... könnten Sie mir vielleicht bis morgen den Hammer leihen. Ich weiß ja jetzt, wie es funktioniert.“

Richard reichte ihr das Werkzeug. Er wünschte, ihm würde noch etwas einfallen, um mehr Zeit mit der Frau zu verbringen. Etwas, dass ihn interessant erschienen ließ und in ihr den Wunsch weckte, den Kerl mit dem Hammer und den Triefaugen wiederzusehen. In seinem Kopf herrschte Leere. Er hatte die Kunst der intelligenten Konversation noch nie besonders beherrscht. Seine Stärke war immer das geschriebene Wort gewesen. Damit ist es wohl mittlerweile auch vorbei, sagte er sich.

Etwas von den trübsinnigen Gedanken musste sich in seinem Gesicht wiedergespiegelt haben, denn Maria fragte: „Ist alles in Ordnung mit Ihnen?“

Er versuchte ein Lächeln, das kläglich misslang. „Sicher. Und ...äh... den Hammer können Sie behalten.“

Sie nahm das Werkzeug aus seiner ausgestreckten Hand. „Ich bringe Ihnen das Ding morgen zurück, ehe ich nach Frau Ahrens sehe. Sind Sie dann zu Hause?“

„Das ist wirklich nicht nötig.“ Kaum hatte er den Satz ausgesprochen, bereute er ihn bereits. Was war er doch für ein Idiot! Maria hatte ihm gerade angeboten, sie wiederzusehen.

„Doch, doch", beharrte sie. „Dann müssen Sie aber auch ein wenig von sich erzählen. Für Frau Ahrens." Sie kniff ein Auge zu. „Damit sie endlich etwas über den geheimnisvollen Neuling im Haus erfährt." Sie winkte ihm mit dem Hammer in der Hand zu und wollte gerade in den Fiat steigen, als sie stockte. „Ach, ich habe mich noch gar nicht vorgestellt. Ich bin Maria."

Das weiß ich, dachte er und sagte gerade laut genug um gegen den scheppernden Motor anzukommen: „Ein schöner Name. Ich heiße Richard."

„Bis morgen, Richard!", rief sie und legte den ersten Gang ein.

Mit einem breiten Grinsen sah er dem feuerroten Panda nach.

Der Rentner im Unterhemd, der am vorherigen Abend noch mit dem Säbel durch die Wohnung gerast war, hatte seinen Beobachtungsposten im Fenster eingenommen. Richard hob grüßend die Hand. Der alte Mann nickte ihm zu.

Richard warf einen Blick auf das Nebenhaus mit der leer stehenden Fabrik. Das verwitterte Gebäude wirkte wie räudig von den Schuppen der abblätternden Farbe an den Außenwänden. Blinde, vorhangslose Fenster blitzen im Morgenlicht. Vor dem mit Brettern vernagelten Eingang standen ein paar leere Bierflaschen. Unmittelbar daneben lag etwas, dass Richard zunächst für ein weggeworfenes Kinderspielzeug hielt. Ein zerfleddertes Stofftier vielleicht. Als er darauf zuging, erkannte er, was es war. Er würgte, aber seine Beine trugen ihn weiter vorwärts.

Richard Gerling starrte auf den Kopf einer Katze hinunter. Die Augen in dem Schädel waren weit aufgerissen, auf der flachen Nase glänzte getrocknetes Blut, die winzige Zunge ragte ein Stück zwischen den spitzen Zähnen hervor.

Ihm fiel die kleine Katze ein, die er in der vorletzten Nacht dabei beobachtet hatte, wie sie in die Ruine schlich. Er war sich sicher, dass sie es war. Richard spürte, wie ihm schwindlig wurde. Er machte kehrt, versuchte den Inhalt seines Magen zurückzuhalten und rannte die Treppe zu seiner Wohnung empor. Auf halber Höhe begegnete er dem Dicken, der auf seiner Etage wohnte, quetschte sich mit der Hand vor dem Mund an ihm vorbei und schaffte es mit Mühe auf die Toilette. Anschließend hockte er keuchend auf dem Badewannenrand.

Es klopfte an der Tür und eine hohe Männerstimme fragte: „Brauchen Sie Hilfe?"

Richard wischte sich den Mund ab, sah im Spiegel sein Gesicht – eine weißliche, mit einem feinen Schweißfilm überzogene Maske – und schwankte zur Tür. Es war sein übergewichtiger Nachbar. Er musste auf der Treppe kehrt gemacht haben und blickte ihn jetzt mit seinem aufgedunsenen, aber immer noch jungenhaften Gesicht so sorgenvoll an, dass es schon beinahe komisch aussah.

„Soll ich einen Arzt rufen?", fragte er. Sein Atem ging stoßweise.

„Danke", erwiderte Richard. „Es geht schon wieder. Vor dem Nachbarhaus liegt ein Katzenkopf. Von dem Anblick ist mir übel geworden."

Sein Nachbar wirkte ernsthaft erschrocken. „Ein Katzenkopf?"

Richard nickte stumm.

„Wie sieht der aus?" Der Dicke begann zu beben wie ein Wackelpudding. „Grau?"

„Ja. Warum?"

Sein Nachbar stieß einen hohen Schluchzer aus und stürmte die Treppe mit einer Geschwindigkeit hinab, die Richard dem Mann niemals zugetraut hätte. Er sah dabei aus wie ein vom Sturm hin und her geworfener Tanker auf hoher See.

Richard folgte ihm. Vor dem Eingang des Nachbarhauses ging der Mann in die Hocke und riss beide Hände vors Gesicht. Er sah zu Richard auf und Tränen rollten über die spekkigen Wangen.

„Das ist Pauli“, schluchzte er. „Mein kleiner Pauli!“ Der Nachbar streckte den rechten Arm nach dem abgetrennten Kopf aus. „Wer tut so etwas?“ Die Augen des Mannes drohten aus ihren Höhlen zu springen. „Und ... und wo ist der Rest von Pauli?“

„Ich weiß es nicht“, sagte Richard leise. Er berührte seinen korpulenten Nachbarn sanft an der Schulter. Die Reaktion des Mannes verblüffte ihn. Der Dicke erhob sich und schlang beide Arme um Richard. Weinte so herzerweichend, dass Richard nicht wusste, wie er sich verhalten sollte. Obwohl es ihm peinlich war, ließ er den Mann gewähren, fühlte den ausladenden und gleichzeitig nachgiebigen Körper des Mannes an sich gepresst, bis sich die Umarmung löste.

„Ich hole eine Tüte“, schniefte der Nachbar und wankte auf den Hauseingang zu.

*

Am Nachmittag hatte Richard endlich den Vermieter ans Telefon bekommen und ihm von der Rattenplage berichtet. Der Mann versprach, sich umgehend darum zu kümmern.

Jetzt in der abendlichen Stille dachte Richard darüber nach, ob wirklich Ratten den armen Pauli so zugerichtet haben konnten. Wo war der Körper geblieben? Und wie war der Kopf vor die Haustür gelangt?

Richard wünschte, er hätte sich Zeit genommen, den Kopf näher zu betrachten, um nach Bisswunden oder anderen Spuren zu suchen. Vielleicht hatte auch ein Mensch die Katze so bestialisch umgebracht. Egal, wie es dazu gekommen war, sein Nachbar tat ihm leid. Pauli musste ihm viel bedeutet haben. Er hatte den Mann noch lange schluchzen gehört.

Richard wollte den Rat des Psychiaters so gut wie es ging beherzigen und hatte vor dem Zubettgehen eine einzige Formigran eingenommen. Sein Kopf fühlte sich heute Abend nur ein wenig taub an, aber er wusste, dass die Schmerzen jederzeit aus dem Nichts zuschlagen konnten, sich geschickt verbargen, um ihn in Sicherheit zu wiegen. Die halbleere Schachtel Formigran hatte er deshalb in Reichweite deponiert.

Seine Gedanken schweiften zu Maria ab. Ihr weißer Kittel hatte ihn beim ersten Anblick angezogen. Er wusste, dass der Ursprung seiner Vorliebe für Schwesterntracht und Kittel in seiner frühen Jugend zu suchen war.

Als Elfjähriger war er auf einer Fahrradtour zu seinem besten Freund, der damals in einem Dorf östlich von Unna wohnte, gestürzt. Der Sturz war nicht so dramatisch gewesen. Er wäre mit vom Asphalt aufgeschürften Handflächen davongekommen, wenn da nicht der nachfolgende Lastwagen einer Speditionsfirma gewesen wäre.

Der Lkw hatte ihn überrollt.

Er würde niemals die Geräusche vergessen: das Nageln des Dieselmotors – erst direkt neben sich und plötzlich unmittelbar über sich – dann das trockene Splittern, als der rechte Vorderreifen beide Unterschenkel überrollte.

Als der Lastwagen mit schnaufenden Bremsen zum Stehen kam, lag er unter der Ladefläche, spürte in den ersten Sekunden keinen Schmerz und starrte verwirrt auf die rostige Auspuffanlage vor seinem Schädel und erst dann auf seine Beine, die unterhalb des Knies wie die Gliedmaßen einer Marionette aussahen. Seltsam zerknickt. Beide Unterschenkel bogen sich nach rechts, in einem Winkel, der doch unmöglich und ... so falsch war.

Als dann ein Mann auftauchte und ihn mit schmutzigen und behaarten Armen unter dem Wagen hervorziehen wollte, hatte er ein hässliches Geräusch – Knochen rieben an Knochen – gehört und eine Welle aus Schmerz hatte sein junges Bewusstsein in ein schwarzes Loch katapultiert.

Viele darauf folgende Monate hatte Richard im Krankenhaus verbracht. Beide Beine in einem metallenen Gestell fixiert, die zerschmetterten Unterschenkelknochen mit Nägeln und Drähten zusammengehalten.

Die Wirkungsdauer der Medikamente bestimmte die Gezeiten, in denen sich die Qualen langsam und nagend heranschlichen, um ihn bei ihrem Höchststand zu einem wimmernden Stück Mensch zu reduzieren. Junge Frauen in weißen Trachten brachten ihm dann die ersehnte Linderung, sahen ihn mit einem sanften Lächeln an, dass ihre Besorgnis nicht verdekken konnte.

Doch selbst das Gefühl, alles unterhalb der Knie hätte sich in gesplittertes Holz verwandelt, überwand nicht die Scham, wenn die Frauen ihn wuschen und die Bettpfanne unter ihn schoben. Er war erst elf und sollte sich nie ganz an diese, wenn auch notwendigen, Eingriffe in seine Intimsphäre gewöhnen können.

Aber doch spürte er viele Jahre später diese Affinität für die Kleidung von Schwestern und Ärztinnen. Er hatte sie nie ausgelebt. Nur in seinen Fantasien.

Er hatte wieder laufen gelernt. Die purpurfarbenen, geschwollenen, mit Metall gespickten Stelzen, die für lange Zeit nicht mehr zu ihm zu gehören schienen, waren wieder Teil seiner Gliedmaßen geworden. Und heute schimmerten zwischen der Behaarung nur noch Reihen blasser Narben.

Wäre der Lkw damals beladen gewesen, so sagte ihm später jemand, hätte das Gewicht die Knochen pulverisiert.

Nach zwei Jahren hatte er nicht einmal mehr hinken müssen, nur ein Sportass war er nie geworden.

Richard richtete sich auf und drehte für einen Moment das Radio neben dem Bett leise. Er lauschte. Er hörte ein Auto, das langsam auf der Straße vorbeifuhr und dann nichts. Die Nacht war ganz still. Selbst die Ratten hatten eine Pause eingelegt. Er versuchte den Gedanken an sie zu verscheuchen. Auch ohne das Wissen, dass die Ruine unmittelbar hinter der Wand von Horden dieser Viecher bevölkert war, die Katzen buchstäblich in Stücke rissen, würde er keinen Schlaf finden.

Richard Gerling ließ den Moderator im Radio weitermurmeln und schloss die Augen. Er war erschöpft, ausgebrannt, aber er wusste, dass er trotzdem dazu verdammt war, noch lange wach bleiben zu müssen.

*

Er war wieder Billy und trug Latex unter der Jeans. Schon seit Stunden.

Er parkte den BMW wie immer ein Stück vom *Club Basic* entfernt. Das Basic machte von außen einen völlig unscheinbaren Eindruck. Eine kleine Leuchtreklame, eine schlichte Getränkekarte neben der Tür. Mehr nicht. Man hörte und sah nichts von dem, was drinnen vorging.

Der Türsteher nickte ihm lächelnd zu und ließ ihn vorbei.

Für Jemanden, der zum ersten Mal über die Schwelle trat, wirkte das Etablissement wie eine etwas anrüchige Kneipe. Gedämpftes Licht, ein warmes Rot, das die körperlichen Unzulänglichkeiten mancher Gäste unsichtbar werden ließ.

Es waren keine Frauen anwesend und einige der Männer bevorzugten Lederkleidung. Es gab ein paar Sitznischen mit gepolsterten Bänken. Auf kleinen Tischen flackerten Kerzen in bunten Gläsern. Der Teppichboden, dessen Farbton man in dem Rotlicht nur als dunkel erahnen konnte, wies zahlreiche Brandlöcher auf. Der Dunst von Zigaretten vermischte sich mit dem Aroma von Marihuana.

Der Raum wurde beherrscht von der langen Theke aus poliertem Holz. Dahinter hantierten zwei junge Männer geschickt mit Gläsern und Flaschen. Aus den Lautsprecherboxen dröhnte ein Song von Kylie Minogue. Billy setzte sich auf einen freien Barhocker, überprüfte sein Äußeres im Spiegel hinter der Bar und hielt nach bekannten Gesichtern Ausschau.

Einer der Barkeeper, höchstens zwanzig und mit schmalem Gesicht, nahm seine Bestellung auf. Im Hintergrund spielten zwei Männer eine Runde Billard und wurden dabei von einem halben Dutzend Zaungästen umringt. Der Abend ist noch jung, sagte sich Billy und nippte an seinem Sekt.

Der Laden füllte sich und Billy entdeckte immer mehr bekannte Gesichter. Carlos, der sich trotz seines breiten sächsischen Dialekts gern als Spanier ausgab, setzte sich neben Billy. Carlos schwarze Haare bildeten einen scharfen Kontrast zu seinem blassen Teint. Billy war davon überzeugt, dass Carlos sich die Haare färbte.

Billy trank das Sektglas mit einem Schluck aus und tippte mit dem Zeigefinger auf die Brusttasche seines Jacketts. Carlos nickte und folgte Billy auf die Toilette.

Der Lärm aus der Kneipe verebbte zu einem dumpfen Raunen, als die Tür hinter ihnen ins Schloss fiel. Vor dem einzigen Waschbecken stand eine schlanke Blondine in einem hautengen schwarzen Cocktailkleid. Die goldenen Locken fielen ihr über die Schultern. Sie zog einen Schmollmund und trug purpurfarbenen Lippenstift auf. „Hi, Susi", grüßte Billy. Er machte sich zwar nichts aus Transvestiten, musste aber zugeben, dass Susis Qutfit absolut überzeugend wirkte. Manch einer würde erst merken, wenn es zur Sache ging, dass Susi ein Mann war.

Susi zwinkerte ihm zu und brachte den Büstenhalter mit den Einlagen unter ihrem Kleid in die richtige Form.

„Viel Spaß, ihr Süßen", zwitscherte sie und drückte sich kichernd an ihnen vorbei zum Toilettenausgang. Billy hatte gehört, dass Susi angeblich in der öden Außenwelt ein hohes Tier bei der Dresdner Stadtverwaltung war.

Carlos reichte Billy einen kleinen Schminkspiegel. Der falsche Spanier grinste erwartungsvoll und sah zu, wie Billy aus einer winzigen Pillendose Kokain auf den Schminkspiegel schüttete und anschließend das Häufchen mit einer Kreditkarte zu zwei regelmäßigen Linien formte.

Billy ließ Carlos den Vortritt und der falsche Spanier sog eine der Linien mit einem Plastikstrohhalm in sein linkes Nasenloch. Billy benötigte keinen Strohhalm. Er inhalierte seinen Anteil einfach so. Das übrig gebliebene Kokain tupfte er mit dem Finger auf.

Mit einem Blick in den großen Spiegel über dem Waschbekken kontrollierte er, ob auch nichts von dem weißen Pulver in seinem Gesicht zu sehen war.

Carlos schloss die Augen und seufzte. Er hatte sein Hemd bis zum Bauchnabel geöffnet und Billy starrte entzückt auf das Haargeflecht zwischen den Brustwarzen des selbst ernannten Spaniers. Schweißtropfen rannen vom Hals hinab. Billy wagte es, seine Hand auf Carlos Oberarm zu legen. Deutlich fühlte er den harten Bizeps unter dem Hemd. Carlos war stark. Das wusste er aus Erfahrung.

Carlos schlug ihm mit der flachen Hand ins Gesicht. Nicht mit aller Kraft, aber fest genug, um einen Abdruck auf der Haut zu hinterlassen. Carlos Wut wirkte so überzeugend, dass Billy eine vom Latex eingeengte Erektion bekam.

„Komm mit!", befahl Carlos.

*

Im *Club Basic* gab es mehrere Hinterzimmer. Billy bevorzugte den Raum mit dem Bock. Der Bock, eine gepolsterte Liegefläche auf vier Beinen, kam normalerweise im Turnunterricht zum Einsatz. Hier diente er aber nicht der Körperertüchtigung, sondern der lustvollen Züchtigung.

Carlos befahl Billy sich bis auf den roten Latexslip auszuziehen, dann fesselte er ihn bäuchlings auf den Bock.

Billy atmete schwer. Der Raum wurde nur durch ein halbes Dutzend Kerzen erhellt. Aus den Augenwinkeln sah er, wie Carlos die neunschwänzige Peitsche von der Wand nahm. Billy wusste, dass Carlos erfahren genug war, um die richtige Schlagtechnik anzuwenden und über die Session hinausgehende Verletzungen vermied.

Die Neunschwänzige knallte auf Latex.

„Zwei!", stieß Billy hervor und leitete die Kalibrierung ein. Er bevorzugte diese Methode, bei der er nach dem ersten Schlag, die Schmerzintensität des ersten Schlages auf seiner ganz persönlichen Skala zwischen eins und zehn einzuordnen hatte. So wusste Carlos, wie weit er die Wucht der folgenden Peitschenhiebe steigern konnte.

Der nächste Schlag traf ihn oberhalb des Slips. „Drei", keuchte er. Jemand betrat den Raum.

„Vier!"

Es störte Billy nicht, wenn andere zusahen. Ganz im Gegenteil. Es erhöhte nur den Kick.

Billy wartete auf den nächsten Schlag. Plötzlich spürte er Carlos Atem direkt neben seinem Gesicht. „Wir haben einen Gast", sagte er. „Er ist okay."

Wenn Billy in Stimmung war, und heute war er in Hochstimmung, erlaubte er auch einem Fremden die Züchtigung. Allerdings nur, wenn Carlos den Gast zuvor begutachtet hatte und während der ganzen Zeit die Aufsicht führte.

Billys Position auf dem Bock machte es ihm unmöglich, den Gast zu sehen. Er wusste nicht, ob es ein Stammkunde des Clubs oder ein Fremder war.

Der Gast begann mit der Züchtigung. Die Peitsche landete mit einem lauten Knall auf dem Latex.

„Sieben!", rief Billy. Der Fremde übte sich nicht in Zurückhaltung, aber das konnte Billy nur recht sein, so lange sich der Gast an die Regeln des Kalibrierens hielt.

„Neun!" Der Schlag traf die Mitte seines Rückens und presste ihm den Atem aus der Lunge. Er war sich sicher, dass die Haut unter den Lederriemen aufgeplatzt war. Aber noch überwog die Lust. Der Mann hinter ihm gab den ersten Laut von sich. Ein kurzes Schnaufen, ehe er erneut ausholte.

Billys Rücken schien zu explodieren, ein feuriger Schmerz durchjagte seine Nervenbahnen, ließ ihn japsen und trieb ihm die Tränen in die Augen. Er bäumte sich in seinen Fesseln auf.

„Zehn!", presste er hervor und schmeckte sein eigenes Blut. Er hatte sich in die Zunge gebissen. „Zehn!", brachte er noch mal hervor.

Der nächste Peitschenhieb – von der derselben Gewalt wie der vorherige – verletzte ein Tabu. Die Neunschwänzige zielte auf die Nierengegend. Billy japste nach Luft. „Zehn! Zehn!!!" Er glaubte, etwas in seinem Inneren sei zerplatzt. „Carlos! Genug!"

Im Raum war es bis auf sein Wimmern ganz still. Die Schallisolierung ließ kein Geräusch herein, aber auch keines hinaus. Der Schatten des Mannes hinter ihm tanzte im Kerzenlicht auf der nackten Wand.

„Carlos?“, fragte Billy und in seiner Stimme schwang jetzt Furcht mit. Carlos hatte nicht eingegriffen.

„Fall mir nicht aus der Rolle“, hörte er den Mann sagen.

Billy wurde von Zorn erfasst, er riss erneut an seinen Fesseln und versuchte den Kopf zu verdrehen, um dem Fremden, der sich erdreistete alle Spielregeln zu missachten, ins Gesicht zu sehen.

„Mach mich los!“, forderte er mit aller Autorität, die sein geschundener Körper zuließ. Er hörte, wie der Mann die Peitsche zu Boden fallen ließ, dann spürte er eine Hand auf seinem Rücken.

„So geht das nicht“, begehrte er auf. „Carlos, unternimm etwas!“

„Kein Carlos“, zischte der Fremde und Billy sah wie der Schatten an der Wand den Arm hob. „Du hörst von mir.“

Die Handkante des Mannes traf ihn direkt hinter dem rechten Ohr. Nur ein letztes Geräusch, das an das *Tschilp!* eines kleinen Vogels erinnerte, drang aus Billys Kehle, ehe sein Körper erschlaffte.

*

Richard saß am Küchentisch und sah seit einer halben Stunde nicht in die aufgeschlagene Tageszeitung, sondern durch sie hindurch. Die Kaffeemaschine gab ein stetiges Schnaufen und Blubbern von sich und erfüllte die Küche mit einem aromatischen Duft.

In der vergangenen Nacht hatte er überhaupt nicht geschlafen, war nur immer wieder in jenen Dämmerzustand gefallen, der die geordneten Gedanken davonfließen ließ und Platz für bedrückende Fantasien schuf. Nur Sekunden andauernde Sequenzen, in denen Richard glaubte, einen mit feuchtem Laub bedeckten Abhang hinunterzurutschen, während seine Hände vergeblich zwischen den glitschigen Blättern nach Halt suchten. Widerwärtige Fratzen waren erschienen, aufgedunsen und mit weit aufgerissenen Augen, aus denen der Wahnsinn blitzte. Mehr als einmal war Richard aufgeschreckt, um sich dann panisch im Schlafzimmer umzusehen.

Richard schaute auf die Uhr an der Wand – zehn Minuten vor neun – und vermied es, nach draußen zu blicken. Erst vor einer Viertelstunde war ihm der Himmel ... falsch vorgekommen. Das dunkle Magenta über den Dächern wirkte unwirklich und Richard zweifelte an der Funktion seines Sehnervs.

Er stand auf, um sich eine Tasse Kaffee einzuschütten, taumelte und musste sich am Tisch abstützen. Sein ganzer Körper zitterte und er verspürte einen starken Brechreiz im Hals. Etwa eine Minute stand er einfach nur da und holte mit geschlossenen Augen tief Luft.

Das Geräusch der Klingel im Flur ließ ihn zusammenzukken. Auf der Küchenuhr war es fünf vor neun. Er ging vorsichtig – das Schwindelgefühl war noch immer nicht ganz abgeklungen – ins Schlafzimmer und schaute aus dem Fenster.

Der rote Fiat parkte vor dem Haus.

Richard kramte ein Pfefferminzbonbon aus einer Schublade und steckte es sich in den Mund, ehe er im Flur auf den automatischen Türöffner drückte.

Er war im ersten Moment überrascht, dass sie bereits vor seiner Wohnungstür stand, aber dann fiel ihm ein, dass Maria einen Schlüssel für die Haustür besaß. Vermutlich war die alte Frau in der Etage über ihm gar nicht in der Lage den Türöffner zu bedienen.

Maria Couto dos Santos strahlte ihn an. In der rechten Hand trug sie einen kleinen schwarzen Koffer, die linke streckte ihm den Hammer entgegen. Richard bemerkte, dass sie dezentes Make-up aufgetragen hatte.

„Guten Morgen“, sagte Maria und sofort legte sich ihre Stirn in Falten. „Ist alles in Ordnung mit Ihnen? Sie sehen so aus, als würden Sie sich nicht besonders fühlen.“

„Ich habe nicht so gut geschlafen“, erwiderte er und dachte, dass er sich schon gar nicht mehr daran erinnern konnte, wie es ist, überhaupt richtig zu schlafen.

Sie musterte ihn jetzt genauer. Mit dem professionellen Blick einer Frau, die mit physischen und psychischen Probleme bestens vertraut war. Richard fühlte sich unwohl und war froh, als sie wieder lächelte und ihm den Hammer in die Hand drückte.

„Ich habe mir einen eigenen besorgt. Eine Reparatur haben wir zurzeit nicht im Budget. Der Pflegedienst gehört meiner Freundin und wir zwei kommen gerade mal so über die Runden.“

Richard nickte und hörte sich mit einer Stimme sagen, die für ihn fremd und unbeholfen klang: „Vielleicht möchten Sie auf eine Tasse Kaffee hereinkommen.“

„Klar! Deshalb bin ich ja extra etwas eher gekommen.“

Er führte sie in die Küche. Richard hatte vergessen, den Abwasch zu machen und so stapelte sich das schmutzige Geschirr der letzten Woche im Spülbecken. Maria schien das nicht zu stören. Sie sah sich neugierig um und deutete auf die Poster und gerahmten Bilder an den Wänden. Auf allen waren nordeuropäische Landschaften abgebildet.

„Hier ist es Ihnen wohl noch nicht kalt genug“, bemerkte Maria mit einem Kopfnicken in Richtung eines Posters, das eine verschneite Tundra zeigte.

„In Skandinavien ist alles so weit und ruhig." Er schüttete ihr einen Kaffee ein.

„Was machen Sie dann in Döbeln?", fragte sie und hielt den Becher mit beiden Händen, so als wollte sie sich wärmen. „Dass Sie kein Sachse sind, hört man." Sie grinste ihn verschmitzt an. „Außerdem glaubt Frau Ahrens, dass Sie nicht arbeiten. Sie hat eine ziemlich altmodische Vorstellung vom Arbeiten. Man geht morgens früh aus dem Haus und kommt verschwitzt am Abend zurück."

„Ich bin Schriftsteller", sagte Richard und bereute die Offenheit, kaum dass er den Satz ausgesprochen hatte.

Die Frau schien nicht überrascht. „So was habe ich mir schon gedacht. Und was schreiben Sie? Vielleicht kenne ich eines Ihrer Bücher." In ihrem Gesicht entstanden lauter kleine Grübelfältchen. „Obwohl ... Richard Gerling ... der Name sagt mir nichts."

„Ich schreibe eigentlich auch nur so wissenschaftlichen Kram", log er. „Im Moment zum Beispiel über den Nationalsozialismus in Mittelsachsen. Speziell über den Widerstand."

„Aha", machte sie und Richard konnte ihre Enttäuschung spüren. Er erwartete die Standartfrage, wenn man sich als Autor geoutet hatte, aber von ihr kam kein „Und davon kann man leben?"

„Das wird Frau Ahrens interessieren", sagte sie stattdessen. „Sie war schon im Weltkrieg überzeugte Kommunistin. Sie sollten sich mal mit ihr unterhalten."

„Gern." Richard nippte am heißen Kaffee und fühlte sich etwas besser.

„Ich brauche aber noch ein paar Informationen", sagte Maria. „Dass Sie Schriftsteller sind, wird Frau Ahrens nicht genügen."

Richard hatte das Gefühl, dass Maria ihre Patientin nur vorschob, um selbst mehr über ihn zu erfahren. Ihr Interesse an seiner Person schmeichelte ihm.

„Ich bin in Duisburg geboren." Das war eine weitere Lüge. Er hatte, abgesehen von einem Abstecher in den Achtzigern nach West-Berlin, sein ganzes bisheriges Leben in Unna verbracht, aber er war wie immer darauf bedacht, seine Spuren zu verwischen. „Seit langem geschieden, keine Kinder." Das entsprach der Wahrheit. Eine Wahrheit, die ihr zu gefallen schien, denn sie lehnte sich entspannt zurück und erwiderte: „Das kenne ich. Es ist nicht leicht, den richtigen Partner zu finden."

„Und Sie?", fragte Richard. „Sind Sie in Döbeln geboren?"

Maria zog die Nase kraus. „Im Herbst 1988 wanderte unsere Familie von Portugal in die DDR aus. Nach Dresden. Mein Vater war ein glühender Marxist und hatte die verrückte Idee, dass wir in diesem Paradies für Arbeiter und Bauern aufwachsen sollten. Wir hatten in Portugal dafür schon Deutsch büffeln müssen. Damals war ich sechzehn."

Richard rechnete blitzschnell aus, dass Maria dann jetzt Mitte Dreißig sein musste.

„Wir bekamen eine Wohnung zugewiesen. Mein Vater erhielt als Vorzeigekommunist aus einem Land des Klassenfeindes eine gute Stelle und ich trat eine Ausbildung als Krankenschwester an."

Richard schüttelte verwundert den Kopf. „Und wie kamen Sie in der DDR zurecht?"

„Die meisten Leute waren ganz nett. Aber die Vorstellung, nie mehr zurück zu können, hat mich fast verrückt gemacht. Außerdem war das Wetter hier viel schlechter und mir fehlten die Farben. Verstehen Sie das?"

„Klar." Richard erinnerte sich an eine Reise nach Erfurt. Knapp ein halbes Jahr nach der Maueröffnung. Jenseits der

Vorzeigestraßen war die Stadt grau und verfallen gewesen. Fast so wie das Haus nebenan.

Maria kicherte. „Aber mein Vater war wohl etwas zu spät gekommen, um den Sozialismus in seiner vollen Blüte zu erleben. Sie hätten sein Gesicht sehen müssen, als plötzlich euer Helmut Kohl hier auftauchte und seine Reden von blühenden Landschaften schwang."

„Aber Sie sind hier geblieben", stellte Richard fest.

„Ja. Ich machte meine Ausbildung zu Ende und musste mit ansehen, wie immer mehr Ärzte in den Westen rübermachten. Aber ich konnte doch nicht einfach die Patienten im Stich lassen. Vor zwei Jahren fragte mich eine Kollegin, ob ich nicht mit ihr in ihre alte Heimatstadt Döbeln kommen wollte. Sie hatte vor, es dort mit einem Pflegedienst zu versuchen. So kam ich in diese Stadt. Bisher habe ich es nicht bereut. Trotz des knappen Geldes." Sie beugte sich über den Tisch nach vorn und teilte ihm mit großen Augen mit: „Die Stadt hat Farbe. Haben Sie das auch schon bemerkt, Richard?"

Er dachte an die bunten Fassaden der Häuser in der Altstadt, bunter als in seiner Heimat, und nickte zustimmend. Er mochte Döbeln.

„Eines ist mir aber noch nicht ganz klar", bemerkte Maria. „Warum schreiben Sie ausgerechnet über Döbeln?"

„Es geht um ganz Mittelsachsen", erwiderte er und spürte, wie ihm ganz heiß wurde.

„Aber immerhin haben Sie doch vor, längere Zeit hier zu bleiben, oder?"

Er konnte ihr schlecht verraten, dass er vor Jahren, als er noch Bücher mit knapp vierstelliger Auflage veröffentlichte, durch die Städtepartnerschaft mit Unna zu einer Lesung in Döbeln gekommen war. Der beschauliche Ort, den er damals kennengelernt hatte, war ihm dann später als ideales Exil erschienen.

„Ich habe mir einfach die Gegend angesehen und hier gefiel es mir besonders gut." Er hoffte, dass sie nicht bemerkte, wie er um jedes Wort rang. „Vielleicht lag es ja an den Farben."

„Ja ... die Farben", sagte sie nachdenklich und schaute hoch zur Küchenuhr. „Ohje! Ich muss los. Frau Ahrens wird sonst ungeduldig."

Richard stand auf. „Es war sehr nett. Schauen Sie mal wieder vorbei?"

„Ich denke schon."

Ihr Lächeln ist wunderbar, dachte er und stellte fest, dass er die ganze Zeit gar nicht auf ihren weißen Kittel geachtet hatte, sondern nur auf ihr Gesicht. Er begleitete Maria zur Tür.

„Bis bald", verabschiedete sie sich. „Würden Sie sich wirklich mal mit Frau Ahrens unterhalten? Das würde ihr sicher gut tun."

„Gern", sagte er. Nur um Maria wiederzusehen, würde er sich sogar zum Tee mit dem Teufel persönlich verabreden.

Er verharrte hinter der geschlossenen Wohnungstür und lauschte ihren Schritten auf der Treppe. Von draußen drang ein lauter Schrei. Jammervoll und wütend zugleich. Die Stimme kam ihm bekannt vor. Richard hetzte zum Fenster.

Am nächsten Tag verließ ich entgegen meiner sonstigen Gewohnheiten die Wohnung bereits um zehn Uhr morgens. Ich ging zum Bahnhof und studierte den Fahrplan.

Wie weit musste ich mich für die Durchführung meiner Aufgabe vom Wohnort entfernen?

Ich wählte eine große Stadt in rund vierzig Kilometer Entfernung aus. Bewusst, denn sie hatte mich vor Jahren enttäuscht, geradezu brutal zurückgewiesen.

Damals hatte mir ein Bekannter vom wilden Karnevalstreiben in dem Ort erzählt. Sie würden dort tagelang durchsaufen. Das hatte mir gefallen, denn wo Feste mit viel Alkohol gefeiert wurden, lernte man mit Sicherheit willige Frauen kennen.

Wie naiv ich doch gewesen war! Kaum hatte ich in einer Kneipe meine ersten Flirtversuche gestartet, war ich auch schon verprügelt worden. Von einem eifersüchtigem Trottel und seinen trunkenen Kumpanen.

Heute würde ich es der Stadt heimzahlen. Sie würden von mir in der Zeitung lesen. Und es würde ihnen gar nicht gefallen.

Am späten Nachmittag stieg ich in den Zug und hatte bewusst saubere, unauffällige Kleidung gewählt, die Haare gekämmt und einen neutralen Gesichtsausdruck aufgesetzt. In der rechten Hand hielt ich eine Plastiktüte. Darin war alles, was ich für meine Aufgabe benötigte.

Ein Stachel durchstieß den weißen Kunststoff. Behutsam griff ich in die Tüte und ordnete deren Inhalt.

In der großen Stadt angekommen, beglückwünschte ich mich zu meiner Wahl. Der Bahnhof wimmelte nur so von Pendlern, Bettlern und vor allem zwielichtigen Gestalten. Die schlichen herum, bildeten Grüppchen und teilten die Vorübergehenden in zwei Gruppen ein: in jene, denen man was andrehen konnte und jene, denen man etwas wegnehmen konnte.

Es war ausgeschlossen, dass ich in diesem Trubel auffallen würde. Ich durfte nicht mehr allzu lange zögern. Je später es wurde, desto weniger waren unterwegs.

Ich suchte nach den schlecht beleuchteten Seitenstraßen und fand einen kleinen Park. Er maß nur ein paar hundert Meter im Durchmesser. Den Mittelpunkt bildeten ein Klettergerüst, ein paar Schaukeln und ein Sandkasten. Der Park stellte eine Abkürzung auf dem Weg zur Fußgängerzone dar. Eine Abkürzung von der Art, die man nach Einbruch der Dunkelheit besser nicht mehr benutzen sollte.

Mochten hier tagsüber Mütter ihre kleinen Kinder beim Spielen beaufsichtigen, Rentner von den Bänken in die Herbstsonne blinzeln und gelegentlich Männer mit einem Ächzen der Erleichterung in die Büsche uriniert haben, schien das Gras in der Dämmerung grau statt grün und die Schatten hinter dem großen Klettergerüst breiteten sich nach allen Seiten aus wie eine ansteigende Flut.

Ich durchschritt den kleinen Park, umkreiste ihn zweimal und stellte fest, dass es in unmittelbarer Nähe keine Kneipen gab. Nur ein paar kleine Geschäfte und Büros, die bald verwaist sein würden.

Prüfend blickte ich nach allen Seiten und nahm zwischen den Sträuchern Deckung. Es roch nach faulenden Pflanzen, Hundekot und menschlichem Urin, aber das nahm ich in Kauf.

Kurze Zeit später näherte sich das Knirschen vieler Schritte auf dem Weg. Eine Gruppe Jogger lief an mir vorbei, kurz danach folgte ein fröhlich pfeifender Radfahrer. Dann blieb es eine Weile ruhig.

Ich war geduldig und dachte daran, dass eine Zecke jahrelang ohne Nahrung – sprich Blut – auskommen konnte, bis es ihr endlich gelang, sich auf einen Wirtskörper zu stürzen.

Ich streifte die Handschuhe über. Sie waren für die Kälte des Winters gedacht und gefüttert, aber es würde schon gehen. Schließlich war heute Abend nicht filigrane Kunstfertigkeit angesagt.

Eine ältere Frau mit hochtoupierten Haaren ging ohne Eile vorbei. Wenige Meter von meinem Versteck entfernt, zündete sie sich eine Zigarette an und inhalierte tief.

Als sie weiterging, wurde die Frau von einem Hustenanfall geschüttelt. Ich musste angeekelt zuhören, wie sie mehrmals ausspuckte.

Bei ihrem Auftauchen hatte ich hektisch in der Plastiktüte gewühlt, so dass sich der Draht erneut verhedderte. Ich zwang mich zur Ruhe, flüsterte dreimal leise „Freien ist wie Pferdekauf, Freier tu die Augen auf“ und tröstete mich damit, dass es normal sei, bei einer Premiere etwas aufgekratzt zu sein.

Nun war ich aber bereit. Den ein Meter langen Draht hielt ich mit beiden Händen, sorgsam darauf bedacht, nicht in die Stacheln zu greifen. Der Hammer steckte in meinem Gürtel.

Ein junger Bursche kam, die Schirmmütze trug er falsch herum auf dem Kopf.

Genau auf diese Sorte war ich scharf gewesen. Es handelte sich hier um Premiumqualität.

Mit ein paar lautlosen Schritten war ich hinter ihm.

Im allerletzten Moment hatte das Lämmchen etwas bemerkt. Vielleicht das Rascheln der Zweige oder einen Luftzug. Es machte den Versuch sich umzuwenden, doch da legte ich den Draht schon um seinen Hals und Dornen aus Metall bohrten sich in dünne Schichten aus Fleisch.

Ich trat dem Kerl die Beine weg und die Schwerkraft wurde zu meinem Verbündeten, als nun das ganze Gewicht des Körpers an dem Draht zerrte. Das Lämmchen zappelte und röchelte, Hände tasteten nach der Kehle, doch die notwendige Impfung wurde unerbittlich vollzogen.

Ich hielt die dornige Schlinge jetzt nur mit einer Hand, als wollte ich einen ungehorsamen Hund mit einem Knebelhalsband zur Räson bringen.

„Chrrr...Chrrr“, gurgelte das Bürschchen und ich musste lachen.

Ich zog den Hammer aus dem Gürtel und schlug auf den Schädel des Kerls ein. Doch der wagte es, weiterhin Widerstand zu leisten. Die meisten Schläge gingen daher daneben oder trafen falsche Stellen wie den Wangenknochen, der mit einem deutlichen Splittergeräusch zerbarst.

Die blutige Kappe fiel zu Boden und ich zerrte ihn ungeduldig in die Büsche.

„Geh tot!“

Der Reisende

Die Szene auf der Straße kam Richard völlig surreal vor.

Vor dem Eingang zum gegenüberliegenden Haus standen sich zwei Männer gegenüber. Einen knappen Meter voneinander entfernt. Jener, der Richard den Rücken zuwandte, wirkte unförmig, geradezu gigantisch und dieser Eindruck wurde durch einen breitkrempigen Hut und den bodenlangen, schwarzen Wintermantel, der sich jetzt in einer Windböe aufblähte, noch verstärkt. Seine Arme wirbelten vor dem erschrockenen Gesicht seines Gegenübers durch die Luft.

Erst jetzt erkannte Richard, dass es sich bei dem offensichtlich Bedrohten um den Rentner handelte, der des Nachts gern mit einem Krummsäbel in seiner Wohnung hantierte.

Der andere Kerl stieß ihn jetzt gegen die Brust, so dass er taumelte und nur durch die Hauswand in seinem Rücken vor einem Sturz bewahrt wurde.

Der Angreifer brüllte wieder etwas, das Richard nicht verstehen konnte, drohte mit erhobener Faust, wagte es aber letztlich nicht zuzuschlagen. So, als sei er es nicht gewohnt, die körperliche Auseinandersetzung zu suchen. Dennoch hatte ihn etwas in Rage versetzt.

Eine erneute, stärkere Windböe riss ihm plötzlich den Hut vom Kopf und als er sich mit ausgestreckten Armen umwandte, um nach der schwarzen Kopfbedeckung zu greifen, sah Richard, dass es sein beleibter Flurnachbar war, der sich dort unten in einen Wüterich verwandelt hatte.

Während sich Richard fragte, was der Grund für die Auseinandersetzung war, zückte der Rentner ein Schwert mit kurzer Klinge. Er musste es die ganze Zeit hinter seinem Rücken verborgen gehalten haben. Es erinnerte Richard an die Waffe eines Legionärs aus den Asterix-Comics, die er in seiner Jugend gelesen hatte.

Der Dicke hatte in der Zwischenzeit seinen Hut eingefangen und wandte sich mit hochrotem Kopf wieder dem Rentner zu, der ihn jetzt mit halb erhobener Klinge erwartete.

Richard öffnete das Fenster. „He! Was soll das?", rief er, aber der Wind – mittlerweile eiskalt und regenschwanger – riss die Worte mit sich.

Die Straße war menschenleer. Nur die beiden Kampfhähne standen sich weiterhin gegenüber. Der Rentner machte mit dem Kurzschwert in der Hand einen Schritt nach vorn, bewegte die Lippen und war auf einmal gar nicht mehr ängstlich.

Richard rannte in den Hausflur, stürmte die Treppen hinunter, zwang sich schneller zu laufen, ohne auf das Pochen in seinem Schädel und den rasselnden Atem zu achten.

Er blieb mitten auf der Straße stehen, hielt so einen Sicherheitsabstand zu den Männern und fragte sich verzweifelt, warum er nicht erst die Polizei gerufen hatte, ehe er sich hier zum Helden aufspielte. Aber jetzt war es dafür zu spät. Er hob begütigend die Arme, rang nach Luft und ächzte: „Bitte, meine Herren! Beruhigen Sie sich."

Er sah, dass der Rentner ihn erkannte. Ohne den Blick von dem Beleibten im Wintermantel zu nehmen, sagte der alte Mann mit leicht zitternder Stimme: „Der Verrückte hat mich angegriffen. Einfach so."

„Der Mistkerl hat Pauli umgebracht!", stieß der Dicke hervor. Sein teigiges Gesicht war jetzt totenbleich, bis auf die leuchtend violetten Flecken auf den Wangen.

Das ist ein Kandidat für einen Herzinfarkt, dachte Richard.

„Legen Sie erst einmal das Schwert weg." Er hörte, wie seine Stimme flatterte.

Der Alte schüttelte energisch den Kopf. „Damit mich der Fettsack zusammenschlägt? Nichts da!" Er hielt das Schwert jetzt mit beiden Händen. Für Richard sah das gefährlich professionell aus.

Sein korpulenter Nachbar hatte sich den Hut wieder auf den Kopf gesetzt und marschierte schnaubend und mit gefletschten Zähnen auf den Rentner los, so, als wäre die Stichwaffe überhaupt nicht existent. Richards erste Reaktion war zurückzuweichen, aber er unterdrückte sie und stellte sich vor den alten Mann. Einen Augenblick lang veränderte sich die wutverzerrte Miene seines Nachbarn nicht, aber dann wanderte sein Blick über Richards Gesicht. Er blieb stehen. Richard verspürte ein klein wenig Erleichterung und wunderte sich gleichzeitig darüber, woher er den Mut nahm. Vielleicht weil er erlebt hatte, wie verletzbar sich sein Nachbar angesichts des toten Katers gezeigt hatte.

„Was ist hier eigentlich los?“, fragte Richard. Er ließ den dicken Mann, der in seiner Kleidung wie ein wahnsinnig gewordener Al Capone aussah, dabei nicht aus den Augen. Ihm schien, als wäre der Blickkontakt der einzige Einfluss, den er zurzeit auf den Mann hatte.

Ein Auto näherte sich, der Fahrer verringerte die Geschwindigkeit, als er sich mit den drei Männern auf gleicher Höhe befand und beschleunigte dann so hektisch, dass die Antriebsräder über das Kopfsteinpflaster radierten.

Plötzlich schoss die rechte Hand des Nachbarn nach vorn und umklammerte Richards Unterarm. Richard stieß vor Überraschung einen leisen Schrei aus. In den speckigen Fingern steckte eine enorme Kraft, alles Weiche, Nachgiebige schien von dem Mann abgefallen zu sein. Sein Mondgesicht war jetzt direkt vor Richard.

„Der Kerl hat meinem Pauli den Kopf abgeschlagen.“ Richard roch den süßlichen Atem des Mannes. „Dafür wird er büßen.“

„Hören Sie mir genau zu." Richard sprach ganz deutlich und versuchte den schmerzhaften Griff um sein Gelenk zu ignorieren. „Der alte Mann hinter mir hat ein scharfes Schwert auf uns beide gerichtet. Und er ist aufgeregt genug, um es auch zu benutzen."

„Oh ja! Oh ja!", stieß sein Gegenüber hervor und nickte dabei so heftig, dass seine Wangen in heftige Wellenbewegungen gerieten.

„Es kann hier zu Verletzten kommen", fuhr Richard konzentriert fort. „Vielleicht sogar zu einem oder mehreren Toten. Einer davon könnte ich sein."

„Sie?" Die Augen des Mannes wurden ganz groß.

„Genau."

„Warum das denn?" Die Raserei in dem Gesicht wich ehrlicher Verblüffung.

„Weil ich zwischen euch stehe und einfach nicht weggehen werde."

„Warum tun Sie das? Sind Sie verrückt?"

Richard überlegte, dass er wohl in der Tat verrückt sein musste, um einem durchgedrehten Koloss und einem senilen Schwertkämpfer als Pufferzone dienen zu wollen.

„Ich möchte, dass Sie mich loslassen und sich dann beruhigen. Wir sollten miteinander reden."

Der Hass kehrte in das Gesicht des Mannes zurück. „Reden! Was gibt`s da noch zu reden!"

„Ich wiederhole", sagte Richard so sanft, wie es sein rasender Puls zuließ. „Ich gehe hier nicht weg."

Sein Nachbar machte einen Moment die Augen zu, und als er sie wieder öffnete, sah Richard einen Glanz darin, den er für Tränen hielt. Der Griff um seinen Arm löste sich.

„Gut." Richard flüsterte beinahe. Er nahm das Risiko auf sich, dem Nachbarn den Rücken zuzuwenden und drehte sich langsam zu dem alten Mann um. Der hielt die Klinge in seinen leberfleckigen Händen mittlerweile gesenkt und sah ihn unbehaglich an. Ehe Richard ihn ansprechen konnte, sagte er: „Ich habe seinen Kater nicht umgebracht. Ich weiß nicht, wieso er darauf kommt."

„Vielleicht weil Sie hier mit einem Schwert durch die Gegend laufen." Richard bereute seine Worte sofort, denn sie stachelten den Nachbarn erneut an. Er spürte, wie er sich gegen seinen Rücken stemmte.

„Genau!", rief er. „Das ist doch krank!"

„Ich habe das Schwert auf einer Auktion ersteigert." Der alte Mann klang trotzig. „Ich sammele antike Waffen. Hier!" Er deutete auf ein rotes Samttuch, das auf dem Bürgersteig lag. „Die Waffe war darin eingewickelt. Soll ich Ihnen die Quittung zeigen?"

„Schon gut." Richard winkte ab. „Gibt es irgendwelche Beweise dafür, dass dieser Mann dem Kater etwas angetan hat?", fragte er dann seinen Nachbarn.

Der dicke Mann hob den rechten Arm, wohl um auf das Schwert zu deuten, ließ ihn auf halber Höhe aber wieder fallen, als sei alle Kraft aus ihm gewichen. Er schluchzte kurz.

„Jemand hat seinem Kater den Kopf abgeschlagen", sagte Richard. „Er ist deshalb ein wenig durcheinander."

Der Alte zog die Brauen hoch. „Ein wenig ist gut! Aber noch mal zum mitschreiben: Ich war es nicht. Kein Teil meiner Sammlung verlässt die Wohnung. Und dieses Schwert habe ich letzte Woche in Leipzig ersteigert und gerade von einem Bekannten abgeholt, der es restauriert hat. Es befand sich nämlich in einem erbärmlichen Zustand."

Richard warf seinem Flurnachbarn einen kurzen Blick zu. Die Gefahr schien gebannt. Er stand einfach gesenkten

Hauptes auf der Stelle und atmete so schwer, dass sich seine Brust wie ein Blasebalg zusammenzog und wieder aufblähte.

Richard wusste nicht, ob er dem Rentner glauben sollte. Liebhaber von Waffen waren ihm schon immer suspekt vorgekommen. Andererseits hatte der alte Mann bisher immer einen harmlosen und freundlichen Eindruck gemacht.

„Was hat er jetzt?“ Der Rentner deutete mit dem Schwert auf den Mann hinter Richard. Ehe Richard sich umdrehen konnte, hörte er ein Geräusch, als würde ein Sack Kartoffeln umfallen.

Richards Nachbar lag auf dem Bürgersteig, versuchte sich wieder aufzurichten, schaffte es aber nur sich mit den Ellbogen abzustützen und sah benommen zu ihnen auf.

„Es ... es is nich weier schimm“, stammelte er kaum verständlich. „Ich bauche nu mein ... Ischulin.“

„Sie sind Diabetiker?“, fragte Richard besorgt und ging neben dem Mann in die Hocke. „Soll ich einen Arzt rufen?“

Sein Nachbar schüttelte den Kopf und nahm einen neuen Anlauf wieder auf die Beine zu kommen. Richard half ihm dabei und jetzt eilte auch der Rentner hinzu. Gemeinsam gelang es ihnen den Koloss auf seine wackeligen Beine zu stellen. Es schien ihm ein wenig besser zu gehen. Es gelang ihm jetzt auch wieder die Wörter klar zu artikulieren. Mit tastenden Schritten, als hätte sich das Pflaster in dünnes Eis verwandelt, begann er die Straße zu überqueren.

„Ich werde ihn begleiten“, sagte Richard zu dem alten Mann, der sein Schwert sorgsam mit dem Samttuch umwickelte.

„Tun Sie das.“ Der Rentner sah zu dem dicken Mann und dann wieder zu Richard. „Der Bursche sollte sich schleunigst untersuchen lassen.“

„Werden Sie Anzeige erstatten?“, fragte Richard.

Der Alte schüttelte den Kopf. „Ich denke nicht. Aber ich wäre froh, wenn Sie in Zukunft auf Ihren Freund besser aufpassen."

„Er ist nur mein Nachbar", erwiderte Richard.

*

Richard fühlte sich nach dem Vorfall verwirrt, und während er hinter dem dicken Mann die Treppe hinaufstieg, wusste er nicht, woher er den Mut für sein entschlossenes Handeln genommen hatte. Er war nie ein Held gewesen, eher jemand, der bewusst Orte wie Stadtfeste oder Fußballstadien mied, an denen es möglicherweise zu Auseinandersetzungen kommen könnte.

Vor der Wohnungstür verharrte sein Nachbar ein paar Sekunden, stützte sich mit pfeifendem Atem am Türrahmen ab und wandte sich dann wie in Zeitlupe zu Richard um. Das Gesicht des Mannes war schweißüberströmt. Ein Tropfen löste sich von der Nase und fiel zu Boden.

„Ich komme klar", sagte er mit fast geschlossenen Lippen. „Bis später."

Ehe Richard etwas erwidern konnte, verschwand der Mann in seiner Wohnung und schloss die Tür. Richard war unschlüssig, ob es richtig war, ihn in diesem Zustand allein zu lassen, aber gleichzeitig musste er jetzt selbst dringend zur Ruhe kommen.

Er betrachtete das handgeschriebene Namensschild über der Klingel neben der Tür.

Jan Münzberg hieß der Mann.

Richard horchte noch eine Weile, aber in der Wohnung seines Nachbarn herrschte Stille.

Er fragte sich, ob Maria etwas von der Sache mitbekommen hatte. Sie war noch immer bei Frau Ahrens. Normalerweise blieb sie ungefähr eine Stunde bei der alten Frau. Er wusste nicht, wie lange die Szene mit Jan Münzberg und dem Rentner gedauert hatte. Vielleicht hatte sie alles durch ein Fenster beobachtet.

Richard kehrte in seine Wohnung zurück und ertappte sich dabei, wie er ohne darüber nachzudenken, die Tür nicht nur abschloss, sondern zusätzlich die Sicherheitskette vorlegte. Das hatte er nie zuvor getan. Die Zeiger der Küchenuhr standen auf halb zehn, also hatte die Auseinandersetzung auf der Straße nur ein paar Minuten gedauert.

Er setzte sich an den Tisch und starrte Marias Kaffeetasse an. In seiner Jugend hatte er sich immer gewünscht nicht schlafen zu müssen, um die so geretteten Stunden nutzen zu können. Heute bekam er mehr wache Stunden, als er sich wünschte. Sie waren nutzlos, weil sie ihm nahezu jegliche Kraft raubten. Ein Tag schien zu zwei Tagen geworden sein. Zu einer dahinsiechenden Zeitspanne ohne Ziel.

Eigentlich hatte er auf Marias Schritte im Treppenhaus lauschen wollen, aber als er den Kopf hob, zeigte die Uhr zwanzig nach elf. Hatte er fast zwei Stunden die Tasse angeglotzt? War er in einen Trancezustand gefallen oder sollte er tatsächlich geschlafen haben? Letzteres schied aus, denn er fühlte sich noch müder als zuvor.

Wenn sich der Schlaf endgültig verabschieden sollte, und damit meinte er die paar Stunden des Dahindämmerns, würde das Leben zur Hölle werden. Zurzeit befand er sich noch im Fegefeuer.

Es schellte und im ersten Augenblick freute er sich darüber, dass Maria noch mal bei ihm vorbeischaute, aber dann fiel ihm ein, dass sie sich seit über einer Stunde bei einem anderen Pflegebedürftigen aufhielt.

Die Gedanken wirbelten wie Seifenblasen in seinem Kopf umher. Manche zerplatzten, ehe er sie überhaupt formuliert hatte.

Er öffnete die Tür und als er seinen Nachbarn Münzberg auf der Fußmatte stehen sah, stellte er fest, dass eine Sicherheitskette nichts nutzt, wenn man sie ebenso gedankenverloren öffnet, wie man sie schließt.

Münzberg hielt ihm eine flache Schachtel hin. Auf dem Deckel war eine Flasche Weinbrand und eine Schale mit Weinbrandbohnen abgebildet.

„Weinbrandbohnen“, erläuterte sein Nachbar unnötigerweise. „Ich wollte mich bei Ihnen bedanken.“

Jan Münzberg machte einen klaren Eindruck. Er schwitzte nur ein wenig, wie er es wohl immer tat, und sein Gesicht wies nicht mehr die totenhafte Blässe von vorhin auf. Nur die Augen waren noch immer verweint.

Richard zögerte und Münzberg machte Anstalten, sich wieder zu verabschieden.

„Wollen wir reden?“, hörte Richard sich sagen.

Der Mann auf der Fußmatte lächelte nicht, aber Richard spürte, dass er über die Einladung erfreut war. Er führte Münzberg in die Küche. Eine Küche war für Richard schon immer der Ort für Kommunikation gewesen. Nur gab es in seiner jetzigen Lebensphase kaum jemanden, mit dem er kommunizieren konnte.

Die Sitzfläche des Stuhls war zu klein für Jan Münzbergs Gesäß, aber er schien das gewohnt zu sein.

„Kaffee?“, fragte Richard.

„Nein danke. Ich habe Bluthochdruck.“

„Und Sie sind Diabetiker?“ Richard tippte mit der Fingerspitze auf die Schachtel mit den Weinbrandbohnen. „Dann sollten wir die lieber auch nicht öffnen, oder?“

Münzberg hob die Mundwinkel ein wenig, so dass es beinahe so aussah, als würde er lächeln. Zumindest im Ansatz. „Eine oder zwei gehen eigentlich immer.“

Richard nahm den Deckel ab und bemerkte, dass bereits ein paar Bohnen fehlten.

„Tut mir leid. Ich war da schon mal dran“, gestand Münzberg und fingerte eine weitere Bohne aus der Verpackung. Er schien die Praline überhaupt nicht zu kauen. „Ich wollte den alten Knacker erst nur zur Rede stellen, aber dann sind mir die Sicherungen durchgebrannt. Meine Zuckerwerte ... die machen einen dann völlig konfus.“

Richard steckte sich auch eine Bohne in den Mund, biss sie in zwei Hälften und ließ die aromatische Füllung die Kehle hinunterrinnen. „Sind Sie denn sicher, dass er es war, der Ihrem Kater das angetan hat?“

Münzberg schnaufte, als würde ein Teil der Wut, die ihn auf der Straße erfasst hatte, zurückkehren. „Der Alte hantiert in seiner Wohnung mit diesen albernen Waffen herum. Ich habe ihn dabei schon zigmal beobachtet. Glaubt wohl ein Samurai oder so was zu sein.“

„Ich weiß“, warf Richard ein und versteifte sich sofort, als er spürte, wie sich der Mann wieder aufregte.

„Ich fragte ihn, ob er wüsste, was mit Pauli geschehen ist.“ Münzberg ballte seine Hände zu Fäusten. Über den Fingerknöcheln war die Haut ganz weiß. „Er fragte, wer Pauli sei. Und ich antwortete: mein Kater.“

„Und weiter?“

„Dann sagte er: Ach, so ein Scheiß-Katzenvieh. Dabei hat er gegrinst. Da bin ich geplatzt. In seinen Augen konnte ich lesen, dass er Paulis Mörder ist. Er hat ihm den Kopf abgeschlagen.“

„Das allein ist aber noch kein Beweis“, warf Richard vorsichtig ein.

„Ich bitte Sie!“ Jan Münzberg schnaufte jetzt wie ein Dampfkessel. „Der Mann läuft mit einem Schwert durch Döbeln!“

„Dafür hatte er eine Erklärung.“ Richard schob die Schachtel mit den Weinbrandbohnen näher zu seinem Nachbarn, in der Hoffnung, dass ihn die Nascherei ein wenig ablenkte. Münzberg bediente sich eifrig, ohne dadurch im Reden behindert zu sein.

„Der Kerl hasst doch alle. Kaum sind ein paar Kinder mal etwas lauter vor seinem Haus, brüllt er gleich los. Und ich habe auch gesehen, wie er etwas nach einer Katze geworfen hat. Zum Glück war es nicht mein Pauli.“ Mit einem Mal hielt Münzberg inne. Er presste die Lippen aufeinander und hob zweimal die Schultern an. Er wirkte beinahe komisch und Richard fühlte sich an den Filmkomiker Oliver Hardy in jüngeren Jahren erinnert. Sehr sogar. Die Ähnlichkeit in diesem Augenblick war verblüffend.

„Bin ich gerade laut geworden?“, fragte Münzberg. Ehe Richard etwas erwidern konnte, beantwortete sein Nachbar die Frage selbst. „Ja, das bin ich. Und das wollte ich auf gar keinen Fall. Tut mir sehr, sehr leid, Herr Gerling.“

Richard hob begütigend beide Hände.

„Paulis Tod geht mir sehr nahe. Er war so ein witziger, kleiner Kerl.“, fuhr Münzberg fort. „Aber ich bin hier, weil ich mich bedanken wollte. Sie haben mir heute Morgen das Leben gerettet. Dieser Samurai hätte mich sonst noch abgestochen.“

„Er dachte wohl auch, dass Sie ihm ans Leder wollen.“ Richard wartete, wie der Mann auf seine Worte reagierte. Er wollte sehen, ob Münzberg nicht schon jeden Bezug zur Realität verloren hatte.

Doch sein Nachbar nickte zustimmend. „Ich hätte ihm den Mord erst hundertprozentig beweisen sollen. Das wäre schlauer gewesen.“

„Aber kann man ihm das überhaupt beweisen?“

„Ich muss!“ Münzberg rutschte auf dem zu kleinen Stuhl, der unter seinem Gewicht bedrohlich knirschte, hin und her.

„Vielleicht waren es die Ratten", erwiderte Richard und erinnerte sich gleich wieder an deren emsiges und provozierendes Schaben in den Nächten.

„Ratten?" Münzberg ließ den Mund offen stehen und seine Augen waren ganz groß. Er sah mehr denn je wie Oliver Hardy aus. „Mein Pauli hat jede Ratte verwurstet. Er war eine Kämpfernatur!"

„Die Ruine neben uns ist voller Ratten. Ich höre sie jede Nacht."

„Sie können sie hören?", fragte Münzberg erstaunt.

„Die Biester hocken hinter der Wand und kratzen und schaben. Es ist ... " Richard hielt inne. „Sie können Sie vermutlich deshalb nicht hören, weil meine Wohnung zwischen ihrer und dieser Bruchbude liegt."

„Kann sein." Münzberg verzog das Gesicht. „Das ist ja widerlich."

„Unser Vermieter hat versprochen, sich darum zu kümmern."

„Das muss der Stadt gemeldet werden", erklärte Münzberg. „Ich hoffe, das tut der Vermieter auch." Er schüttelte verständnislos den Kopf. „Aber ich halte es für ausgeschlossen, dass Ratten meinen Pauli so zugerichtet haben."

Richard rief sich das schreckliche Bild des Katzenkopfs vor dem Eingang zur Ruine in Erinnerung. „Der Kopf sah nicht so aus, als sei er mit einer scharfen Klinge abgetrennt worden."

„Sondern?", ächzte Münzberg und bekam sofort feuchte Augen. „Ich wollte mir Paulis Kopf nicht näher ansehen."

„Er schien mir eher wie abgebissen oder ... abgerissen."

Sein Nachbar schniefte laut. „Mein Gott! Dazu kann doch niemand fähig sein!"

„Ratten schon."

Münzberg sah durch Richard hindurch. In seinem großflächigen Gesicht arbeitete es, er schürzte die Lippen und knirschte hörbar mit den Zähnen.

Vermutlich versucht er sich gerade vorzustellen, was die Ratten mit seinem Pauli angerichtet haben, dachte Richard. Er wusste, dass Ratten hochintelligent waren und durchaus geplant vorgehen konnten, um eine Katze zu erledigen.

„Ich werde mich selbst an die Stadtverwaltung wenden", beschloss Münzberg und erhob sich schwerfällig. Er deutete mit der Hand in Richtung Fenster. „Aber den Verrückten mit seinen Schwertern und dem ganzen Brimborium behalte ich trotzdem im Auge. Vielleicht war er es ja doch."

Richard sagte nichts, lächelte nur unverbindlich und sah zu seinem Nachbarn auf, der mit seiner Leibesfülle die Küche zu einer kleinen Kammer werden ließ. Irgendwann, überlegte Richard, wird er seine Wohnung nicht mehr verlassen können.

„Sie sind in Ordnung, Herr Gerling." Münzberg streckte ihm die fleischige Hand hin und Richard ergriff sie. „Ich bin froh, Sie als Nachbar zu haben."

„Schon gut." Richard war die Situation peinlich. Er hatte mit Lob oder Komplimenten noch nie gut umgehen können.

*

In der kommenden Nacht waren die Ratten wieder da. Richard saß senkrecht im Bett und starrte die Wand an. Er kämpfte gegen den Drang, sich übergeben zu müssen. Bunte Punkte tanzten vor seinen Augen wie ein Schwarm surrealistischer Schmetterlinge.

Eine Frauenstimme las im Radio die 3-Uhr Nachrichten vor.

Ein paar Mal hatte er mit aller Kraft gegen die Wand geschlagen, aber das hatte die Biester nicht im Geringsten beeindruckt.

Es war empfindlich kühl im Zimmer. Richard hasste überhitzte Räume, aber heute Nacht war ihm eindeutig zu kalt. Mühsam schwang er die Beine aus dem Bett. Kaum hatte er die ersten Schritte auf dem blanken Parkettboden getan, verstummten die Geräusche in der Wand. Richard hielt inne und lauschte. Von irgendwoher glitt ein Luftzug über seinen Körper und ließ ihn frösteln.

Die Ratten verhielten sich still und Richard bildete sich ein, dass sie ihn beobachteten. Es war sogar mehr als eine Einbildung, er glaubte es spüren zu können. Das Licht der Nachttischlampe reichte aus, um im Bett ein Buch lesen zu können, doch schon nach zwei Metern herrschte ein diffuses Halbdunkel, das in den Ecken schwarze Schatten wachsen ließ.

Richard ließ seinen Blick durch das Zimmer gleiten und suchte die Wände unmittelbar über der Fußbodenleiste ab.

War es möglich, dass sich die Biester schon irgendwo Einlass verschafft hatten?

Er schaltete die Deckenlampe ein. Die Helligkeit ließ ihn blinzeln.

Er drehte die Heizung etwas höher und rutschte auf den Knien an der Wand entlang, hinter der sich das Nachbargebäude befand.

Jetzt war es die Stille, die ihm nervenaufreibend vorkam. Sie ließ vor Richards geistigem Auge Horden widerlicher Ratten mit gelblichen Nagezähnen erscheinen, deren schwarze Knopfaugen jede seiner Bewegungen verfolgten. Hasserfüllt und zugleich amüsiert von seiner Hilflosigkeit.

Risse, fein wie ein Adergeflecht, zogen sich an einer Stelle vom Boden bis auf ein Meter Höhe die Wand hinauf. Richard konnte sich nicht daran erinnern, sie jemals zuvor bemerkt zu haben. Er legte den Zeigefinger auf einen Riss. Keiner der Risse war breiter als ein Millimeter, aber als er sein Gesicht ganz nahe an das Geflecht brachte, glaubte er zu spüren, wie kalte Luft daraus hervordrang. Richard roch Schimmel.

Etwas auf dem Holzboden erregte seine Aufmerksamkeit. Bei näherer Betrachtung stellte er fest, dass es sich um winzige Häufchen uraltem Mörtel handelte, der aus den Rissen rieselte. Er rümpfte die Nase. Er würde, sobald die Geschäfte geöffnet hatten, in die Stadt gehen, um Fugenspachtel zu kaufen.

Es waren nicht die Risse in der Wand, die ihn störten – bei Altbauten kamen solche Dinge nun mal vor – es war die Tatsache, dass es jetzt einen direkten Kontakt zu der Ruine gab. Ein erster Durchlass, der einen Hauch kalter, moderiger Luft aus dem Reich der Ratten und was sich sonst noch alles dort verbarg, in seine Wohnung hineinwehte.

Angewidert stand er auf. Er wollte den Rest der Nacht in der Küche verbringen. Sie grenzte zwar ebenfalls direkt an das alte Nachbargebäude, aber trotzdem waren die Ratten dort nie zu hören. Er schaltete das Radio aus und schnitt der Nachrichtensprecherin mitten im Wetterbericht die Stimme ab. Die nächsten Tage versprach es kalt zu werden. Er zog sich einen Bademantel über.

Richard holte den metallenen Kerzenständer, den er seit seiner Jugend besaß, aus dem Wohnzimmer und stellte ihn auf den Küchentisch. Als er die drei Kerzen angezündet hatte, schaltete er die Küchenlampe aus. Er setzte sich auf seinen Stammplatz und blickte in die flackernden Flammen. Vom Flur drang ein schwacher Lichtschein. Er hatte vergessen im Schlafzimmer die Deckenlampe auszuschalten. Es war ihm egal. Er war so unendlich müde, wollte nur noch die abbrennenden Dochte mit dem blaugelben Lodern, das sie umgab, beobachten. In der leisen Hoffnung, dass ihm dabei die Augen zufielen.

Es ist so still, dachte er. Ich werde auch in der Küche ein Radio brauchen.

Sein Kopf wurde ganz schwer und als er ihn hin und her bewegte, spürte er, wie verspannt sein Nacken war.

Es ist nicht die Stille, die dich stört, mahnte eine innere Stimme. Es ist die Einsamkeit.

Viertel nach drei zeigte die Uhr an der Wand. Das Licht der Kerzen hauchte den Schatten Leben ein und ließ sie zucken und tanzen.

*

Richard hob den Kopf ganz langsam von der Tischplatte und hörte die Sehnen in seinem Hals knacken.

Halb vier.

Die violetten Kerzen waren kaum sichtbar abgebrannt. An ihren Rändern sickerte flüssiger Wachs herab.

Irgendetwas hatte sich verändert. Richard knetete seinen Nacken und versuchte herauszufinden, was es war.

Er war nicht mehr allein. Ganz leise hörte er eine Stimme. Zu leise, um zu verstehen, was sie sagte. Er schob den Stuhl geräuschlos zur Seite und schlich zum Messerblock neben der Spüle. Gerade, als seine Hand den Griff einer besonders scharfen Klinge umschloss, erklang die Musik. Ein Schlager, so banal, dass er wohl auf immer in die Nachtstunden verbannt würde.

Das Radio im Schlafzimmer! Richard atmete erleichtert aus. Er wollte gerade seine Hand von dem Messergriff lösen, als ihm einfiel, dass er das Radio ausgeschaltet hatte. Gerade, als für Mittelsachsen fünf Grad maximale Tagestemperatur und Nieselregen vorausgesagt wurde.

Im Flur war es dunkel. Kein Licht drang mehr aus dem Schlafzimmer.

Er versuchte die Vorgänge von vorhin genau zu rekapitulieren: Risse in der Wand untersucht, Radio ausgeschaltet,

Bademantel aus dem Schrank geholt, Schlafzimmer verlassen, um dann festzustellen, dass er vergessen hatte, das Licht auszuknipsen.

Oder war es genau andersherum gewesen?

Er starrte auf die Klinge in seiner Hand. Automatisch hatte er sie aus dem Messerblock gezogen.

Richard schlich in den Flur. Er schaltete nicht das Licht ein. Wenn sich jemand in seiner Wohnung befand, wollte er den Moment der Überraschung auf seiner Seite wissen. Die Musik wurde bei jedem Schritt lauter. Das Lied mit dem synthetischen Mitklatschrhythmus stand im krassen Gegensatz zu dem Gefühl der Angst, das Richard umklammerte. Er glaubte, sich bei jeder seiner Bewegungen durch zähen Sirup kämpfen zu müssen.

Die Tür zum Schlafzimmer stand weit auf. Dahinter war es stockfinster. Richard lauschte. Er hörte nur einen Refrain, in dem sich *ganzes Glück* auf *bestes Stück* reimte und spürte den eigenen Herzschlag. Er stellte sich einen Fremden vor, der in der Dunkelheit verharrte und nach irgendeiner Reaktion von ihm lauschte.

Richards Hand tastete nach dem Lichtschalter für die Deckenlampe. Er hielt den Atem an. Erwartete, dass ein Arm aus der Schwärze mit der Schnelligkeit einer Schlange hervorschoss, um nach ihm zu greifen.

*Klick!*

Der Raum wurde in warmes, gelbliches Licht getaucht, das keine Schatten zuließ. Richard sah sich nach allen Seiten um, spähte unter das Bett, ohne irgendjemanden zu entdecken.

Seiner Kehle entrang sich ein glucksendes Geräusch. Er musste kichern und ganz weit hinten in seinem Verstand bildete sich ein beängstigender Gedanke: Werde ich verrückt?

„Unsinn!" Das Wort hallte einen Moment in seinem Kopf nach. Er war nur angespannt, bekam zu wenig – *Nein! Eigent-*

*lich gar keinen Schlaf!* – und das führte dazu, dass man Kleinigkeiten vergisst und Dinge verwechselt. Vermutlich hatte er das Radio gar nicht ausgeschaltet, dafür die Deckenlampe im Schlafzimmer. Richard versuchte seine Gedanken zu ordnen. Aber da war doch der Lichtschein im Flur gewesen ...

Und als er am Küchentisch saß und in die Kerzenflammen starrte, da hatte er weder Stimmen noch Musik aus dem Radio wahrgenommen.

Oder doch?

Fakt ist, sagte sich Richard, dass kein Eindringling das Radio einschalten würde, um auf sich aufmerksam zu machen.

Richard spürte, wie er panisch wurde.

Alles ist in Ordnung, versuchte er sich einzureden. Aber der Mahner in seinem Kopf vertrat eine andere Meinung. Sie lautete: Du verlierst die Übersicht! Es ist der Blitz. Er hat dich damals nicht getötet. Aber was jetzt folgt, ist vielleicht viel schlimmer. Du bist ein weiteres Treppchen emporgeklettert zu deinem Ziel. Und dieses Ziel heißt Wahnsinn! Wie findest du das?

Richard presste die Hände auf die Ohren und stöhnte laut auf. Er zwang sich ruhig und gleichmäßig zu atmen, dabei bemerkte er, dass der Geruch von Schimmel allgegenwärtig war.

*

Um Punkt Acht rief Richard in Dr. Buschs Praxis an. Er wollte seinen nächsten Termin unbedingt vorverlegen. Letzte Nacht hatte er lediglich nicht mehr gewusst, ob er das Radio aus oder das Licht eingeschaltet hatte und war daraufhin mit einem Messer durch die Wohnung geschlichen. Wie würde sich sein Zustand weiterentwickeln? Kamen Nächte mit Spukgestalten auf ihn zu? Oder würde er irgendwann versuchen, die eigene Hand zu amputieren, weil sein verrückt gewordener Verstand sie als Feind identifiziert hatte?

Zu seiner Überraschung erhielt er sofort einen Termin. Er konnte schon in einer Dreiviertelstunde vorbeikommen. Richard wusch sich und beschloss ausnahmsweise seinen Wagen zu benutzen, weil er nicht verschwitzt und atemlos bei Dr. Busch erscheinen wollte. Er wollte wenigstens äußerlich „normal“ wirken, denn wenn er sein Erscheinungsbild vernachlässigte, sagte er sich, wäre ein weiterer, Riesenschritt in Richtung Dachschaden getan.

Sein VW Golf parkte direkt vor dem verwahrlosten Nachbargebäude. Auf der anderen Straßenseite stand ein dunkler Volvo-Kombi. An den Türen pappten Magnetschilder. Richard kannte diese Schilder. Ehe sich für ihn das Romanschreiben halbwegs gelohnt hatte, arbeitete er nebenbei für einen Botendienst. Er musste damals für die Fahrten durchs Ruhrgebiet sein eigenes Auto benutzen und erhielt deshalb diese magnetischen Schilder mit dem Firmennamen für die Wagentüren, die sich nach Feierabend ganz einfach wieder entfernen ließen.

Der Aufschrift zufolge gehörte der Volvo einer Schädlingsbekämpfungsfirma. Ein großer Mann in einem grünen Overall stieg aus. Er öffnete die Heckklappe und machte sich im Inneren des Wagens zu schaffen. Richard überquerte die Straße und grüßte freundlich: „Guten Morgen.“

Richard hörte, wie etwas Schweres über die Ladefläche gezogen wurde, dann wandte sich der Mann zu ihm um.

„Morgen.“ Obwohl er sich wohl gleich mit ekligen Schädlingen herumschlagen musste, schien der Mann bester Laune zu sein. Er grinste über beide Ohren. Er war braungebrannt, hatte ein Netz von Falten um die Augen und schien zu jener Sorte zu gehören, die immer wusste, was zu tun war. Auf dem Kopf trug er eine Schirmkappe in der Farbe seines Overalls.

„Ich nehme an, Sie kommen wegen der Ratten“, vermutete Richard und lächelte zurück.

„Genau!“ Der Mann klopfte auf einen Metallkoffer, der jetzt ein Stück aus dem Wageninneren herausragte. „Ich lege in der Bruchbude Köder aus. Die werden den Biestern den Garaus machen.“ Er senkte die Stimme. „Da hat sich irgendeiner aus dieser Straße bei der Stadt beschwert. Hat richtig Dampf gemacht. Waren Sie das?“

Richard schüttelte den Kopf. Es konnte sich dabei um seinen Nachbarn Münzberg handeln. „Nein. Aber die Ratten sind schon eine echte Plage. Ich bin froh, dass Sie sich darum kümmern.“ Er war froh, dass er es nicht gewesen war, der sich beschwert hatte. Typen wie dieser Kammerjäger machten ihm ein bisschen Angst. Sie waren immer überaus kräftig, arbeiteten am Bau oder auf der Autobahn, entblößten sich beim ersten Sonnenstrahl ungeachtet ihres Bierbauchs und blickten einen immer an, als ob sie die Herren der Welt wären.

Der Mann hatte währenddessen schwarze Lederhandschuhe übergezogen und klopfte gegen den Koffer. „Dafür bin ich da.“ Er nahm den Koffer, sagte „Los geht`s!“ und schritt pfeifend auf das Haus zu, als ginge es zu einem Picknick und nicht in ein Gemäuer, das so aussah, als sei es das Hauptquartier allen Ungeziefers der Stadt.

Richard stieg in seinen Golf und erst nach einigen hundert Metern entdeckte er in der oberen Ecke der Frontscheibe einen fingerlangen Riss, der bei seiner letzten Fahrt vor ein paar Tagen noch nicht dagewesen war.

*

Dr. Busch führte ihn dieses Mal nicht in den hellen Raum mit den Sitzgruppen und dem Glastisch, sondern in ein winziges Behandlungszimmer mit einem schmalen Fenster aus

Milchglas, durch das sich Döbeln als verwaschene Schemen abzeichnete. Es gab nur eine Liege mit schwarzem Kunstlederbezug, einen Drehstuhl und ein elektronisches Gerät mit zahllosen Kabeln.

Dr. Busch wies Richard an, sich auf die Liege zu setzen. Die Liege war so hoch, dass Richards Füße nicht den Boden berühren konnten. Das irritierte ihn ein wenig.

Busch setzte sich auf den Stuhl und legte die Hände im Schoß zusammen. Er hatte sein schwarzes Haar heute mit viel Gel in Form gebracht und streng nach hinten gekämmt. Busch trug wie beim ersten Treffen ein hellblaues Hemd. Richard entdeckte einen weißen Fleck unterhalb des Kragens. Außerdem baumelte der unterste Hemdknopf nur noch an einem Faden.

„Sie wollten, dass wir unseren Termin vorverlegen." Busch räusperte sich. „Was hat Sie dazu veranlasst, Herr Gerling?"

Für Richard hatte es sich so angehört, als hätte der Psychiater seinen Namen etwas eigenartig betont.

„Die Schlaflosigkeit wird schlimmer", begann Richard. „Und manchmal verliere ich bei einfachsten Dingen den Überblick." Er berichtete von der letzten Nacht und bemerkte während des Redens, wie er Silben verschluckte und Wortfindungsstörungen hatte. Er begann zu schwitzen und war davon überzeugt, ein erbärmliches Bild abzugeben.

Dr. Busch sah ihn eine Weile schweigend an und das Gefühl des Unwohlseins wurde noch größer.

„Ich habe mich gleich nach Ihrem ersten Besuch über die Spätfolgen von Blitzschlag informiert", begann Busch endlich. „In der Tat können Beeinträchtigungen erst nach Tagen oder gar Monaten auftreten. Daher bringen manche Ärzte die Probleme häufig nicht mit dem Blitzschlag in Verbindung."

Dr. Busch verstummte kurz und sah zum Fenster, das nicht viel breiter als eine mittelalterliche Schießscharte war. Ein großer Vogel hatte sich auf dem Sims hinter der Milchglasscheibe niedergelassen. Er wirkte beinahe wie ein Scherenschnitt.

Der Psychiater runzelte die Stirn, als würde ihm der Anblick missfallen, dann seufzte er und fuhr fort. „Die akuten Folgen eines Blitzschlags wie Herz- und Atemstillstand entstehen dadurch, dass die extreme Stromstärke die elektrische Kontrolle der Muskelkontraktion für das Herz und das Atemsystem durcheinander bringen. Aber wenn der Strom durch das Gehirn fließt, können verschiedenste Hirnregionen zerstört werden. Der menschliche Körper ist nun mal ein hervorragender elektrischer Leiter." Er sah Richard direkt in die Augen. „Sie sprachen von akuten Schlafstörungen, Kopfschmerzen und Gedächtnisproblemen."

Richard nickte eifrig.

„Ich glaube, dass ihr Zustand in der Tat von dem Blitzschlag hervorgerufen wird."

„Was kann man dagegen tun?", fragte Richard. Aus den Augenwinkeln sah er, wie der schwarze Vogel mit den Flügeln flatterte und dann davonflog. „Regeneriert sich das Gehirn?" Seine Finger krallten sich in den Kunstlederbezug der Liege.

„Möglich", erwiderte Dr. Busch. „Jedenfalls sind Ihre Symptome ganz typisch. Manchmal kommt es sogar zum Verlust des Geschmacks-, Geruchs- oder Tastsinns. Und wenn der Frontallappen des Hirns geschädigt wurde, kann sich die gesamte Persönlichkeit eines Menschen verändern. Der Betroffene zeigt infantiles Verhalten, wird depressiv oder aggressiv."

„Was ist mit Wahnvorstellungen?", platzte es aus Richard heraus. Er wischte seine schweißnassen Hände an den Hosenbeinen ab und hatte das Gefühl, auf den Schlund eines schwarzen Lochs zugeschoben zu werden, in dem alle furchtbaren Dinge, die er sich nur ausmalen konnte, auf ihn lauerten. Etwas in seinem Innern wollte vor Entsetzen laut aufschreien.

„Haben Sie Wahnvorstellungen?“ Dr. Busch sah ihn besorgt an.

Richard zögerte. „Ich ... ich glaube nicht.“

„Gut.“ Der Blick des Psychiaters hellte sich nicht auf. „Nach allem, was ich in Erfahrung gebracht habe, sind sie aber nicht auszuschließen.“

„Das heißt, es ist damit zu rechnen, dass ich verrückt werde.“ Seine Stimme klang schrill.

„Dazu werden wir es nicht kommen lassen.“ Dr. Busch holte einen Zettel aus seiner Hosentasche hervor und reichte ihn Richard. „Das ist Ihr Termin für die Hirn-Tomographie in Dresden. Die genaue Adresse habe ich aufgeschrieben. Von meiner Sprechstundenhilfe bekommen Sie später noch die Überweisung. Leider ist der Termin erst in drei Wochen. Eher ging es auf keinen Fall.“

Richard steckte den Zettel ein und fühlte sich wie betäubt. „Können Sie mir helfen?“, fragte er.

„Ich denke schon“, erwiderte Dr. Busch. „Vorausgesetzt Sie sind von nun an ehrlich zu mir.“

Richard erschrak und spürte wie ihm das Blut ins Gesicht schoss. „Was meinen Sie damit?“

„Sie erzählten mir, dass Sie nach dem Blitzschlag in Unna in einem Krankenhaus ambulant behandelt wurden. In Unna gibt es zwei Krankenhäuser. In beiden war ein Richard Gerling unbekannt. Daraufhin habe ich im Internet recherchiert. Schließlich wird nicht alle Tage jemand in einer westfälischen Kreisstadt vom Blitz getroffen. Schon gar nicht unter solch spektakulären Umständen. Es gab schließlich einen Toten und Sie trugen an jenem Vormittag auf dem Schulhof einen Lederslip und ein Halsband, Herr Kenning."

Richard zuckte bei der Erwähnung seines abgelegten Namens zusammen. „Ich musste aus Unna verschwinden und woanders untertauchen. Das konnte ich nur unter einem neuen Namen. Die Namensänderung war in meinem Fall kein Problem."

„Und Sie glaubten wirklich, in Döbeln würde Sie niemand erkennen? Sie sind ein relativ bekannter Schriftsteller. Es existieren Fotos von Ihnen im Internet. Gut, Sie haben sich die Haare wachsen lassen und tragen eine Brille, aber Sie bleiben trotzdem Richard Kenning."

Richard warf dem Psychiater einen durchdringenden, flehenden Blick zu. „Sie werden mich doch nicht verraten?"

„Sie sind mein Patient. Alles, was wir miteinander besprechen, bleibt in diesen Räumen."

Richard richtete sich mit einem Gefühl der Erleichterung auf. Wenn sich nur alles, was ihm in den letzten Monaten widerfahren war, so einfach aus der Welt schaffen ließe.

„Und wir müssen einiges besprechen", sagte Dr. Busch. „Der Blitzschlag verbunden mit einem Toten ist ein traumatisches Erlebnis für Sie. Es hieß, Sie könnten sich nicht mehr daran erinnern, wie Sie auf den Schulhof gelangt waren. Entspricht das der Wahrheit?"

„Ja", antwortete er ohne Zögern. „Ich erwachte im Gebüsch. Mit einem Gefühl, als hätte ich die ganze Nacht durchzecht."

„Hatten Sie das?"

Richard schüttelte den Kopf. „Nein ... das heißt, ich weiß nur noch, dass ich auf einer Party meines Verlegers war. Aber ich habe kaum etwas getrunken."

„Und dann?" Dr. Busch rückte den Stuhl ein wenig näher heran.

Richard breitete in einer Geste der Ratlosigkeit die Arme aus. „Keine Ahnung. Filmriss. Ich frage mich seit jenem Morgen ständig, wie ich auf den Schulhof gekommen bin und warum ich diese absurde Kleidung trug."

„Die Sie nie zuvor benutzt hatten?"

„Nein. Nie!" Richards Stimme hatte entsetzter geklungen, als er es beabsichtigt hatte.

„Dann fehlen Ihnen also mehrere Stunden Ihres Lebens", stellte Dr. Busch fest. „Sie sind nicht der erste, dem so etwas widerfahren ist."

Richard sah ihn einen Moment schweigend an. „Man muss sich einen schlechten Scherz mit mir geleistet haben. Vermutlich hat mir jemand K.-o.-Tropfen ins Glas geschüttet."

„Haben Sie einen Verdacht?", fragte Busch.

„Nein. Es hätte jeder der Anwesenden sein können."

„Lassen Sie uns über den Blitzschlag reden. Erinnern Sie sich noch daran?"

„Hell", erwiderte Richard und schloss reflexartig die Augen. „Es war so hell, als würde man direkt in die Sonne blicken. Und mit dem Licht kam ein Fauchen. Es ging alles so schnell, dass ich noch nicht einmal Angst empfinden konnte."

„Laut den Berichten ist der Blitz zuerst in die Kamera eines Fotografen einer Lokalzeitung eingeschlagen und ist dann auf Sie übergesprungen. Das hat Ihnen vermutlich das Leben gerettet."

„Ja", flüsterte Richard und öffnete erst jetzt die Augen. „Der Blitz erwischte mich nur mit halber Kraft."

„Fühlen Sie sich schuldig am Tod des Fotografen?"

„Ich weiß es nicht. Ich denke schon. Ohne mich hätte er nicht genau an jener Stelle gestanden. Außerdem kannte ich den Mann. Das war ein ziemlicher Schock."

„Ich habe Ihr letztes Buch gelesen", wechselte Dr. Busch überraschend das Thema. „*Der Reisende* war ein Erfolg. Ich fand es gut recherchiert. Woher wussten Sie so viel über das Seelenleben eines Psychopathen?"

Richard brauchte ein paar Sekunden, um zu reagieren. Es war wie ein Rücksturz in eine Welt, mit der er beinahe abgeschlossen hatte. Noch immer floss etwas Geld aus den Verkäufen des Romans.

„Es kommt mir so vor, als hätten Sie für das Buch mit ähnlich veranlagten Menschen wie Ihrem fiktiven Hauptprotagonisten gesprochen", sagte Busch.

„Ja", erwiderte Richard einsilbig.

„Interessant." Dr. Busch zeigte keinerlei Anzeichen von Ungeduld.

„Glauben Sie, dass es therapeutisch sinnvoll ist über meine Arbeit zu reden?" Richard klang ein wenig ungehalten.

„Durchaus. Schreiben Sie zurzeit an einem neuen Buch?"

Richard stöhnte. „Es funktioniert nicht. Ich habe bisher nur ein paar mehr oder weniger sinnlose Seiten geschafft."

„Ich könnte mir trotzdem vorstellen, dass die Rückkehr zu Ihrer Arbeit ein wesentlicher Schritt zur Normalisierung Ihres Zustands ist", erwiderte Dr. Busch.

Richard sah ihn mit einer Mischung aus Unglauben und Verärgerung an. „Wenn mein Hirn beschädigt ist, wie Sie eben annahmen, wird es durch einen neuen Krimi kaum repariert werden."

„Ihr Hirn kann, muss aber nicht Schaden erlitten haben, Herr Kenning."

Richard empfand es als eigenartig, mit seinem alten Namen angeredet zu werden. Er hatte lange Zeit benötigt, um sich an Gerling zu gewöhnen. Kenning stand für ein Leben, das in einem überaus bizarren Fiasko geendet hatte.

„Unter welchem Namen soll denn ein neues Buch erscheinen?“, fragte der Psychiater.

„Unter Richard Kenning. Der Verleger vertritt die Meinung, dass sich der Vorfall eher verkaufsfördernd auswirkt.“

„Da könnte er Recht haben. Aber wenn Richard Kenning ein neues Buch veröffentlicht, wird das die Neugierde auf den Autor wieder entfachen. Man wird nach Ihnen suchen.“ Dr. Busch machte eine kurze Pause. „Vielleicht hat das bei Ihnen die Schreibblockade ausgelöst.“

Richard dachte darüber nach. „Ich weiß nicht ... es ist eher das Gefühl völlig ausgebrannt zu sein. Meine Batterien sind leer. Ich muss einfach nur schlafen.“ Er beobachtete, wie sich der unterste Knopf von Dr. Buschs Hemd löste und geräuschlos zu Boden fiel.

„Wir werden daran arbeiten“, sagte der Psychiater. „Kehren wir aber zunächst zu Ihrer Schriftstellerei zurück. Wie haben Sie recherchiert?“

Es war Richard unangenehm über ein Thema zu reden, das er für sich so gut wie möglich verdrängt hatte. „Nun ... es stimmt. Ich habe in der Tat die Nähe jener Menschen gesucht, über die ich geschrieben habe.“

„Jemanden wie den Reisenden?“ Buschs Interesse schien echt.

„Nein.“ Richard winkte ab.

„Aber Sie meinen Straftäter, Mörder?“

„Ja. Ich machte Lesungen in Justizvollzugsanstalten mit Sicherheitsverwahrung. Ich war auch in der geschlossenen Forensik. Dort traf ich Satanisten, die in ihrem Wahn Menschen geopfert hatten oder auf Psychopathen, die Spaß daran hatten, Frauen zu filetieren.“

„Was haben Sie dabei empfunden?“

Richard erinnerte sich an Applaus, Gelächter und daran,

dass sich einige der Insassen hinterher bei ihm für die Lesungen bedankt hatten. „Die meisten wirkten so wie jeder andere Mensch. Aber mir war immer klar, mit wem ich es da zu tun hatte.“

„Waren Sie fasziniert?“, fragte Busch.

„Niemals!“ Richard sah den Psychiater erschrocken an. „Wie könnte ich von einem Mörder fasziniert sein.“ Er war so fassungslos, dass er einen Moment brauchte, um die richtigen Worte zu finden. „Ich ... ich habe Gewalt ... Mord nur als Mittel der Dramaturgie benutzt. Ich habe nie für Gewaltfetischisten geschrieben. Der Kontakt zu Mördern diente nur der Authentizität.“

Der schwarze Vogel war zurückgekehrt. Er strich mit einer Schwinge über die Milchglasscheibe und verursachte dabei ein leises, schabendes Geräusch. So, als würden zwei Seiten Papier aneinander gerieben. Richard verspürte den Drang gegen die Scheibe zu klopfen, um den Vogel zu verscheuchen.

„Sind Sie bei Ihrer Recherche jemals einem Individuum wie dem Serientäter in *Der Reisende* begegnet?“

„Nein“, erwiderte Richard. „Der Reisende ist reine Fiktion.“

„Er beging das perfekte Verbrechen, weil er scheinbar kein Motiv hatte ...“ Busch sah zum Fenster. „... außer seinem Wahn“, beendete der Psychiater seinen Satz.

„Die halten mich für einen Langeweiler!“ Zutiefst beleidigt fegte ich die Zeitung vom Tisch.

Drei von ihnen hatte ich bereits geimpft. Alle waren sie männlich und unter dreißig gewesen. Von dieser Sorte liefen nun mal die meisten zu später Stunde allein durch die Gegend. Strotzend vor Selbstbewusstsein und im Glauben, stark genug für die Dunkelheit zu sein.

Die Polizei nahm an, ich sei fixiert auf diese Personengruppe. Dabei machte ich keinen Unterschied zwischen Alter oder Geschlecht. Ich musste impfen und ging dabei gerecht vor. Jedes Individuum, das sich so leicht aus dem Leben pflücken ließ, war es nicht wert zu existieren. Meine Aufgabe war es, die Starken am Leben zu lassen. Jeder, der mir widerstand, war erlöst.

Ich ging zum Fenster und beobachtete den Strom der Passanten.

Zwei Dinge mussten von mir berücksichtigt werden.

In Zukunft würden die Impfungen in allen Altersgruppen vorgenommen. Die Schwachen waren sehr breit gestreut. Zum anderen blieb mir nichts anderes übrig, als ihnen das Geld abzunehmen. Lange hatte ich mit mir gehadert, verstieß das doch gegen meine Prinzipien und degradierte mich in der Öffentlichkeit zu einem simplen Raubmörder. Aber schließlich ging es hier nicht um Selbstbereicherung, machte ich mir klar. Ich benötigte nun mal finanzielle Mittel für meine Mission. Allein die Bahnfahrten kosteten ein Vermögen.

Außerdem spielte es überhaupt keine Rolle, was das Menschenvolk von mir hielt. Es war bis auf wenige Ausnahmen dumm. Statt nach Vollkommenheit zu streben, degenerierte es immer mehr.

„Es ist beschlossen!“, sagte ich laut und machte mich auf den Weg zum Bahnhof.

Ich wählte eine Kleinstadt nahe der holländischen Grenze aus und nahm sogar zweimaliges Umsteigen in Kauf.

Es regnete, als ich in der früh einsetzenden Dämmerung den Ort erkundete. Am Rande einer Neubausiedlung fand ich, was ich suchte. Das noch nicht erschlossene Bauland wurde von asphaltierten Feldwegen durchzogen. Bäume und dichte Sträucher schützten vor Wind und Einblick.

In der Ferne erkannte ich die Silhouette eines Spaziergängers.

Schon wieder männlich, stellte ich verärgert fest, aber als ich die gebeugten Schultern und den schlurfenden Gang bemerkte, freute ich mich: Aber zur Abwechslung alt.

Der Fremde kam näher und murmelte im Vorübergehen einen Gruß. Er führte einen Hund an der Leine aus, einen fetten Mischling, dessen Bauch beinahe über dem Boden schleifte.

Mir war kalt. Noch länger in diesem Regen und ich würde mir eine Erkältung holen.

Mit den Handschuhen als Schutz vor Stacheln und Fingerabdrücken legte ich den Draht in dem Jutesack zurecht. Ich benutzte keine Plastiktüten mehr. Ein Jutesack hatte sich als widerstandsfähiger gegenüber dem Stacheldraht erwiesen. Es gab noch eine zweite Verbesserung: Ich hatte den plumpen Hammer gegen ein Rasiermesser ausgetauscht. Ich holte das Messer aus meiner Manteltasche hervor und öffnete es mit einer schnellen, oft geübten Bewegung der linken Hand.

„Warten Sie bitte", sagte ich im Plauderton und der alte Mann blieb stehen. Hund und Herrchen wandten die Köpfe gleichzeitig zu mir um. Das sah so komisch aus, dass ich mir ein Lächeln nicht verkneifen konnte. Der Alte lächelte zurück.

Ich überwand die kurze Distanz mit zwei Schritten, rammte das Rasiermesser mit der scharfen Seite vorwärts und spaltete den rechten Augapfel des Mannes. Der stieß einen schrillen –

lächerlich weibischen – Schrei aus, ließ die Hundeleine fallen und schlug beide Hände vors Gesicht.

Ich griff in den noch immer vollen Haarschopf des Alten und riss dessen Kopf zurück. Die Klinge, blass-silbern mit feinen roten Blutsprenkeln, fuhr erneut durch den Nieselregen und schnitt dem Mann von einem Ohr zum anderen die Kehle durch. Rot und unnatürlich grell im letzten Licht des Tages schoss das Blut aus der neu geschaffenen Körperöffnung hervor. Der Mann sank auf die Knie, fiel dann vornüber und ich sah befriedigt zu, wie sich unter ihm eine schnell größer werdende Pfütze bildete. Das rechte Bein zuckte noch ein paar Mal, dann lag der Alte still.

Ich legte den Stacheldraht um den Nacken des Sterbenden. Das Anbringen des Drahtes war nur noch eine routinemäßige Angelegenheit. Meine Visitenkarte. Die Visitenkarte eines Auserwählten, der durch das Land reisen musste, um die Schwachen von den Wertvollen zu trennen.

Der Mischling war ungerührt mit schleifender Leine ein Stück weitergetrottet und glotzte nun mit seinen Triefaugen zu mir und seinem toten Herrchen zurück.

„Was mache ich mit dir?“

Das Tier wedelte mit dem Schwanz. Ich bückte sich und löste die Leine vom Halsband, denn ich wollte nicht, dass der Hund irgendwo hängen blieb.

Tiere sind von den degenerierten Menschen missbrauchte Wesen. Sie sind immer unschuldig.

„Ab mit dir!“, sagte ich. „Geh nach Hause.“

Später, bei der Heimfahrt im Zug, stellte ich verärgert fest, dass ich das Geld des Hundehalters vergessen hatte.

Soviel zur Tierliebe!

Der Reisende

Richard war verwirrt, und doch fühlte er, dass ihn die Aussprache mit Dr. Busch erleichtert hatte. Der Psychiater hatte Richard ein homöopathisches Mittel mitgegeben. Winzige, weiße Kügelchen, die beim Entspannen und möglicherweise sogar beim Einschlafen unterstützen sollten.

Was ihm aber am meisten Hoffnung gab, war, dass Dr. Busch ihn von nun an dreimal pro Woche in seiner Praxis sehen wollte. Er sagte, dass Richards Fall für ihn von großem Interesse sei, da die Folgen eines Blitzschlags beim Menschen noch nahezu unerforscht wären.

Richard fuhr nicht auf dem direkten Weg nach Haus, sondern parkte seinen Golf in der Nähe des Rathauses.

Der Vormittag war kühl, aber trocken. Richard verspürte den Drang, sich ein wenig die Beine zu vertreten. Er schlenderte an den Läden vorbei und blieb schließlich vor dem Schaufenster der Buchhandlung stehen.

Fantasy-Romane waren noch immer im Trend, stellte er fest. Erst vor kurzer Zeit, als er feststellte, wie quälend langsam – Eigentlich überhaupt nicht, dachte Richard – der neue Roman vorankam, hatte er mit dem Gedanken gespielt, es auch mal mit Fantasy zu versuchen. In seiner Jugend hatte er dieses Genre verschlungen. Aber irgendwie fand er es nach kurzem Überlegen abwegig fiktive Welten mit Drachen, Zauberern und Dämonen zu erfinden, wo die Realität doch tagtäglich weitaus größere Schrecken gebar.

Zwei Tage, nachdem er in seine Wohnung in Döbeln eingezogen war, hatte er bei der Buchhandlung angerufen und nachgefragt, ob *Der Reisende* von Richard Kenning vorrätig sei. Die Antwort war negativ gewesen. Man könnte das Buch aber binnen vierundzwanzig Stunden besorgen. Das hatte Richard beruhigt. Offensichtlich waren seine Werke in Döbeln kein großer Renner und somit wuchs die Wahrscheinlichkeit, dass er hier unerkannt leben konnte.

In einer Seitenstraße entdeckte er Marias roten Fiat Panda. Erst beim zweiten Blick sah er, dass das Nummernschild nur bis auf die letzte Ziffer identisch war. Außerdem war der Kunststoff der hinteren Stoßstange genau in der Mitte gesplittert. Vermutlich hatte jemand den Fiat rückwärts gegen ein Straßenschild oder eine Laterne gesetzt.

Richard ging ein paar Schritte in die Seitenstraße hinein. Der Fiat parkte vor einem winzigen Ladenlokal. *Pflegedienst Naumann & Santos* klebte in roten Buchstaben am Schaufenster.

Richard schlenderte wie zufällig an dem Laden vorbei. Im Schaufenster standen orangefarbene Blumen in einer bauchigen Kristallvase. Im Innern saß eine blonde, etwas mollige Frau an einem Schreibtisch und telefonierte. Sie schien älter als Maria zu sein. Maria selbst konnte er nirgends entdecken. Vermutlich war sie mit dem zweiten Wagen des Pflegedienstes unterwegs. Richard schaute auf die Uhr. Bei seiner Nachbarin Ahrens würde sie sich auf keinen Fall mehr aufhalten.

Richard fuhr zusammen. Fast außerhalb seines Blickfelds hatte er eine Bewegung wahrgenommen. Schnell und ... heimlich. Als wollte sich jemand vor ihm verbergen. Er wandte sich um. Da waren Fußgänger. Hauptsächlich Hausfrauen, einige mit kleinen Kindern. Am Bürgersteig packte ein Fensterputzer seine Utensilien aus einem Kombi. Auf der anderen Straßenseite unterhielten sich zwei rotwangige Rentner. Einer von ihnen paffte eine Zigarre und stieß dabei Rauchwolken wie ein Miniaturkohlekraftwerk aus. Der andere hatte einen Hund an der Leine, der geduldig neben dem Mann auf der Stelle hockte. Irgendwo rief eine Frau nach einem Hubert, und dass er sich beeilen sollte. Die gewohnte Serenade des Kleinstadtlebens, nicht mehr und nicht weniger, aber es passte nicht zu dem, was für Sekundenbruchteile am äußersten Rande seines Gesichtsfelds in Erscheinung getreten war. Keiner der Anwesenden bewegte sich mit großer Eile. Aber das was er gesehen, oder mehr gefühlt hatte, war eilig gewesen. Eilig und behände. Beinahe wie ein Tier.

Und er hatte das Gefühl, dass es noch immer nicht verschwunden war. Es hatte sich nur seinen Sinnen entzogen. Allerdings nicht vollständig, denn er fühlte sich noch immer beobachtet. Schon als Kind hatte er die Blicke anderer Menschen in seinem Rücken spüren können.

Irgendetwas ... irgendjemand war da und interessierte sich für jede Bewegung, für jeden seiner Atemzüge.

Einer der Rentner auf der anderen Straßenseite – der mit dem Hund an der Leine – richtete seine Aufmerksamkeit auf Richard, hob den Arm und rief einen Gruß, den Richard nicht verstand. Der alte Mann stieß seinen Freund an und nun starrten beide mit offenen Mündern in Richards Richtung.

Richard erkannte erst jetzt, dass der Rentner mit dem Hund – Es ist ein fetter Dackel, stellte er beiläufig fest – sein Nachbar aus dem Parterre war. Gleichzeitig bemerkte er zu seinem Entsetzen, dass er die Kontrolle über seine Beine verlor. Richards Beine schienen sich in Stelzen verwandelt zu haben. Er machte einen unkontrollierten Ausfallschritt nach rechts und wäre, hätte es da nicht eine Hauswand gegeben, an der er sich abstützen konnte, auf dem Gehweg lang hingeschlagen. Verschwommen sah er, wie sein Nachbar mitsamt dem Dackel auf ihn zukam, die Straße überquerte und dabei mit einer herrischen Geste ein herannahendes Fahrzeug zum Stehen brachte.

Richard vernahm das Hupen wie aus weiter Ferne. Sein Nachbar tauchte unvermittelt vor ihm auf. Er hatte die Strähnen seiner verbliebenen Haare sorgsam von links nach rechts über den rosa Schädel gekämmt.

Es klang, als würde ein starker Wind aufkommen, aber nirgendwo bewegte sich auch nur ein Blatt auf den Bäumen. Er taumelte und wäre beinahe gestürzt; dann wurde ihm bewusst, dass er sein eigenes Blut in den Ohren rauschen hörte, während sein Herz schneller und schneller schlug.

Mir wird schlecht, wollte Richard sagen, schaffte nur „Miii…“, ehe sein Gleichgewichtssinn nicht länger oben und unten auseinanderhalten konnte.

*

Als er die Augen aufschlug, sah er zunächst nur eine weiß getünchte Zimmerdecke, dann tauchte das Gesicht einer unbekannten Frau über ihm auf. Sie trug einen weißen Kittel und musterte ihn mit besorgter Miene. Richard wandte den Kopf zur Seite und stellte fest, dass sie sein Handgelenk umfasste, um seinen Puls zu fühlen.

„Herr Gerling?“, fragte die blonde Frau. „Können Sie mich hören?“

Woher wusste die Frau seinen Namen? Und wo war er? Im Krankenhaus?

Im Hintergrund bellte ein Hund. Eine männliche Stimme sagte: „Still, Basti!“ und ein zweites, rotwangiges Gesicht schob sich in sein Blickfeld. Dem alten Mann war eine weiße Haarsträhne vom Schädel ins Gesicht gerutscht. Es war sein Nachbar, der mit dem Dackel. Richards Gedanken ordneten sich zäh. Der Mann war auf ihn zugekommen. Aber was war danach geschehen?

Richard versuchte den linken Arm zu heben. Der Arm gehorchte, fühlte sich aber an, als würde er nicht zu ihm gehören.

„Herr Gerling?“, fragte die Frau erneut. Richard richtete sich auf. Seine Umgebung schien kurz hin und her zu schwanken und hielt dann inne.

„Es geht schon wieder", sagte er mit schwacher Stimme. Er sah sich um. Er befand sich im Büro des Pflegedienstes. Die Liege unter ihm war nahezu identisch mit der in Dr. Buschs Behandlungszimmer. Die Frau war Marias Kollegin. Seinen Namen hatte sie wahrscheinlich von seinem Nachbarn erfahren.

„Wie lange war ich bewusstlos?", fragte er.

„Ein paar Minuten", erwiderte die Frau im Kittel. Naumann, heißt sie, fiel Richard jetzt wieder ein.

„Der Notarzt ist unterwegs", fuhr die Frau fort.

„Das ist nicht nötig", begehrte Richard auf.

„Junger Freund", sagte sein Nachbar mit erhobener Stimme. „Als Sie eben die Augen verdrehten und umfielen, dachte ich zuerst, dass Sie den Löffel abgegeben hätten. Herzinfarkt, Hirnschlag oder so. Das sah gar nicht gut aus. Bei meinem Schwager ..." Er verstummte, als die Sirene eines Krankenwagens jedes Geräusch übertönte.

Zwei Sanitäter stürmten in den Laden. Marias Kollegin beschrieb die Situation mit ein paar präzisen Worten. Einer der Männer stellte seinen Notfall-Koffer auf den Schreibtisch und öffnete ihn. Er holte ein Blutdruckmessgerät hervor.

„Haben Sie öfters solche Ohnmachtsanfälle?", fragte sein Kollege.

Richard schüttelte den Kopf und spürte, wie ihm durch die leichte Bewegung schwindlig wurde. „Nein", antwortete er und wusste, dass das nicht der Wahrheit entsprach, aber er hatte kein Interesse daran, ins Krankenhaus eingeliefert zu werden. Dort würde man ihm bestimmt nicht helfen können, versuchte er sich einzureden und wusste doch ganz genau, dass er sich davor fürchtete, man könnte dort etwas finden, das sich nicht mit Gesprächstherapie und homöopathischen Kügelchen beheben ließ.

Der Sanitäter stellte noch eine Reihe weiterer Fragen und trug die Antworten in seiner Checkliste ein.

„Ich leide nur an Schlaflosigkeit", sagte Richard und versuchte seiner Stimme einen beiläufigen Unterton zu verleihen, als sei es die harmloseste Sache der Welt auf offener Straße zusammenzubrechen.

„Blutdruck leicht erhöht", stellte der zweite Sanitäter fest und löste das Messgerät von Richards Arm.

Richard richtete sich langsam auf, wie ein zittriger alter Mann. Mit aller Kraft unterdrückte er einen aufkommenden Brechreiz. Alle Anwesenden, einschließlich seines greisen Nachbarn, musterten ihn skeptisch.

Richard lächelte in die Runde. „Na bitte, geht doch wieder."

Der Sanitäter hielt ihm ein Formular und einen Kugelschreiber hin. „Sie müssen unterschreiben, dass Sie auf eigenen Wunsch auf jede weitere Behandlung verzichten."

Richards Unterschrift sah aus wie die eines Zweitklässlers. Er gab sich große Mühe, sein sich auflösendes Lächeln beizubehalten.

„Das war nicht besonders schlau", sagte die blonde Frau, nachdem die Sanitäter mit ihrem Wagen davongefahren waren. „Sie sollten sich in ärztliche Behandlung begeben. Oder wollen Sie, dass wir Sie demnächst zu unseren Kunden zählen und Ihnen jeden Morgen den Mund abtupfen müssen?"

„Es liegt einfach nur an meiner Schlaflosigkeit", erwiderte Richard ein wenig trotzig. „Jedenfalls danke ich Ihnen für Ihre Hilfe." Er schüttelte ihr die Hand.

„Danken Sie auch Ihrem Nachbarn, Herrn Sandow."

Herr Sandow hatte seinen Hund auf den Arm genommen und hielt ihn wie ein neugeborenes Baby. Der Bauch des Dackels war wie der Schädel seines Herrchens von weißem Flaum bedeckt, durch den die rosafarbene Haut schimmerte.

„Ich werde Sie nach Hause begleiten", verkündete Sandow.

„Mein Wagen parkt gleich um die Ecke", erwiderte Richard.

Die Frau im weißen Kittel legte ihm die Hand auf die Schulter und wirbelte ihn herum. Ihr Griff war fest. „Sie sind wohl völlig übergeschnappt, Freundchen!" Ohne den Griff an seiner Schulter zu lockern, streckte sie ihm ihre linke Hand entgegen. „Autoschlüssel her!"

Richard öffnete den Mund zu einer Erwiderung.

„Am Ende fahren Sie in Ihrem Zustand noch jemanden über den Haufen. Herr Sandow hat gesagt, dass Sie sein Nachbar sind. Meine Kollegin Maria hat in Ihrem Haus eine Kundin. Sie wird Ihnen morgen früh um neun den Schlüssel vorbeibringen." Ihr Gesichtsausdruck ließ keinen Widerspruch zu. Außerdem fiel es Richard ohnehin schwer, einer Frau im weißen Kittel zu widersprechen.

„Die gute Frau hat Recht. Kommen Sie, Herr Gerling." Sandow ließ seinen Dackel ganz sachte zu Boden. „Plaudern wir unterwegs ein wenig."

*

Die frische Luft tat ihm gut. Richard fühlte, wie sein Gang sicherer wurde und die Kopfschmerzen zu einem stetigen, aber ertragbaren Pochen in seiner Stirn schrumpften. Als sie in die Straße des Friedens einbogen, hielt Sandow kurz inne und drückte sich in einen Hauseingang. Mit flinken Bewegungen, die Richard dem alten Mann gar nicht zugetraut hatte, zückte Sandow einen Flachmann aus silbern glänzendem Metall. Er nahm einen tiefen Schluck und ließ den Flachmann wieder in seiner Manteltasche verschwinden.

„Medizin", sagte er und zwinkerte Richard zu. „Ich würde Ihnen ja auch einen Schluck anbieten, aber vielleicht sollten wir damit lieber noch etwas warten."

Richard lächelte verkrampft.

Sandow dämpfte seine Stimme. „Meine Frau braucht das nicht zu wissen."

„Natürlich nicht." Richard hatte mit Sandows Gattin bis auf einen kurzen Gruß noch nie ein Wort gewechselt.

Sie gingen langsam weiter. Der Dackel schaffte nur eine äußerst geringe Geschwindigkeit, zudem blieb er ständig stehen und schnüffelte an Hauswänden und Laternen.

Richard empfand es als angenehm, dass sich sein Nachbar überhaupt nicht für ihn zu interessieren schien. Sandow redete ausschließlich über sich selbst, seine frühere Arbeit bei der Post und über seinen Hund Basti, der seinen Schilderungen zufolge intelligent genug sein musste, um jederzeit das Abitur nachzuholen. Basti hielt unterdessen die Nase gesenkt, schnüffelte und hob hin und wieder mühsam das Bein, um zu pinkeln.

„Ich habe Sie gestern früh mit Krüger und dem dicken Münzberg aus dem ersten Stock auf der Straße gesehen", sagte Sandow unvermittelt. Als Richard nicht sofort reagierte, fügte Sandow „Krüger ist der von gegenüber. Der mit den Waffen." hinzu.

„Münzberg glaubt, dass dieser Krüger seinen Kater getötet hat."

„Was!" Sandow blieb so abrupt stehen, dass der Dackel gegen seine Beine stieß und verwundert zu seinem Herrchen aufsah. „Krüger hat den kleinen Pauli umgebracht!" Sandow hatte den letzten Satz so laut ausgesprochen, dass ein junger Mann auf der anderen Straßenseite erstaunt zu ihnen herübersah. Richard legte eine Hand auf Sandows Arm und brachte ihn mit leichtem Druck dazu weiterzugehen.

„Wie hat Krüger den Kater getötet?“ Richards Nachbar war außer sich.

„Es ist nicht sicher, dass es Krüger war“, beschwichtigte Richard. „Es gibt keinerlei Beweise.“

„Wie?“, beharrte Sandow.

„Wir fanden nur den Kopf des Katers.“

Sandow blieb erneut stehen. Seine Augen wurden ganz groß.

„Aber für mich sah es nicht so aus, als hätte man den Kopf abgeschlagen.“

Sandow sah ihn verständnislos an.

„Der Kopf schien eher abgerissen oder ... abgebissen worden zu sein.“

Der alte Mann hörte ihm überhaupt nicht zu. „Also, wenn das jemand mit meinem Basti macht ... den Kerl würde ich auch umbringen.“ Er bückte sich und streichelte dem Hund über den Kopf. „Nicht wahr, Basti. Der Pauli war so ein feiner Kerl. Ihr zwei wart doch richtige Freunde.“

„Glauben Sie, dieser Krüger wäre wirklich zu so etwas fähig?“, fragte Richard.

Sandow sah zu ihm auf. Seine Augen waren feucht. „Er ist ein Eigenbrötler, ein Miesepeter. Es heißt, er war früher ein ganz scharfer Hund bei der NVA. Ich sage nur: Fallschirmjägerbataillon. Vor ein paar Jahren ist dann seine Frau ganz plötzlich gestorben. Danach ging die Spinnerei mit den Waffen richtig los. Würde mich nicht wundern, wenn er seine Frau selbst um die Ecke gebracht hat.“

Richard sagte nichts. Sandow nahm seinen Hund auf den Arm, als befürchtete er, Krüger könnte jeden Moment mit gezücktem Säbel per Fallschirm vom Himmel schweben, um Basti den Kopf abzuschlagen.

Als sie den Seitenarm der Mulde erreichten und innehielten, um von der Brücke aus schweigend das dahinfließende

Wasser zu betrachten, sagte Richard: „Es könnten auch die Ratten gewesen sein.“

„Welche Ratten?“, fragte Sandow.

„Die im Nebenhaus“, erwiderte Richard. „In dieser Bruchbude. Ich kann sie fast jede Nacht hören. Sie kratzen und schaben hinter den Wänden.“

Sandow starrte wie hypnotisiert auf die Wasserfläche. „Ist mir noch nie aufgefallen.“

„Aber Ihre Wohnung grenzt doch auch an das Nachbarhaus. Sie müssten Sie doch auch hören. Heute Morgen war ein Kammerjäger da und hat Giftköder ausgelegt.“

Der Nachbar sah ihn an und runzelte die Stirn, als müsste er über das Gehörte intensiv nachdenken. „Wir hören in unserer Wohnung keine Ratten, Herr Gerling. Und ich kann mir nicht vorstellen, dass Ratten einem Kater den Kopf abreißen. Wie groß sollen diese Viecher denn dann sein?“

Richard hatte das Gefühl, dass Sandow noch eine weitere Frage auf der Zunge lag: *„Ist es möglich, dass nur Sie diese Ratten hören können?“*

*

In der folgenden Nacht waren sie aktiver denn je. Sie konzentrierten ihr emsiges Kratzen an einer Stelle der Wand unmittelbar neben Richards Bett. Zunächst hatte er versucht die Ratten einfach zu ignorieren und in die Küche auszuweichen, aber als er nach einer Viertelstunde zurückkehrte, um sich zu vergewissern, ob sie nicht endlich Ruhe gaben, klangen sie wütender denn je.

Wütend, dachte Richard. Sie waren wütend und real. Es war unmöglich, dass er sich die Ratten nur einbildete. Vielleicht gab es einen Grund, warum Sandow und seine Frau die Biester nicht hören konnten. Irgendwelche baulichen Besonderheiten im Nachbarhaus machten den Ratten möglicherweise einen direkten Zugang zum Parterre unmöglich.

Richard überlegte, dass Frau Ahrens im zweiten Stock und die beiden jungen Frauen im Dachgeschoss ebenfalls Wand an Wand mit der Ruine lebten. Es interessierte ihn, ob sie auch von den Ratten belästigt wurden.

Die Geräusche hinter der Schlafzimmerwand klangen jetzt so, als würden die Ratten unmittelbar vor dem Durchbruch in seine Wohnung stehen. Richard starrte mit wachsender Panik auf jene Stelle, hinter der sich die Brut konzentrierte. Er brauchte irgendetwas um mit ihnen fertig zu werden. Eine Waffe!

Richard rannte in die Küche und dieses Mal zog er gleich zwei Klingen aus dem Messerblock. Im Schlafzimmer kniete er vor der Wand und wartete angeekelt darauf, dass sich ein Loch bildete, aus dem sich dann eine spitze Schnauze mit scharfen Nagezähnen schob.

Wenn er diese Nacht überstanden hatte, schwor er sich, würde er nach Dresden fahren und dort seinem Vermieter die Hölle heiß machen.

Das unentwegte Kratzen in der Wand klang eher nach jungen Hunden, die ins Freie wollen, dachte Richard, während er die Messer angriffsbereit in den Fäusten hielt.

Machen Ratten nicht noch andere Geräusche als dieses ewige *Kratz ... Kratz ... Kratz ...*?

Gaben sie nicht widerliche Quieklaute von sich? Oder waren diese Ratten so auf ihr Ziel fixiert, dass sie auf jegliche Kommunikation untereinander verzichteten?

Richard versuchte herauszuhören, wie viele von den Biestern sich an der Wand zu schaffen machten.

„Kommt nur!“, stieß er wutschnaubend hervor. „Ich schlage euch die Köpfe ab! Ich schneide euch in der Mitte durch!“

Er keuchte und fragte sich, ob er überhaupt dazu fähig war, auf eines der Biester loszugehen, oder ob er nicht einfach nur kreischend aus dem Zimmer laufen würde.

Die Geräusche verstummten. Jenseits der Wand knarrte Holz. Es hörte sich wie ein asthmatischer Atemzug an. Dann war es still.

Richard dachte an den Kammerjäger. Vielleicht hatten die Ratten die Giftköder gefressen und das war ihr letzter Angriff gewesen. Außer sich vor Wut und Verzweiflung, angesichts der Schmerzen in ihren Eingeweiden und des nahenden Todes.

Aber konnten sie alle auf einmal verreckt sein?

Richard wartete. Er fühlte sich wacher denn je. In dieser Nacht würde er nicht eine Minute Schlaf finden. Dr. Buschs Medizin, die er wie vorgeschrieben nach dem Abendessen eingenommen hatte, zeigte nicht die geringste Wirkung.

Er blieb auf dem Fußboden hocken und wartete. Es war kurz nach Mitternacht.

Ich, der Reisende, erkannte einen neuen Aspekt meiner Aufgabe: Mein Impfen war ein Akt der Gnade.

Ich befreite von Einsamkeit und Sorgen. Ich erlöste die Schwachen, die nicht mehr wert als ein Sandkorn waren, aus den Fängen eines Daseins, das sie nicht bewältigen konnten. Sie waren dem Irrtum erlegen, sich ungestraft über die Welt verteilen zu dürfen.

Dieses Fehlverhalten hatte ich zu korrigieren.

Durch mich wurde die Welt stark und rein.

„Ich bin gut!"

Vor mir auf dem Küchentisch lag das geschärfte Rasiermesser und ein vierzig Zentimeter langes Stück Stacheldraht. Vierzig Zentimeter reichten für nahezu jeden Hals aus.

Ich sah an mir hinunter. Deutlich zeichnete sich die Erektion unter meiner Unterhose ab.

Ich war schockiert, nahm den Draht vom Tisch und hastete ins Badezimmer. Entsetzt über die unangemessene Reaktion meiner Körperlichkeit starrte ich in den Spiegel über dem Waschbecken.

Ich legte den Stacheldraht um meinen Hals und zerrte ein wenig an beiden Enden. Die Stacheln durchdrangen die obere Hautschicht. Blut quoll aus winzigen Löchern. Mit dem rechten Zeigefinger drückte ich einen einzelnen Stachel tiefer in meinen Nacken. Dabei beobachtete ich mein Gesicht und stellte zufrieden fest, dass kein Muskel zuckte und die Augen wunderbar klar und ehrlich blickten.

Der lästige Penis erschlaffte.

Ich kehrte zurück in die Küche und studierte die Deutschlandkarte an der Wand.

Welcher Ort sollte heute die Ehre erfahren, vom Reisenden geimpft zu werden?

Ich folgte mit meinem Finger dem Verlauf der Ruhr.

Der Reisende

Richard erwachte mit dem Nachhall von Gelächter in seinem Schädel.

Hatte er geträumt? Die Voraussetzung für einen Traum war, dass er geschlafen hatte.

Er lag auf der Seite und seine Schulter schmerzte vom Gewicht des eigenen Körpers.

Die Zeiger des Weckers standen auf viertel nach vier. Richard richtete sich so hektisch auf, dass für einen Moment violette und gelbe Punkte vor seinen Augen tanzten.

Er hatte über vier Stunden ohne Unterbrechung geschlafen, noch dazu auf dem Fußboden. Das war ein neuer Rekord. Offensichtlich hatte Dr. Buschs Mittel doch gewirkt. Wenn auch mit überraschend durchschlagender Wirkung.

Richard suchte die Wand ab. Alles war wie zuvor. Während er schlief, hatten die Ratten kein Loch durch die Wand gegraben. Auch die Risse hatten sich nicht verbreitert, aber als Richard tief einatmete, konnte er den schimmeligen Geruch aus der Ruine wahrnehmen. Er musste unbedingt daran denken, die Risse zu verschließen.

Richard ging ins Wohnzimmer und zog nach kurzem Überlegen einen Roman von Scott Smith aus dem Regal. Der Krimi mochte die passende Lektüre sein, um auf den Morgen zu warten.

Er horchte in die Stille hinein und hoffte, dass die Ratten an den Giftködern verreckt waren. Richard schaltete die Stehlampe neben der Couch ein, ließ sich in die abgewetzten Lederpolster sinken und schlug das Buch auf.

Das ist ein echter Fortschritt, überlegte er. Seit Wochen war er nicht mehr dazu in der Lage gewesen, konzentriert zu lesen. Vielleicht würde er bald sogar seinen eigenen Roman weiterschreiben können.

Vier Stunden Schlaf! Übermorgen konnte er Dr. Busch von diesem schnellen Erfolg berichten.

Er las eine halbe Stunde und war beeindruckt von dem ruhigen und doch emotionalen Stil des Autors. Er war sogar so gefesselt, dass er den Harndrang erst spürte, als es schon fast zu spät war. Er sprang auf und auf halbem Weg zur Toilette fühlte er eine feuchte Wärme im Schritt. Richard hatte in die Schlafanzughose gepinkelt. Fluchend rannte er ins Badezimmer. Zum ersten Mal seit der frühen Kindheit hatte er die Kontrolle über seine Blase verloren. Er fühlte sich von seinem eigenen Körper gedemütigt.

Während er duschte, versuchte er sich einzureden, dass so etwas schon mal passieren konnte. Ein kleines Malheur. Mehr nicht. Vielleicht war es auch eine Nebenwirkung von Dr. Buschs homöopathischen Mittel. Er musste das beim nächsten Treffen unbedingt zur Sprache bringen.

Er trocknete sich ab und wollte seine gewohnt nachlässige Alltagskleidung anziehen, entschied sich dann aber für ein weißes Hemd zur Jeans. Schließlich war damit zu rechnen, dass Maria ihm in ein paar Stunden seinen Autoschlüssel vorbeibringen würde.

Richard ging zurück ins Wohnzimmer. Er wollte es nicht wahrhaben, dass der Moment der Entspannung und die Freude über vier Stunden Schlaf wie weggeblasen waren. Vielleicht konnte er einfach wieder das Buch in die Hand nehmen und weiterlesen.

Der Roman von Scott Smith war verschwunden. Er war sich sicher, dass er das Taschenbuch auf die Lehne der Couch gelegt hatte.

Richard bückte sich und sah unter die Couch, entdeckte aber nur ein paar alte Kartoffelchips und große Staubflocken, die ihn im ersten Moment erschrocken zurückweichen ließen, weil er sie im Halbdunkel für Insekten oder Ratten gehalten hatte.

Er sah sich ratlos im Zimmer um. Auf dem runden Holztisch, der ihn seit seiner Studentenzeit bei allen Umzügen begleitet hatte, stand nur eine leere Packung Salzcracker und ein unbenutzter Metallaschenbecher. Richard hatte sich schon vor Jahren das Rauchen unter großen Mühen abgewöhnt.

Sollte er das Buch mit auf die Toilette genommen haben? So absurd ihm die Vorstellung, er habe sich eingepisst, ohne den Scott Smith-Roman aus der Hand zu legen, auch vorkam; er ging ins Badezimmer und suchte anschließend auch noch die Küche ab, obwohl er die nach seinem Wachwerden gar nicht betreten hatte.

Unter anderen Umständen hätte ihn ein Buch, das er verlegt hatte, nicht weiter beunruhigt, aber in seinem jetzigen Zustand glaubte er darin ein weiteres Vorzeichen auf seine geistige Verwirrung zu sehen.

In seiner Kindheit war es öfters passiert, dass ein Spielzeug, das eben noch auf der Spitze eines Sandhügels oder in einer Ecke seines Kinderzimmers gelegen hatte, plötzlich wie vom Erdboden verschluckt schien. Aber dafür gab es eine einfache Erklärung: Ein Kind hat tausend Ideen auf einmal im Kopf, macht ein Dutzend Dinge gleichzeitig und bemerkt überhaupt manchmal gar nicht, wenn es ein Ding von einem Ort zum anderen verschleppt.

Er sagte sich, dass er sich beruhigen musste. Ein verlorenes Buch als Vorboten des Wahnsinns zu bezeichnen war völliger Unsinn. Es handelte sich hier lediglich um die Folgen einer Schlaflosigkeit im fortgeschrittenen Stadium.

Das Buch bleibt trotzdem verschwunden!, mahnte eine innere Stimme. Wo – verdammt noch mal! – ist es geblieben?

Richard begann die Wohnung noch einmal systematisch abzusuchen. Er ertappte sich dabei, selbst an so absurden Orten wie dem Backofen oder dem Kühlschrank nachzusehen und spürte wie er dabei von Minute zu Minute zorniger wurde.

Gerade als er auf einem Stuhl stand, die Decke des Hängeschränkchens neben der Spüle absuchte und dabei nur einen toten Nachtfalter und noch mehr Staub entdeckte, klingelte das Telefon. Das Geräusch erschreckte ihn so, dass er strauchelte und beinahe vom Stuhl gefallen wäre.

Es war kurz vor sechs. Er hastete ins Wohnzimmer. Ein Anruf um diese Uhrzeit verhieß nichts Gutes. Er nahm den Hörer ab und war noch immer geistesgegenwärtig genug, um sich nur mit einem knappen, wenn auch atemlosen „Hallo" zu melden. Zu groß war die Gefahr, dass er noch immer die Nachnamen Gerling und Kenning durcheinander brachte.

Niemand meldete sich. „Hallo!", wiederholte Richard und hatte trotzdem das Gefühl, dass jemand am anderen Ende der Leitung war. Er wartete auf ein verräterisches Atmen, aber stattdessen vernahm er ein völlig anderes Geräusch.

Das Telefon schien plötzlich glühend heiß geworden zu sein und sich in die rechte Schädelhälfte zu brennen. Seine Augen wurden immer größer. Er spürte, wie sein Herz für eine Sekunde aussetzte, um dann mit einem wilden und unregelmäßigen Rhythmus wieder einzusetzen.

Es war eine Katze. Sie stieß ein aggressives, zischendes Fauchen aus. Wie vor einem unmittelbaren Angriff. Wie im Todeskampf.

Immer und immer wieder.

Dann setzte abrupt eine Stille ein, die ihn schwindelig machte. Richard schmeckte mit Verzögerung den Geschmack von Metall in seinem Mund. Er hatte sich die Unterlippe zerbissen.

Richard war einer Ohnmacht nahe. Das schnurlose Telefon entglitt seinen tauben Fingern. Er torkelte wie ein Betrunkener durchs Zimmer, fegte mit der Hand einen Stapel Bücher aus dem Regal, warf die Yucca-Palme um. Sein Knie stieß gegen die Tischkante. Der scharfe Schmerz ließ ihn klarer denken.

Er starrte das Telefon auf dem Fußboden an. Mit einem Mal kam ihm ein Gedanke. Er schaltete das Licht aus, humpelte zum Fenster und blickte zum gegenüberliegenden Haus.

Krüger, erinnerte er sich. Der alte Waffennarr hieß Krüger. Sein Nachbar Sandow hatte den Namen auf dem Nachhauseweg erwähnt. In Krügers Wohnung brannte kein Licht. Richard beugte sich so weit vor, dass seine Nasenspitze gegen die Glasscheibe drückte.

War das die Silhouette eines Menschen hinter der Gardine? Beobachtete ihn der alte Mann in diesem Augenblick? Oder war das da drüben nur der Umriss einer Stehlampe, einer Pflanze oder von sonst irgendwas?

Richard schloss die Augen und schüttelte den Kopf. Warum sollte Krüger hinter dem Anruf stecken?

„Vielleicht, weil er sauer auf mich ist", sagte Richard laut. Der Klang seiner eigenen Stimme machte die Stille und die Dunkelheit in der Wohnung ein wenig erträglicher. „Weil Münzberg ihn auf offener Straße angegriffen hat und Krüger in mir einen Verbündeten des Dicken sieht. Möglicherweise hat Sandow Recht und Krüger ist tatsächlich nicht ganz dicht."

Das Sichtfenster des Telefons am Boden glühte in einem trüben Grün. Er hatte es nicht abgeschaltet. Langsam und auf allen vieren kroch er auf das Telefon zu, streckte zögernd die Hand aus und vernahm, ehe er es sich ans Ohr hielt, das leise Tuten des Besetztzeichens. Er drückte auf den Ausschaltknopf, brachte es zur Ladestation und starrte es eine Weile in der Erwartung an, dass es erneut klingeln würde.

„Was ist, wenn ich derjenige bin, der hier nicht ganz dicht ist“, sprach er leise in die Dunkelheit. Er hockte sich auf den Boden und schlang die Arme um seine Knie.

So wartete er auf das Tageslicht.

*

„Was ist denn mit Ihnen los?“ Maria Couto dos Santos blickte mit äußerst sorgenvoller Miene zu ihm auf. Resolut schob sie ihn zur Seite und marschierte in seine Küche. Sie setzte sich auf einen Stuhl und faltete die Hände. „Haben Sie sich schon mal im Spiegel betrachtet. Sie sehen aus, als wäre Ihnen letzte Nacht der Tod persönlich begegnet. Ich denke, wir müssen reden.“

Richard füllte den Wasserkocher auf und schaltete ihn ein. Er räusperte sich. „Ich schlafe seit geraumer Zeit sehr schlecht.“

„Das sagten Sie bereits den Sanitätern, als die Sie ins Krankenhaus bringen wollten. Fällt man deshalb auf offener Straße einfach um?“

Das Wasser begann zu brodeln und Richard musste die Stimme erheben, um das Geräusch zu übertönen. „Ich trinke nicht und nehme auch keine Drogen.“ Er versuchte ein Lächeln, unterließ es aber, weil seine Lippe sofort zu schmerzen begann.

„Ich erkenne einen Trinker, wenn ich ihn sehe.“ Maria lächelte nicht. „Sie haben kein Alkoholproblem.“

Vielleicht kommt das als Nächstes, überlegte er, während er Instantkaffee in zwei Tassen schüttete.

„Wie schlimm sind Ihre Schlafstörungen?“ Ihre Stimme klang etwas versöhnlicher.

Er seufzte. „Wenn ich ehrlich bin ... sehr schlimm.“

„Wie lange geht das schon so?“

„Ein paar Wochen." Er hob in gespielter Hilflosigkeit die Schultern und rollte mit den Augen. „Aber dadurch gewinne ich Zeit. Mittlerweile erscheint mir ein Tag so lang wie früher zwei ganze Tage."

„Das ist nicht lustig." Maria musterte ihn mit einem sehr analytischen Blick, wie er fand. „Haben Sie eine Ahnung, was der Grund für die Schlafstörungen ist?"

„Nein", log er. Mit einem Klick schaltete sich der Wasserkocher hinter ihm aus und das Brodeln wurde zu einem leisen Blubbern.

Er goss das heiße Wasser über das Kaffeepulver und reichte Maria eine Tasse.

„Waren Sie schon bei einem Arzt?"

Er beobachtete, wie sie drei gehäufte Löffel Zucker in den Kaffee tat.

„Ja." Er zögerte. „Bei Dr. Busch."

„Busch, der Psychiater."

„Kennen Sie ihn?", fragte Richard.

Maria schüttelte den Kopf. „Nein, nicht persönlich. Ich habe nur von ihm gehört." Sie holte seinen Autoschlüssel aus der Kitteltasche hervor und legte ihn auf den Tisch. „Wer ist R. K.?" Die Portugiesin tippte auf den ledernen Schlüsselanhänger.

„Der Anhänger stammt noch vom Vorbesitzer. Ich habe den Wagen gebraucht gekauft." Er hoffte, dass sich die Worte beiläufig genug angehört hatten.

Wie hatte er den Schlüsselanhänger mit seinen alten Initialen übersehen können? Es musste daran liegen, dass er den Golf seit seiner Ankunft in Döbeln kaum noch benutzte. Den ledernen Schlüsselanhänger mit den silbernen Initialen hatte er vor zwei Jahren beim Kauf des Wagens als Präsent des Autohauses erhalten. Die Portugiesin schien der Sache aber keine weitere Bedeutung beizumessen.

„Ich mache mir ernsthafte Sorgen um Sie", sagte sie. „Ist eine physische Erkrankung denn wirklich auszuschließen?"

„Dr. Busch hat mir einen Termin für eine Hirn-Tomographie in Dresden besorgt."

Maria nickte. Richard hoffte, dass das Thema Schlaflosigkeit, verbunden mit Ohnmachtsanfällen in der Döbelner City, damit beendet war.

*Es gibt mittlerweile nämlich ganz andere Probleme. Bei mir rufen Katzen an.*

Maria blickte auf ihre Armbanduhr. „Hätten Sie Lust auf einen Besuch bei Frau Ahrens? Etwas Abwechslung tut Ihnen sicher gut. Sie ist eine nette alte Dame."

„Gut", stimmte er zu und ertappte sich dabei, wie er automatisch überprüfte, ob er auch wirklich nicht auf die Toilette musste. Vorsichtshalber hatte er seinen Kaffee gar nicht angerührt.

*

Vor der Wohnungstür im zweiten Stock hielt Maria kurz inne. „Ich sollte Ihnen wohl noch sagen, dass Frau Ahrens an einer relativ leichten Form von Demenz leidet."

„Wie äußert die sich?", fragte Richard, während Maria den passenden Wohnungsschlüssel an ihrem Bund suchte.

„Die meiste Zeit ist sie völlig normal, nur manchmal bringt sie die Zeiten durcheinander und glaubt, dass der Krieg noch nicht zu Ende sei. Oder sie kann Einbildung nicht von Realität unterscheiden."

Damit sind wir wohl schon zu zweit in diesem Haus, überlegte Richard und sagte: „Das ist kein Problem für mich."

„Das dachte ich mir." Maria lächelte ihn an. „Dann wird es Sie sicher auch nicht stören, dass Frau Ahrens häufig Selbstgespräche führt. Das kann manchmal etwas verwirrend sein."

Die Wohnung hatte dieselbe Größe und Raumaufteilung wie Richards und doch wirkte sie kleiner und enger. Das mochte daran liegen, dass sie mit Möbeln – Beistelltischchen mit gehäkelten Decken, Glasvitrinen mit Nippesfiguren und gerahmten Fotos, einem Sekretär, der unter Zeitschriftenstapeln nahezu begraben war – vollgestopft war. Zusätzlich schienen die Wände mit ihren Tapeten in dunklen Braun- und Grüntönen auf den Betrachter zuzurücken.

Richard konnte die alte Frau schon hören, verstand allerdings nur Fragmente, von dem, was sie sagte. Scheinbar ging es um irgendwelche Verwandte.

Maria zuckte mit den Schultern. „Tja, sie spricht mal wieder mit sich selbst."

Die alte Frau verstummte, als hätte sie Maria gehört.

„Ich bin es: Maria!", rief die Portugiesin laut. „Ich habe Ihren Nachbarn, den Herrn Gerling, mitgebracht!"

„Wie schön!" Frau Ahrens klang erstaunlich rüstig, aber als Richard hinter Maria das Wohnzimmer betrat, stellte er fest, dass die Stimme in einem erheblichen Widerspruch zur körperlichen Verfassung der alten Dame stand. Richards Nachbarin war eine spindeldürre, fast haarlose Greisin. Sie saß in einem Ohrensessel am Fenster. Im Licht des Tages schien ihre Haut fast durchscheinend. Die Augen der alten Frau leuchteten auf, als sie Richard erblickte. Sie lehnte sich mit einem leisen Ächzer vor und streckte ihrem Besucher eine pergamentartige Kralle entgegen.

Richard zog den Kopf ein, um sich nicht an dem viel zu tief hängenden Deckenleuchter aus Messing zu stoßen. Er ergriff vorsichtig ihre Hand, die sich völlig gewichtslos anfühlte. Der Orientteppich unter seinen Schuhen verschluckte jeden Schritt und gab ihm das Gefühl über weichen, nachgiebigen Waldboden zu gehen.

„Wie geht es Ihnen?“, fragte Richard, weil ihm nichts Besseres einfiel.

„Nicht beschissener als gestern“, erwiderte die Frau und kicherte.

„Frau Ahrens! Bitte!“ Maria drohte mit dem Zeigefinger. „Wenn Sie sich nicht benehmen, muss ich Herrn Gerling wieder wegschicken.“

„Ach was!“ Die alte Frau deutete auf einen Stuhl. „Setzen Sie sich, junger Mann.“

Maria warf den beiden noch einen skeptischen Blick zu und verschwand dann in der Küche. Richard hörte, wie sie dort Schränke und Schubladen öffnete und mit Geschirr klapperte.

Frau Ahrens kramte eine zerknitterte Zigarettenschachtel aus ihrem Bademantel hervor und zündete sich eine filterlose Zigarette an. Sie inhalierte tief und blies den Rauch zur Dekke, wo er sich wie Spinnweben um den Leuchter wand.

„Ich brauche Ihnen wohl keine anbieten“, sagte sie zwischen zwei Zügen. „Ich kann riechen, dass sie Nichtraucher sind.“

„Stimmt“, sagte Richard. Sein Blick wanderte zu dem Klavier an der Wand. Er hatte sie nie darauf spielen hören. Vermutlich ließ ihre Verfassung das nicht mehr zu. Auch auf dem Klavier standen mehrere gerahmte Fotos. Eine der abgebildeten Personen – ein amüsiert lächelnder Mann in einem Ledermantel – kam ihm bekannt vor.

„Ah“, machte Frau Ahrens. „Sie haben ihn erkannt.“

„Das ist Bertolt Brecht“, stellte Richard fest.

Die Frau drückte die Zigarettenkippe in dem überfüllten Aschenbecher auf der Sessellehne aus. „1950 war ich kurze Zeit in seinem Berliner Ensemble.“

„Sie waren Schauspielerin?“ Richard erhob sich von seinem Stuhl und betrachtete das Foto aus der Nähe. Er las die fast verblasste Widmung: *Für meine liebe Käthe!*

Hinter seinem Rücken hörte er das Klicken des Feuerzeugs. Seine Nachbarin rauchte offensichtlich Kette.

Maria kehrte zurück und reichte der Frau ein Glas Wasser und eine gelbe und eine weiße Tablette. Richard erwartete von ihr eine Bemerkung zu der Zigarette, aber Maria zog nur kurz die Augenbrauen hoch und verschwand wieder. Frau Ahrens schluckte die Tabletten und Richard konnte deutlich sehen, wie sie langsam die Kehle der Frau hinabwanderten. Sie hatte das Wasser nicht angerührt.

„Wie war Brecht so als Mensch?“, wollte Richard wissen.

„Waren Sie schon mal hier?“, fragte Frau Ahrens unvermittelt. Die Zigarette wippte lässig in ihrem linken Mundwinkel.

„Wie meinen Sie das?“ Richard verstand nicht, worauf sie hinauswollte.

„Nein. Sie können das nicht gewesen sein.“ Ihr Blick ging über Richard hinweg und fixierte einen Punkt an der Wand an.

Richard fühlte sich plötzlich unwohl und wünschte sich, dass Maria zurückkehrte.

„Wissen Sie“, begann die Nachbarin und lehnte sich so abrupt vor, dass irgendein Gelenk böse knackte. „Hier war jemand.“ Sie richtete ihre Augen noch immer starr auf die Zimmerwand.

„Sie meinen ... hier in Ihrer Wohnung?“ Richard nahm an, dass die Frau innerhalb von Sekunden aus der Realität geglitten war.

Frau Ahrens nickte sehr bedächtig. „Hier gibt es Besonderheiten.“

„Wer soll denn in ihrer Wohnung gewesen sein?“, fragte Richard vorsichtig nach. Er wusste nicht, ob es richtig war, auf ihre Wahnvorstellungen einzugehen.

„Es war ganz dunkel“, wisperte sie. „Ich konnte ihn nur riechen. Er raucht starken, dunklen Tabak. Vielleicht brasilianischen oder kubanischen.“

„Vermutlich haben Sie nur Ihre eigenen Zigaretten gerochen. Kein Wunder bei Ihrem Konsum", hörte er Marias Stimme. Sie stand in der Tür. Die Teppiche hatten ihre Schritte gedämpft.

„Brecht war impulsiv", sagte Frau Ahrens und lächelte. Ihre Augen waren wieder klar und fingen Richards verwunderten Gesichtsausdruck ein. „Und er rauchte ein ähnliches Kraut wie mein Besucher."

Maria ging nicht auf die letzte Bemerkung der Frau ein und begann ihr mit einer Bürste die wenigen verbliebenen Haare zu kämmen. Graue Strähnen blieben in den Borsten hängen. Der Blick der alten Frau wurde mit einem Mal ganz leer.

„Nein, Jakob. Keine Angst", sagte sie. „Hier werden Sie dich nicht finden. Mein Vater hat vorgesorgt. Es ist ganz, ganz sicher."

Frau Ahrens schloss die Augen und summte eine Melodie.

Mackie Messer, erkannte Richard.

„Sie wird müde", sagte Maria leise.

*

Nachdem er sich von seiner Mutter verabschiedet hatte, wurde er zu Billy. Er konnte die Sache nur als Billy zu Ende bringen, obwohl er Sexualleben und Alltag nicht länger trennen konnte.

Oh ja! Er hatte von dem Fremden aus dem *Club Basic* gehört. Wohlgemerkt: Nur gehört! Er war bisher eine Stimme am Telefon geblieben. Und diese Stimme hatte gedroht und gefordert. Erst vor weniger als eine Stunde. Billy hatte keine Wahl: Er musste gehorchen. Nur war dieses Gehorchen bar jeglicher sexueller Stimulanz.

Billy zitterte, als er in seinen BMW stieg. Obwohl er auf dem Weg nach Dresden war, verzichtete er heute auf Latex. Das erste Mal seit über drei Jahren.

Warum hatte ihn Carlos beim letzten Besuch im Hinterzimmer mit dem Fremden allein gelassen?

Das Zusammensein mit Carlos und den anderen Gästen war auf den Club beschränkt. Man kannte zumeist nicht die echten Namen und tauschte auch nur in den wenigsten Fällen Adressen oder Telefonnummern aus. So konnte jeder in sein Alltagsdasein zurückkehren, ohne befürchten zu müssen, von seinen Bekanntschaften überraschend kontaktiert zu werden.

Er parkte seinen Wagen wie gewohnt ein gutes Stück vom Club entfernt und versuchte seine Angst zu kontrollieren. Er war sich darüber im Klaren, dass er mit dem Besuch des Clubs ein Risiko einging, denn schließlich war ihm das Aussehen des Fremden, der ihn bewusstlos geschlagen und nun telefonisch seine Forderungen stellte, nicht bekannt.

Billy betrat den Club und verharrte einen Moment im Eingang. Niemals war er zu früher Stunde hier aufgetaucht. Die Sitzecken waren noch verwaist, nur am Tresen drückten sich ein paar Männer herum. Zwei von ihnen kannte er flüchtig. Jeder der anderen konnte der Fremde sein. Gesichter wandten sich ihm zu, um den Neuankömmling zu begutachten. Billy – das heißt eigentlich fühlte er sich trotz des vertrauten Ortes heute doch nicht wie Billy – ging mit unbewegter Miene zur Theke. Zurzeit bediente nur einer der beiden jungen Barkeeper.

Billy bestellte einen Kaffee. Als die Bedienung mit der Tasse zurückkehrte, fragte Billy mit betont beiläufiger Stimme: „War Carlos in den letzten Tagen hier?“

Die Reaktion des jungen Mannes überraschte Billy. Beinahe hätte der Barkeeper die Tasse fallen gelassen. Kaffee schwappte über den Rand und bildete auf dem polierten Holz eine Lache. Der Mann sah Billy erschrocken an und legte eine Hand an die Lippen.

„Das macht doch nichts“, sagte Billy und wartete darauf, dass der Barkeeper den Kaffee mit seinem Geschirrtuch, das in seiner Gesäßtasche klemmte, aufwischte.

„Du weißt es also noch gar nicht?“ Die Augen des Mannes schimmerten feucht.

„Was?“, fragte Billy und ihm überkam plötzlich ein Gefühl der Beklemmung.

Die Bedienung holte eine Tageszeitung hinter dem Tresen hervor. Mit einem manikürten Fingernagel tippte der junge Mann auf ein Foto auf der Titelseite. Das Foto zeigte einen lächelnden Carlos. Es schien vor einigen Jahren aufgenommen worden zu sein, denn das Gesicht wirkte schmaler als heute.

Billy las:

**MANN MIT 49 MESSERSTICHEN ERMORDET.**

*

Er hockte in seinem Wagen und zitterte. Er zitterte so stark, dass an ein Starten des Motors überhaupt nicht zu denken war. Im Club hatte er den Zeitungsartikel zweimal gelesen und war dann wortlos hinausgestürzt.

Vermutlich würde er nie mehr Billy sein können.

Carlos, der eigentlich Dietmar Hebbel hieß, war bereits am Mittwochmorgen in unmittelbarer Nähe des Dresdener Hauptbahnhofs gefunden worden. Abwehrverletzungen – tiefe Schnitte an Händen und Armen – zeigten, dass er versucht hatte sich gegen den Angreifer zu wehren. Ohne Erfolg. Der Täter hatte neunundvierzig Mal zugestochen – sein Opfer förmlich durchlöchert – und zusätzlich noch Dietmar Hebbels Kehle und die Bauchaorta durchtrennt. Die Leiche war völlig ausgeblutet. Außerdem fehlte der Daumen der rechten Hand. Man ging davon aus, dass der Mörder ihn an sich genommen hatte.

Der Mann, der nicht länger Billy war, würgte, bis er glaubte, ersticken zu müssen.

Was sollte er tun? Es schien verlockend, einfach davonzufahren. In ein anderes Land. Aber wer würde sich dann um seine Mutter kümmern?

Warum hatte ihn Carlos an jenem Abend im Club mit dem Fremden alleingelassen? Und warum wurde er nur wenige Stunden später auf so bestialische Weise umgebracht?

In Gedanken ging er den Sonntagabend im Club noch einmal durch: Carlos hatte einem Fremden erlaubt, die Züchtigung fortzusetzen. Der Unbekannte hatte sich über alle Regeln hinweggesetzt und ihn sogar bewusstlos geschlagen, um dann zu verschwinden. Zuvor hatte er allerdings noch die Fesseln gelöst, so dass sich Billy wenig später – er war nur Minuten bewusstlos gewesen – irritiert und wütend im Club auf die Suche nach dem Schläger gemacht hatte. Aber niemand hatte bemerkt, dass ihnen jemand in das Hinterzimmer gefolgt war. Der Laden war zu diesem Zeitpunkt voller Gäste gewesen. Die meisten berauscht von Alkohol, Drogen und Geilheit. Carlos war verschwunden. Billy hatte die Lust auf weitere Exzesse verloren und war nach Hause gefahren.

Um fünf Uhr in der Frühe – er war gerade in einen unruhigen Schlaf gefallen – läutete dann das Telefon zum ersten Mal.

Während er sich mit Schaudern an dieses erste Gespräch erinnerte, schrillte das Handy auf der Mittelkonsole.

Er erstarrte und fühlte sich, als sei er in Eiswasser geworfen worden.

„Bitte“, wimmerte er.

Das Display zeigte: Nummer unbekannt.

*

Richard erwachte gerade noch rechtzeitig, um zu spüren, dass er ins Bett urinierte. Er sprang auf und betrachtete erschrocken den Fleck auf dem Laken.

Es war halb sechs und es war ihm dank Buschs Pillen gelungen immerhin fast drei Stunden zu schlafen. Aber offensichtlich besaß das Mittel eine gravierende Nebenwirkung.

Die durchnässte Schlafanzughose klebte an seinem Unterleib. Er ekelte sich. Richard stieg aus dem Bett. Er verlagerte sein Gewicht auf den rechten Fuß. Sofort verspürte er einen heftigen Schmerz. Zischend stieß er den Atem aus und betastete vorsichtig seinen Fuß. Er fühlte zuerst eine warme Flüssigkeit: Blut. Und dann etwas Hartes und Scharfes. So scharf, dass es ihn sofort in die tastenden Finger schnitt.

In der Fußsohle steckte eine dunkelgrüne Glasscherbe. Groß wie eine Euro-Münze. Richard zog sie mit einem Ruck aus der Wunde und mehr Blut tropfte auf den Boden.

Richard humpelte ins Badezimmer und hinterließ auf dem Weg dorthin eine Spur aus roten Punkten. Er versuchte, auf dem linken Bein hinkend, die Schlafanzughose auszuziehen, strauchelte dabei und musste mit dem verletzten Fuß auftreten, um das Gleichgewicht zu halten. Der Schmerz ließ ihn laut aufschreien. Er hockte sich auf den Badewannenrand und wickelte sich ein Handtuch um den Fuß. Die Blutung ließ langsam nach.

Jedenfalls war die Scherbe real, sagte er sich. Auch wenn er keine Ahnung hatte, woher sie stammte.

*

Der Psychiater empfing ihn wieder in dem winzigen Behandlungszimmer. Richard lag auf der schwarzen Liege und erzählte von den Vorfällen seit seinem letzten Besuch.

„Ein Buch nicht wiederzufinden, ist nichts Ungewöhnliches", sagte Dr. Busch mit einer Stimme, die klang, als sei er nicht ganz bei der Sache. Das mangelnde Interesse irritierte Richard ein wenig, hatte er doch angenommen, dass Busch an seinem Fall besonders interessiert war. Schließlich hatte er ihm an diesem Samstag doch sogar einen Termin außerhalb der gewöhnlichen Praxiszeiten eingeräumt.

„Aber was ist mit der Katze?", stieß Richard hervor und richtete sich halb auf. Busch legte ihm die Hand auf die Brust und drückte ihn mit sanfter Gewalt zurück.

„Das ist in der Tat gravierender", erwiderte Busch. Er blickte Richard jetzt zwar direkt an, aber er schien immer noch ein wenig geistesabwesend. „Sie wissen, dass Katzen nicht in der Lage sind, bei Ihnen anzurufen."

Richard schwieg und schloss die Augen. Er hörte, wie Busch das Fenster öffnete. Kalte Luft drang in den Raum und ließ Richard frösteln. Er fand das Benehmen des Doktors unhöflich, wagte aber nicht zu protestieren.

„Demzufolge haben Sie sich den Anruf nur eingebildet."

„Dann bin ich also verrückt!" Richard spürte wie die Panik, die ihn bei dem nächtlichen Anruf beinahe das Bewusstsein geraubt hatte, zurückkehrte. Er presste eine Hand auf seinen Pullover. Er konnte das Herz darunter schlagen spüren; es hämmerte mit einer rasenden Unregelmäßigkeit, die ihm Angst machte.

„Wir werden die Dinge gemeinsam in den Griff bekommen", sagte Busch. „Wie schlafen Sie zurzeit?"

Richard versuchte seine Gedanken zu ordnen. Schlaflosigkeit schien mit einem Mal sein geringstes Problem zu sein. Er driftete geradewegs auf den Wahnsinn zu. „Etwas besser", brachte er mühsam hervor.

„Das ist gut." Dr. Busch ging zum Fenster und lehnte sich hinaus. Die Praxis befand sich im Parterre. Richard erinnerte sich daran, dass die Mulde direkt neben dem Haus vorbeifloß. Jetzt konnte er den Fluss sogar hören. Ein stetiges und eiliges Plätschern. Der Regen der letzten Tage hatte seinen Pegelstand ansteigen lassen. Richard konzentrierte sich auf das Geräusch und stellte fest, dass sein Herz dadurch etwas langsamer schlug.

„Wenn wir das Schlafpensum erhöhen, wird sich das positiv auf Ihren geistigen und körperlichen Gesamtzustand auswirken."

„Ich höre Katzen am Telefon", sagte Richard und verspürte den Drang den Psychiater anzuschreien, weil er so tat, als leide sein Patient lediglich an einer leichten Grippe. „Bald werden es vielleicht die Stimmen von Menschen sein, die es gar nicht gibt."

Dr. Busch setzte sich wieder auf den kleinen Hocker. Richard fiel ausgerechnet in diesem Moment auf, dass sich der Psychiater nicht rasiert hatte. Blauschwarze Stoppeln umrahmten seinen Mund.

„Schlafentzug wird im Krieg und in Diktaturen als Mittel der Folter angewandt", sagte Busch. „Schon nach kurzer Zeit verlieren die Opfer ihren Willen, sowie jegliches Zeitgefühl und werden von Visionen geplagt."

„Und am Ende sterben sie dann", stellte Richard resigniert fest.

„Aber dazu wird es in Ihrem Fall nicht kommen. Sie befinden sich auf dem Wege der Stabilisierung. Ich werde die Dosis des Medikaments erhöhen."

Richard wollte ihm sagen, dass er sich von dem Zeug in die Hose machen musste, schwieg aber, weil er wollte, dass Busch Recht hatte mit der Wirkung der kleinen, weißen Pillen. Vielleicht war Schlaf wirklich die Rettung.

„Was macht Ihr Buch? Ich frage das, weil es wichtig ist, dass Ihr Tagesablauf in normalen Bahnen abläuft. Setzen Sie sich

Ziele. Vielleicht für den Anfang ein Tagespensum von drei Seiten."

Richard seufzte vernehmlich. „Das werde ich nicht schaffen."

Busch überhörte den Einwand. „Worum geht es in dem neuen Roman? Wieder um die Forensik?"

Richard schüttelte den Kopf. „Nein."

Der Psychiater stand erneut auf, sah mehrere Sekunden lang aus dem Fenster und schloss es dann.

„In meiner Studienzeit habe ich mich auch mit Serientätern beschäftigt", fuhr Busch fort und Richard fragte sich, ob der Plauderton, den der Psychiater anschlug, Teil der Behandlung war. „Ich habe wie Sie Straftäter im Gefängnis besucht und Gespräche mit Ihnen geführt. Später arbeitete ich als Therapeut in einer Justizvollzugsanstalt."

„Warum?", fragte Richard. Bei seinen Lesungen vor Mördern und Sexualstraftätern hatte er nicht vergessen können, wem er gegenüber saß. Zumeist war er angespannt gewesen und hatte doch immer wieder den Blickkontakt zum Einzelnen gesucht, um sich zu fragen, warum dieser Mann – es waren fast ausschließlich Männer gewesen – im Knast oder der geschlossenen Forensik saß.

Er erinnerte sich an die zwei jungen Burschen, die sich angeboten hatten, zwischen den einzelnen Passagen, die er vortrug, auf ihren Gitarren zu spielen. Während der Lesung wusste er die beiden in seinem Rücken und stellte sich vor, dass sie ihn plötzlich ansprangen und versuchen würden, ihn mit den stählernen Gitarrensaiten zu strangulieren. Aber er war Profi genug gewesen, dass niemandem seine Anspannung aufgefallen war. Niemals hatte ihn jemand angegriffen. Im Gegenteil: Er war immer auf ein besonders aufmerksames Publikum getroffen. Hinterher wurden zahllose Fragen an ihn gerichtet, man wollte ihm die Hand schütteln und gelegentlich bekam er Manuskripte zur Beurteilung überreicht.

In den Anstalten hatten sie alle so viel Zeit zum Schreiben. Die meisten Lebensgeschichten, Gedichte und Romanfragmente hatte er nach kurzem Überfliegen entsorgt. Niemals war es ihm in den Sinn gekommen, einen erneuten Kontakt mit dem Verfasser aufzunehmen.

„Weil ich jung war und an das humanistische Menschenbild glaubte", vernahm er Buschs Antwort. „Ich war davon überzeugt, ich könne kriminellen Patienten dazu verhelfen, wieder in normalen Bahnen zu denken und zu handeln. Sie sollten ihre eigene Psyche, ihren persönlichen Hintergrund verstehen, um zu erkennen, warum sie ihre Taten begangen haben."

„Hat das funktioniert?" Richard fragte sich noch immer, ob das Gespräch zur Behandlung gehörte oder ob Busch versuchte, eine private Unterhaltung mit ihm zu führen.

„Wie kann man das abschließend feststellen?" Der Psychiater stieß den Atem durch die Nase aus. „Manchmal glaubte ich, durch die Therapie den Tätern nur Ausreden für ihre Verbrechen zu liefern."

„Sie meinen also, dass Therapien bei Gewalttätern nutzlos sind?"

„Nicht immer, aber bei einigen. Und ich weiß, wovon ich spreche."

Richard wechselte das Thema. Es war ihm unangenehm. „Wie soll ich mich verhalten, wenn ich wieder eine Wahnvorstellung habe?"

Der Psychiater zögerte. „Nun ... Sie sollten genau prüfen, ob das, was Sie sehen, hören oder auch riechen und schmekken überhaupt real sein kann. Wie zum Beispiel der Anruf einer Katze."

„Was ist mit diesen Tabletten, die sie mir gegeben haben?"

„Wie gesagt: Wir erhöhen die Dosis. Nehmen Sie ab heute am späten Nachmittag die doppelte Menge ein. Und wenn es Probleme gibt, können Sie mich jederzeit anrufen."

„Danke." Richard unterdrückte die Frage, ob er von nun an Windeln tragen müsse.

*

Am Abend versuchte Richard sein Ritual durchzuführen. Er schaltete den Computer an und platzierte seine Lieblingstasse neben das Mousepad. Die Tasse war mit einem sehr zornigen Donald Duck bedruckt, der vom vielen Spülen schon ziemlich verblasst war. Zorn, wusste Richard, zeigt sich bei dem Entenhausener Erpel, indem sein Schnabel plötzlich mit Zähnen bestückt ist.

Rechts neben der Tastatur stapelte er ein paar Bücher auf: die Memoiren eines Profilers, kriminologische Handbücher und einen Stadtführer über Dresden. Sein neuer Roman sollte in Dresden spielen. Zwischen den Seiten der Bücher markierten bunte Papierstreifen die für ihn relevanten Passagen.

Auf dem Rückweg von Dr. Busch hatte er kurz an einem Supermarkt gehalten und mehrere Tüten Gummibärchen gekauft. Ihr gesamter Inhalt füllte jetzt eine große Schale neben der Kaffeetasse.

Richard steckte sich ein grünes Gummibärchen in den Mund, starrte kauend auf den Computermonitor und begann das bisher Geschriebene zu lesen. Er war gerade bei der neunten Seite angelangt, als das Telefon klingelte. Das Geräusch erschrak ihn so sehr, dass er mit der rechten Hand die halbvolle Tasse vom Schreibtisch fegte. Sie landete mit einem hohlen Geräusch auf dem Boden. Hellbrauner Milchkaffee schwappte aufs Parkett.

Das Telefon läutete fünfmal, ehe Richard in der Lage war, es in die Hand zu nehmen.

„Gerling“, hauchte er atemlos ins schnurlose Telefon.

„Für mich immer noch Kenning“, tönte eine Männerstimme in sein Ohr.

Der Satz durchfuhr ihn wie ein Faustschlag in den Magen. Er erzielte auch beinahe dieselbe Wirkung: Sein Magen krampfte sich zu einem bleiernen Ball zusammen, während er glaubte, sich übergeben zu müssen. Der süße Geschmack der Gummibärchen ließ ihn jetzt würgen. Er presste das Telefon noch immer an sein Ohr und der Verstand ging panisch die Liste jener durch, die von seiner alten Identität und seinem Exil wussten.

„Richard?“, hörte er die Stimme erneut. „Der Witz kam wohl nicht so gut an, was?“

Du kannst dir gar nicht vorstellen, *wie* schlecht der Witz ankam, dachte Richard. Er hatte die Stimme erkannt. Sie gehörte zu Klaus Sänger, seinem Verleger, der gleichzeitig Mitglied im winzigen Kreis der Eingeweihten war.

„Hallo, Klaus! Wie läuft`s in den alten Bundesländern?“ Richard versuchte ganz normal zu klingen, doch mit diesem kläglichen Versuch kam er bei seinem Verleger nicht durch. Sie kannten sich schon seit über zehn Jahren. Sänger hatte viel Geduld bewiesen und seinen Autor auch dann nicht zum Teufel gejagt, als die ersten Romane nur äußerst mäßigen Verkaufserfolg erzielten.

„Alles in Ordnung bei dir? Du hörst dich nicht gut an.“

Richard glaubte den Mann vor sich zu sehen, wie er mit skeptisch gerunzelter Stirn an seinem mit Manuskripten junger Nachwuchsautoren überladenen Schreibtisch saß und auf Antwort wartete. Auf eine Antwort, die ihm zeigte, dass sein immer noch erfolgreichster Schreiber in der Lage war, einen würdigen Nachfolger seines *Reisenden* zu Stande zu bringen.

Klaus Sänger war damals im Krankenhaus aufgetaucht und nachdem ihm Richard alles erzählt hatte, vor allem, dass er nicht wusste, warum er Halsband und Lederslip trug, war es sein Verleger gewesen, der ihm geraten hatte, keine Anzeige gegen unbekannt zu stellen. Das würde nur zusätzlichen Wirbel machen und vor allem den Staatsanwalt auf den Plan rufen.

Kurz hatte Richard sogar in Betracht gezogen, dass sein Verleger alles angezettelt haben könnte. Vielleicht, um durch einen Skandal das Interesse an seinem Autor zu verstärken und so die Verkaufszahlen in die Höhe zu treiben.

Aber Richard hatte den Gedanken wieder verworfen. Klaus Sänger galt zwar als ein wenig exaltiert, aber so etwas hätte er einem seiner Autoren niemals angetan.

„Ich arbeite gerade am Roman", sagte Richard.

„Oh!", machte Sänger. „Dann machst du also gute Fortschritte." Eine Feststellung, keine Frage.

„Es geht voran", antwortete Richard ausweichend. Er wusste, dass es klug gewesen wäre, nach einem Jahr nachzulegen, aber diese Frist war längst überschritten.

„Wann bekomme ich etwas zu lesen?" Sänger klang freundlich und doch spürte Richard den deutlichen Unterton eines Vorwurfs.

Richard dachte an die wenigen Seiten, die er bisher getippt hatte und sagte: „Du weißt, dass ich niemanden hineinschauen lasse, ehe ich ein Buch beendet habe."

„Mmm...", machte Sänger und eine kurze Pause entstand, in der Richard nach vernünftig klingenden Ausflüchten suchte.

„Verstehe mich bitte nicht falsch", fuhr der Verleger fort. „Liest sich der Roman, als wäre der Autor in Ordnung? Ich meine ... in guter Verfassung."

Richard war darüber bestürzt, dass man offenbar anhand seiner Stimme auf seinen Zustand schließen konnte. Ohne ihm gegenüber zu sitzen. Er mimte den Beleidigten. „Was soll das heißen! Nach der Sache in Unna war doch eine kleine Auszeit mehr als legitim, oder? Wie gesagt: Ich schreibe in diesem Moment an dem Roman."

„Schön", sagte Sänger, aber es hörte sich nicht so an, als wäre er mit Richards Reaktion zufrieden. „Aber wenn du Hilfe benötigst – egal welcher Art – dann gib mir bitte Bescheid."

Einen Moment lang war Richard versucht, seinem langjährigen Verleger alles zu erzählen; einen Hilferuf ins Telefon zu schreien. Aber er sagte nur: „Danke für das Angebot."

Richard hörte, wie am anderen Ende der Leitung ein Feuerzeug klickte. Sänger war einer der letzten Kettenraucher, die er kannte.

„Es fragen hin und wieder immer noch Leute nach dir", sagte der Verleger, nachdem er tief inhaliert hatte. „Vor zwei Wochen wollte dich ein Fan persönlich kennen lernen."

„Aha", machte Richard nur. Er wusste, dass er sich auf Sängers Schweigen verlassen konnte. Sie redeten noch eine Weile über Unverfängliches – gemeinsame Bekannte und das kulturelle Leben im Ruhrgebiet – und als der Verleger aufgelegt hatte, blieb ein beinahe körperliches Gefühl der Einsamkeit zurück.

Richard schaltete den Computer aus und holte einen Lappen aus der Küche, um den Kaffee aufzuwischen.

*

Eine Stunde nach dem Anruf ging es Richard so schlecht, dass er sich zum ersten Mal seit Tagen ins Wohnzimmer setzte und den Fernseher einschaltete. Es war nicht ein plötzliches Interesse an dem für ihn sonst so belanglosem Programm, sondern der Wunsch Menschen zu sehen, zu hören, sie um sich zu haben, wenn auch nur auf der Mattscheibe des Fernsehers. Er wählte eine Spielshow bei einem privaten Sender, beobachtete wie Teilnehmer zu menschlichen Kegelpuppen degradiert wurden oder sich beim Erklettern eines künstlichen Eisbergs die Nase blutig stießen. Das entwürdigende Abstrampeln der Leute für eine sechsstellige Gewinnsumme machte ihn wütend und traurig. So traurig, dass er mit dem Gedanken spielte Maria anzurufen. Wie würde sie reagieren? Irgendetwas in ihm mahnte ihn zur Vorsicht. Er war am jetzigen Abend nicht in der richtigen Verfassung, eine Frau für sich zu gewinnen.

Richard sah sich in seinem Wohnzimmer um. Er hatte sich eine Rückzugsmöglichkeit geschaffen, eine Höhle, in der er sich wie ein waidwundes Tier vor den Häschern verbarg. Dabei hatte seine Zukunft als Autor vor gar nicht so langer Zeit ziemlich verlockend ausgesehen.

Die Erinnerung an seinen letzten Roman machte ihn plötzlich zornig. Er trat so heftig gegen den Tisch, dass der einen Satz nach vorn machte. Im Fernsehen wurde die Sendung für eine Werbepause unterbrochen und Richard stellte fest, dass die sportlichen Männer, die sich für eine Biermarke ins Zeug legten, lispelten.

Wenn das ein besonderer Gag sein sollte, erschloss sich Richard nicht der Sinn. Im nächsten Clip rasierte sich ein Mann mit Waschbrettbauch. Unterlegt mit einer harten Männerstimme, die ebenfalls lispelte. Richard griff nach der Fernbedienung, blies den Staub von der Tastatur und stellte den Ton lauter. Das Lispeln setzte sich auch bei der Pizza-Werbung fort, der Sprachfehler wurde eher noch ausgeprägter. Richard schaltete auf einen anderen Kanal. Dort lag sich ein Hollywood-Paar in den Armen und tauschte vor der nächtlichen Kulisse New Yorks Liebesschwüre aus. Lispelnd.

Richard schüttelte den Kopf so heftig, als würde er verzweifelt versuchen eingedrungenes Wasser aus seinen Gehörgängen zu entfernen. Bei der Bewegung verzerrte sich das Zimmer vor seinen Augen, zerfloss zu öligen Schlieren. Er hielt abrupt inne. Das Bild normalisierte sich, aber er hatte das Gefühl, als würde der Boden unter ihm leicht schwanken. Wie bei einem großen Schiff bei mittelschwerem Seegang.

Richard schaltete den Fernseher aus und lauschte in die plötzliche Lautlosigkeit. Die Ratten verhielten sich ruhig. Wenn sie aktiv gewesen wären, hätte er sie bis ins Wohnzimmer hören können. Vermutlich hatte sie der Kammerjäger tatsächlich erledigt.

Irgendwo knackte es leise.

Normal, sagte sich Richard. Ein altes Gemäuer arbeitet. Und der Fernseher ist vermutlich kaputt. Aber die Schlieren ...

Er stand auf und fühlte sich etwas sicherer, als der Boden unter ihm wieder zu seiner üblichen Stabilität gefunden hatte.

Richard schaltete die Stereoanlage ein. Im CD-Spieler lag noch immer ein Album von Kate Bush. Die außergewöhnliche Stimme der Sängerin hatte ihn immer beim Schreiben inspiriert.

Jetzt klang sie so schrill, dass ihm der Gesang augenblicklich Kopfschmerzen bereitete. Und Kate Bush hatte deutliche Probleme mit der Aussprache.

Sie lispelte.

Richard drückte die Stopp-Taste. Sein Herz raste. Dr. Busch hatte ihm geraten, in solch einer Situation zu prüfen, ob das was er sieht, hört oder riecht, Realität sein kann. Und das hier konnte eindeutig nicht real sein.

Richard hielt sich am Schrank fest und spürte wie das Holz unter seinen Fingern ein wenig nachgab. Es fühlte sich unnatürlich weich an. Die Konsistenz erinnerte ihn an Knetgummi.

Richard hörte ein Glucksen und versuchte das Geräusch zu lokalisieren.

Er verursachte es selbst. Er lachte, ohne sich dessen bewusst zu sein. Kicherte und gluckste nicht nur ohne Grund, sondern losgelöst von seinem Verstand, der gerade auf rapide ansteigende Panik umgestellt hatte. Richard verpasste sich eine schallende Ohrfeige, die zwar nicht den geringsten Schmerz verursachte, aber wenigstens das alberne Gelächter abstellte. Er presste eine Hand gegen die Zimmerwand. Genau wie der Schrank schien sie unter dem Druck ein wenig nachzugeben. Richard betrachtete seine Hand. Kein Finger versank in dem hellen Putz und hinterließ dort einen Abdruck.

Er schrie erschrocken auf und taumelte rückwärts, als es unter seiner Hand pulsierte, als sei die Wand ein von Adern und Nervenbahnen durchzogenes Lebewesen.

Es ist soweit, jagten die Gedanken. Ich drehe komplett durch. Er versuchte sich an Buschs Rat zu halten.

*Nicht real! Das ist alles nicht real!!!*

Die Wände gerieten in gleichmäßige Bewegung. Ein rhythmisches Pumpen. Ein lebender Organismus, der ein und ausatmete. Richard spürte, wie er jegliche Kontrolle über seinen Verstand verlor. Das gebetsmühlenartig vorgetragene *Nicht real! Nicht real!* zeigte keine Wirkung. Er schüttelte den Kopf und das Zimmer wurde zu einem Meer aus öligen Schlieren.

Nicht bewegen!, mahnte der letzte klare Rest seines Verstands. Er fixierte einen festen Punkt – das kleine rote Licht der Stand-by Taste seines Fernsehers – an. Kurz flackerte eine Erinnerung auf. So ähnlich hatte er sich vor ein paar Monaten auf dem Schulhof gefühlt, als sich alles um ihn herum drehte.

Die Welt vor seinen Augen beruhigte sich und kehrte zu den gewohnten Farben und Formen zurück.

„Was ...?", entfuhr es ihm und er drehte sich abrupt zur Seite. Da war eine Bewegung gewesen. Fast außerhalb seines Gesichtsfelds, flüchtig und kaum wahrnehmbar.

Jetzt wiederholte sich die Bewegung zu seiner Rechten. Jenseits der geöffneten Zimmertür. Mehr Ahnung als tatsächliche Wahrnehmung.

Jemand – oder Etwas! – war in seiner Wohnung. Es musste sich jetzt in den dunklen Flur zurückgezogen haben. Das es sich um ein *Etwas* handeln konnte, war für Richard schrecklicher als zu wissen, dass sich ein Einbrecher Zugang zu seiner Wohnung verschafft haben könnte.

Als Kind fürchtete er sich vor all den Schreckgestalten aus dem Fernsehen, den Comics und Schauerromanen, von denen er trotzdem nicht lassen konnte.

Es gab im Haus seiner Eltern einen Ort, an dem sie lauerten. Davon war er überzeugt gewesen. Ein nur wenige Quadratmeter großer Raum hinter dem eigentlichen Keller. Der Boden bestand dort nur aus platt getretenem Lehm, der so roch, wie sich ein Achtjähriger mit ausgeprägter Fantasie den Tod vorstellte. Mit einer so niedrigen Decke, dass selbst ein kleiner Junge den Kopf einziehen musste. Nur ein paar Mal, und dann nur in Begleitung von Freunden und mit starken Taschenlampen versehen, war er hineingekrochen. Er hatte nichts gefunden außer den unverputzten Wänden und dem klebrig-feuchten Lehm, der die Kleidung beschmutzte, aber er glaubte die Anwesenheit von etwas Bösem gespürt zu haben.

So wie jetzt! Es war, als hätte ihn das lauernde Etwas aus dem Loch hinter dem Keller seiner Eltern wiedergefunden. Er hatte als Kind keine genaue Vorstellung von dem Etwas gehabt. Es war die Inkarnation allen Schreckens, den er bisher kennen gelernt hatte. Eine unvorstellbare Kreatur. Und sie war nur darauf aus, ihn in der Dunkelheit zu zerfleischen und zu zerfetzen.

Wenn er damals in seiner Kindheit den Kelleraum mit dem Loch in der hinteren Wand betrat, hatte er die schwere Eisentür nur so weit geöffnet, dass er den Arm hindurch stecken konnte, um nach dem Lichtschalter zu tasten. Die Sekunde, bis sich die Neonröhre unter der Decke einschaltete, war jedes Mal furchtbar. Licht hielt die Kreatur im Zaum, aber wenn man den Arm ins Dunkel streckte, lief man Gefahr ihn zu verlieren.

Im Laufe der Zeit brauchte die Röhre unter der Kellerdecke immer länger, um den Raum in weiß-blaues Licht zu tauchen. Manchmal glühte sie mindestens eine Minute in giftigen Farbtönen, bis sie sich klickend einschaltete.

Richard schob seinen Oberkörper zur Hälfte in den Flur und noch während er den Lichtschalter suchte, erlosch hinter ihm im Wohnzimmer die Lampe. Er drehte sich abrupt in der plötzlichen Finsternis um und stieß mit dem Kopf gegen den Türrahmen. Richard verspürte genau wie bei der Ohrfeige, die er sich eben verpasst hatte, keinen Schmerz. Nur ein Dröhnen, als befinde er sich im Innern einer Glocke.

Das Wohnzimmer in seinem Rücken war durch die Straßenlaterne vor dem Haus von einer Bahn schwach weißen Lichts erhellt. Ein konzentrierter Strahl, der zu beiden Seiten von Schwärze umgeben war. Der Flur hatte sich in einen Schlund verwandelt. Richards Finger fanden den Lichtschalter.

Kein Licht.

Wenn auch die Lampe im Flur nicht funktionierte, konnte es sich nur um einen Stromausfall in der Wohnung handeln. Vielleicht sogar im ganzen Haus. Irgendwo in seiner Wohnung schabte etwas über das Parkett.

Richard fühlte wie etwas Warmes über seine rechte Wange rann. Er streckte die Hand danach aus und fühlte eine Flüssigkeit. Blut. Der Zusammenstoß mit dem Türrahmen musste weitaus heftiger ausgefallen sein, als der ausgebliebene Schmerz es vermuten ließ. Aber viel schlimmer als das Blut, das sich jetzt in seinem Hemdkragen sammelte, waren die Geräusche in den Tiefen der Wohnung.

Ein Trippeln. Erst eilig, dann langsam ... verhalten. Jetzt näher. Zum Greifen nahe.

Richard starrte in den Flur und konnte noch nicht einmal die Umrisse der Möbel erahnen. Er wich einen Schritt von der Tür zurück und blieb mit pochendem Herzen stehen.

Richard war wieder acht Jahre alt. Die Furcht fiel wie eine Sturmflut über ihn her. Spülte das Erwachsensein mit dem mühsam gewonnenen Selbstbewusstsein einfach fort. Tränen schossen ihm in die Augen. Seine Gedanken glichen Insekten, winzigen, flinken Insekten, die aus seinem Griff schlüpften, sobald er sie zu fassen bekam.

Das Licht ging an. Der Schein blendete ihn und ließ grelle Flecken vor seinen Augen erscheinen. Dann entdeckte er, was vor ihm, kaum eine Armlänge entfernt, auf dem Boden hockte.

Sie war riesig.

Richard schrie gellend auf.

Das fettig glänzende Fell, die bösartig starrenden Knopfaugen, der gedunsene, mit Aas vollgefressene Leib mit dem langen, rosa nackten Schwanz.

Richards Schrei schien kein Ende nehmen zu wollen. Aus weit aufgerissenen Augen sah er, wie die Ratte in die Küche flüchtete. Richard strauchelte nach vorn, schwindlig von dem furchtbaren Anblick. Die Ratte bog um die Ecke und er konnte sie nicht mehr sehen. Aber er hörte ihre Krallen, die auf dem glatten Küchenboden kaum Halt fanden und abrutschten. Und dann ging das Kratzen und Scharren im Schlafzimmer von neuem los.

Nicht tot!, schrie es in seinem Inneren. Sie sind nicht tot. Es werden immer mehr! Und sie sind hier! Sie haben es geschafft!

Richard hob in einer verzweifelten Geste der Abwehr beide Hände und taumelte auf die Wohnungstür zu. Er konnte deutlich das Adergeflecht unter der dünnen Haut sehen. Die feinen Linien erinnerten an die Aufnahme eines verzweigten Flussdeltas aus großer Höhe. Jede einzelne Ader pulsierte in einem durchdringenden Violett.

Richard griff nach der Türklinke und hatte Angst, dass seine Hand unter dem Druck wie eine überreife Frucht zerplatzten könnte. Das Kratzen in der Wand schwoll zu einem infernalischen Lärm an. Ein Krach, der das alte Haus in den Grundfesten erschüttern musste.

Richard stürmte ins Treppenhaus und rannte die Treppe hinab. Ihm war nicht bewusst, dass er dabei schluchzte und unzusammenhängende Worte ausstieß. Auf den letzten Stufen stolperte er und landete auf den harten Fliesen unmittelbar vor der Haustür. Auf allen Vieren kroch er auf die Straße und als er zum Himmel empor blickte, hatte der sich in drohendes Schwarz verwandelt. Darin waren Bewegungen auszumachen. Das Flattern gigantischer Schwingen, umherwirbelnde Punkte. Einige violett wie die Adern unter seiner Haut, andere rot wie glühende Kohlen. Mit einem Rauschen, das klang, als wären alle Schleusen eines Stausees geöffnet worden, raste das verwandelte Firmament auf ihn zu.

Ich stand nackt in der Mitte des Raumes und atmete hektisch und flach. Ich fühlte mich wie ein waidwundes Tier.

„Wer spricht?"

Die Stimmen in den Wänden wisperten und raunten. Manche klangen zufrieden, ja lobend, andere hingegen ungeduldig. Sie forderten mich auf schneller, effektiver zu arbeiten. Warfen mir jetzt sogar Eitelkeit vor.

„Eitelkeit?", fragte ich nach und erinnerte mich im selben Moment. Ja, da war die Landkarte an der Wand. Deutschland im Maßstab 1 : 500 000. Es hatte mir Spaß bereitet, die Orte meiner gelungenen Impfungen mit Nadeln zu markieren.

Die Vorwürfe waren berechtigt. Nicht nur, dass damit angemessene Sachlichkeit purer Eitelkeit gewichen war, verstieß ich auch gegen das oberste Gebot: Hinterlasse nicht den geringsten Hinweis auf deine Mission.

Das war törichtes Tun, das besser jenen zu Gesicht stand, die ich zu impfen hatte.

„Ich war eitel", sagte ich laut und deutlich. „Ich bereue von ganzem Herzen."

Die Stimmen meiner Kritiker verstummten. Jetzt hörte ich Gesang. Das Lied war allein mir gewidmet. Da gab es keinen Zweifel.

„Ich werde effektiver vorgehen", versprach ich.

Die Melodie gefiel mir und ich stimmte summend in das Lied ein.

Der Reisende

Richard wehrte sich vergeblich gegen die Gestalt. Trat nach ihr und versuchte kraftlose Schläge, die ihr Ziel verfehlten. Er spürte, wie er den Kontakt zum Boden verlor, glaubte schwerelos geworden zu sein, um dann mit seinem jetzt unendlich mühsam arbeitenden Verstand wahrzunehmen, dass ihn die massige Gestalt wie einen Sack Kartoffeln schulterte.

Sie sprach mit ihm, aber er hörte nur dumpfe, lang gezogene Laute wie von einer Schallplatte, die viel zu langsam abgespielt wurde. Sein Kopf schlenkerte hin und her, als er die Treppe hinaufgetragen wurde. Sein Sichtfeld wurde immer kleiner, bis es sich auf einen winzigen Punkt beschränkte, der plötzlich erlosch.

Richard verlor das Bewusstsein.

Er hatte keine Ahnung, wie viel Zeit vergangen war, als er von einem gurgelnden Geräusch geweckt wurde, dass aus seiner eigenen Kehle drang. Er hatte sich an seiner eigenen Spucke verschluckt und bekam einen Hustenanfall. Durch den Hustenreiz war ihm das Wasser in die Augen getreten. Er öffnete sie und blickte in einen fremden Raum.

Plüschig wäre das treffende Adjektiv für dessen Einrichtung angesichts der großen, roten Sessel und der schweren Samtvorhänge mit goldenen Borten gewesen. Aber Richard fiel gar nichts ein. Sein Schädel schmerzte wie nach einer langen Nacht mit klebrigen Likören.

Durch die Vorhänge schimmerte Tageslicht. Er musste also stundenlang bewusstlos gewesen sein.

Im Hintergrund war Musik zu hören. Klassik, trotz der geringen Lautstärke mit einem exzellenten Klang.

Richard lag auf einem Sofa mit so weicher Polsterung, dass er ein wenig darin versank. Er führte eine Hand zu seiner Stirn und fühlte eine verkrustete Wunde.

Die Erinnerung kehrte unmittelbar zurück und verdrängte für den Moment sogar die pochenden Kopfschmerzen.

Er hatte sich den Kopf am Türrahmen gestoßen. Die Ratte im Flur! Das hektische Kratzen ihrer Artgenossen in der Wand!

Er versuchte aufzustehen, spürte wie ihm sofort schwindlig wurde und das fremde Zimmer vor seinen Augen verschwamm. Er gab auf und ließ sich stöhnend zurück aufs Sofa fallen.

„Immer langsam. Sie sind noch zu schwach."

Richard kniff die Augen zu schmalen Schlitzen zusammen, um besser sehen zu können. Er trug seine Brille nicht und hatte keine Ahnung, wo sie abhanden gekommen war.

Die Stimme gehörte zu einem korpulenten Mann, den er auch ohne Brille identifizieren konnte.

Jan Münzberg näherte sich und Richard staunte über die Lautlosigkeit, mit der sich sein Nachbar bewegte. Münzberg trug ein Tablett mit einer dampfenden Schüssel und einem Teller mit zwei Scheiben Toastbrot. Schüssel und Teller stellte er auf einen kleinen runden Tisch in Richards Nähe. Der Nachbar war mit einem rot-schwarzen Kimono bekleidet.

„Gemüsebrühe. Die ist leicht verdaulich", erläuterte Münzberg, sah sorgenvoll zu Richard hinunter und setzte sich dann in einen der schweren Sessel.

Die Stimme klang völlig normal, was Richard ein wenig beruhigte. Seine Ohren waren wieder zur normalen Wahrnehmung zurückgekehrt. Richard versuchte erneut sich aufzurichten. Vorsichtiger und langsamer als beim ersten Mal. Die Muskeln schmerzten und er musste sich die Hüfte geprellt haben, aber beim zweiten Versuch hielt sich das Schwindelgefühl in Grenzen. Durch die Bewegung war die Decke mit dem Leopardenmuster, mit der ihn Münzberg zugedeckt hatte, verrutscht und Richard entdeckte, dass er nackt war. Verschämt zog er die Decke bis unters Kinn.

Jan Münzberg hob in einer Geste des Bedauerns die Schultern. „Tut mir leid. Aber ihre Kleidung war voller Blut. Außerdem haben Sie sich übergeben und in die Hose gemacht."

Richard spürte, wie er errötete.

„Das muss Ihnen vor mir nicht peinlich sein", sagte Münzberg. „Ich arbeite als Krankenpfleger im Altenheim." Der dikke Mann reichte ihm die Schüssel mit der Gemüsebrühe. „Ich frage mich allerdings, was mit Ihnen los war."

Richard probierte die Suppe. Sie schmeckte eigentlich nur salzig. Das Gefühl der Scham darüber, dass sein Nachbar ihn in einem entwürdigenden Zustand gefunden hatte und sogar entkleiden musste, hielt an.

„Ich kann mich nicht mehr an alles erinnern", erwiderte Richard leise.

Sein Nachbar strich seinen Kimono glatt. „Ich hörte, wie Sie die Treppe hinab stolperten. Dabei weinten Sie. Ich folgte Ihnen und sah Sie auf der Straße liegen. Halb weggetreten und stammelnd. Sie waren nicht mehr ansprechbar, da habe ich Sie in meine Wohnung getragen. Ich dachte mir, dass wäre in Ihrem Zustand das Beste."

„Ich hatte Halluzinationen", sagte Richard. Ihm fiel der unheimliche Himmel mit den glühenden Augen ein.

Münzberg nickte. „Das glaube ich gern."

Richard glaubte mit einem Mal zu wissen, was sein Nachbar vermutete. „Sie nehmen an, dass ich unter Drogen stand."

Münzberg sah ihn fragend an.

Richard schüttelte den Kopf, unterließ die Bewegung aber sofort, weil sich der Schmerz hinter der Stirn sofort wieder aufflammte. „Ich habe wirklich keine Drogen genommen, noch nicht einmal Alkohol."

„Selbst wenn", erwiderte Münzberg vorsichtig. „Für mich wäre das kein Problem. Alle Anzeichen sprachen nun mal dafür."

„Ich bin in psychiatrischer Behandlung", fuhr Richard fort. „Ich leide an chronischer Schlaflosigkeit. Das kann einen verrückt machen."

Münzberg nickte verständnisvoll. „Aber ihr Verhalten war ziemlich extrem ... Hat man Ihnen vielleicht Medikamente verschrieben? Psychopharmaka?"

„Nur ein homöopathisches Mittel."

„Sind Sie da sicher? Bei wem sind Sie in Behandlung?"

„Bei Dr. Busch."

„Den kenne ich." Münzberg hielt sich eine fleischige Hand vor den Mund und prustete.

„Was ist?", fragte Richard irritiert.

„Der Mann ist in Ordnung. Ich war vor einiger Zeit ebenfalls sein Patient."

Richard wagte nicht nach den Gründen zu fragen, aber das brauchte er auch nicht, denn sein Nachbar schien geradezu froh zu sein, darüber zu reden. „Ich litt unter einem zwangsneurotischem Symptom: Kontrollzwang. Ich konnte nicht das Haus verlassen, ohne mehrmals zurückzukehren, um zu überprüfen, ob der Herd abgestellt war, der Wasserhahn zugedreht oder die Wohnungstür verschlossen war. Richtig kompliziert wurde es zum Beispiel, wenn ich einen Brief abschicken musste. Immer wieder musste ich das Kuvert öffnen, um mir zu bestätigen, ob ich auch den richtigen Brief hineingesteckt hatte."

Richard probierte einen weiteren Löffel von der Suppe. Die Offenheit seines Nachbarn ihm gegenüber ließ ihn entspannter werden. Münzberg wurde ihm sogar trotz seines bizarren Äußeren – Richard hatte erst jetzt die winzigen goldenen Buddhaabbildungen auf dem Kimono entdeckt – immer sympathischer. „Konnte Busch Ihnen helfen?"

Münzberg deutete mit dem Finger auf die Suppenschüssel auf Richards Schoß und dann in Richtung Zimmertür. „Da geht es zur Küche. Wenn ich nicht bei Busch in Behandlung gewesen wäre, hätte ich schon zig Mal nachsehen müssen, ob der Herd abgestellt ist."

„Dann vertrauen Sie Dr. Busch also?"

„Unbedingt", sagte Münzberg ohne nachzudenken. „Wenn er Ihnen ein homöopathisches Mittel verschreibt, wird es sich dabei auf gar keinen Fall um LSD, Crack oder so etwas handeln. Ich vermute, darauf zielte Ihre Frage?"

„Ja", gab Richard zu. „Es ist nur so ... er schien mir in letzter Zeit etwas fahrig."

Münzberg kicherte schrill. „Der Mann ist Psychiater. Wenn man den ganzen Tag mit Leuten wie mir zu tun hat, darf man auch mal etwas fahrig sein. Oder?"

Richard stellte die leere Schüssel auf den Tisch und hielt dabei mit der linken Hand die Decke an seinen Oberkörper gepresst. „Ich wurde vor ein paar Monaten von einem Blitz getroffen. Das ist höchstwahrscheinlich der Grund für meine Schlaflosigkeit", sagte Richard.

Jan Münzberg legte beide Hände vors Gesicht und machte „Oha!". Er wirkte wieder wie ein perfektes Double des Komikers Oliver Hardy. „Aber ...", er räusperte sich. „Ihr Körper weist keinerlei Narben auf. Von den Verbrennungen, meine ich. Die wären mir aufgefallen."

„Es gab keine Verbrennungen. Ich wurde lediglich ohnmächtig. Allerdings kann das Gehirn Schäden davontragen, die neben Schlaflosigkeit auch Wahrnehmungsstörungen hervorrufen können."

Münzberg pfiff leise durch die Zähne. „Dann kann Ihr Verhalten von gestern Abend die Folge des Blitzschlags sein?"

„Ich nehme es an. Aber einige Dinge, die ich gesehen habe, müssen real gewesen sein.“ Richard fühlte, wie sich die feinen Haare auf seinem Unterarmen aufrichteten. „Die Ratten hinter der Wand waren wieder aktiv.“

Münzberg sah ihn ausdruckslos an.

„Und eine Ratte, ein Riesenvieh, war in meiner Wohnung.“

„Sind Sie da ganz sicher?“, fragte der Nachbar.

„Ja. Ihr Anblick hat mich völlig ausrasten lassen.“

„Haben Sie eine Ahnung, wie die Ratte in Ihre Wohnung gekommen ist?“

„Sie versuchen sich seit Tagen durch die Wände zu arbeiten. Vermutlich ist es ihnen irgendwo gelungen.“

„Das ist ja widerlich.“ Münzberg schüttelte sich. „Ich muss unbedingt daran denken, mich bei der Stadtverwaltung zu beschweren.“

„Aber der Kammerjäger war schon da“, sagte Richard erstaunt. „Ich dachte Sie hätten bereits angerufen. Der Mann erwähnte nämlich, dass sich jemand aus unserer Straße beschwert hätte.“

„Oh!“, machte Münzberg. „Ich war es jedenfalls nicht. Andererseits wundert es mich nicht, dass mir jemand zuvorgekommen ist. Man sieht die Biester ja am helligsten Tage über die Straße huschen.“

Richard nickte zustimmend. „Aber Ratten sind verdammt schlau. Vielleicht sind sie auf die Köder nicht reingefallen. Manchmal schicken sie einen Artgenossen vor, der das Futter testen soll. Wenn der krepiert, rührt der Rest der Meute das Zeug nicht mehr an.“

Münzberg erhob sich halb aus dem Sessel. „Dann müssen wir der Verwaltung mal ordentlich Dampf machen.“

Irgendwo in der Wohnung piepste ein elektronischer Wekker. Münzberg sprang auf. „Bin gleich wieder zurück.“ Der

Nachbar eilte aus dem Wohnzimmer. Richard hörte, wie er sich in einem anderen Zimmer an irgendwelchen Geräten zu schaffen machte. Nach zwei Minuten kehrte Münzberg zurück.

„Ich musste nur eine Videokassette wechseln“, erklärte er.

Richard machte ein verständnisloses Gesicht.

„Ich bin ein Nachrichtensammler“, sagte Münzberg und lächelte vergnügt. „Kommen Sie, ich zeige es Ihnen.“

Richard deutete auf die Decke. „Kann ich meine Kleidung wiederhaben?“

Münzberg eilte erneut aus dem Zimmer, öffnete nebenan eine Schranktür, schloss sie wieder und kehrte mit einem Kimono über dem Arm zurück. Er reichte Richard das exotische Kleidungsstück. Es war das genaue Ebenbild von Münzbergs Kimono.

„Dürfte ein bisschen groß sein“, schmunzelte der Nachbar. „Ich gehe schon mal nach nebenan. Sie kennen sich ja aus. Die Aufteilung unserer Wohnungen ist gleich.“

Richard zog den Kimono über, der ihm groß genug vorkam, um darin zu wohnen.

Als er den Raum betrat, den er in seiner Wohnung als Schlafzimmer nutzte, erlebte er eine Überraschung. Münzberg schien zwar hier zu schlafen; in einer Ecke lag eine überbreite Matratze auf dem Boden, aber der Raum war mit technischen Geräten vollgestopft: Mehrere Computermonitore, ein halbes Dutzend Fernseher und ebenso viele Video- und DVD-Rekorder standen auf Tischen und in Regalen. An einer Wand stapelten sich Kassetten und DVD-Hüllen meterhoch.

„Mein Archiv“, erklärte Münzberg. „Hier nehme ich nationale und internationale Nachrichtensender auf.“

„Aha“, machte Richard und versuchte nicht auf den Saum des Kimonos zu treten. „Und wozu?“

„Nur wenn ich alle Nachrichten kenne und analysiere, die unterschiedlichsten Meinungen zu einem Thema erfasse, bin ich in der Lage, die Zielsetzung des Ganzen zu verstehen." Münzberg lehnte sich an einen altmodischen Fernseher, dessen Bildröhre defekt sein musste, denn das Gesicht des französischen Präsidenten, der gerade gestenreich eine Pressekonferenz abhielt, war völlig grün. „Ich gehe sogar so weit, zu behaupten, dass hinter dem Informationswirrwarr ein System steckt."

Richard waren die lautlosen Menschen auf den Bildschirmen ein wenig unheimlich. Dr. Buschs Therapieerfolg schien sich bei Münzberg doch in Grenzen zu halten.

„Was für ein System?" Er spürte, dass sein Nachbar die Frage von ihm erwartete.

„Es ist alles nur ein letztes Aufbäumen, ein Verschleiern, ein Versuch, Zeit zu gewinnen." Münzberg legte eine dramaturgische Pause ein. „Ich bin kurz davor, zu beweisen, dass keine Regierung und keine Organisation der Welt, absolut niemand mehr weiß, wie es weitergeht. Allen sind die Rezepte ausgegangen. Die Menschheit in Agonie. Wir sind nur noch ein Todgeweihter in den letzten Zuckungen. Da helfen weder alternative Energien, Esoterik oder Atomraketen."

„Sehr interessant", log Richard.

„Die hier habe ich neu installiert." Richard klopfte mit dem Fingerknöchel gegen eine digitale Kamera, die auf einem Stativ vor dem Fenster stand. Der Vorhang war ein Stück zur Seite gezogen worden. Die Linse war auf die Straße gerichtet.

„Sehen Sie hindurch", forderte ihn Münzberg auf.

Richard ging in die Hocke und sah auf den Bildschirm auf der Rückseite der Kamera. Er blickte auf ein winziges Abbild der gegenüberliegenden Hausfront. Die Kamera zielte auf Krügers Wohnung. Er konnte den Waffensammler zurzeit nicht entdecken.

„Ich filme ihn rund um die Uhr“, verkündete Münzberg und in seiner Stimme schwangen Hass und Wut mit. „Wenn er wieder irgendjemanden etwas antut, werde ich es mitbekommen.“

Richard schwieg. Seine Gedanken kehrten zu der scheußlichen Ratte in seiner Wohnung zurück. Er war sich sicher, dass sie groß genug war, um es mit einem klein gewachsenen Kater aufzunehmen.

„Ich muss jetzt in meine Wohnung zurück“, sagte Richard. Er tippte Münzberg, der konzentriert durch den Spalt im Vorhang zu Krügers Fenster herüberstarrte, auf die Schulter. „Vielen Dank für alles. Sie haben mich aus einer sehr unangenehmen Lage gerettet.“

„Sie hätten für mich doch dasselbe getan.“ Münzberg strahlte ihn an, dann kicherte er wieder. „Obwohl ... Sie hätten mich wohl kaum die Treppe hochtragen können.“ Sofort wurde er wieder ernst. „Möchten Sie, dass ich Sie in Ihre Wohnung begleite? Wegen der Ratte. Wir könnten gemeinsam nachsehen, ob sie wirklich verschwunden ist.“

„Das wäre gut!“, sagte Richard voller Inbrunst und reichte Münzberg seine Hand. Der beleibte Nachbar nahm sie hocherfreut in seine Pranke und schüttelte sie wie einen Pumpenschwengel.

„Dann mal los, Herr Gerling.“

*

Richard betrat mit unsicheren Schritten seine Wohnung. Jan Münzberg hatte sie beide mit Waffen ausgestattet: einem Schrubber und einem Besen.

Damit Richard sich nicht barfuss auf die Jagd begeben musste – er hatte sich auf seine Halbstiefel ausgiebig übergeben, trug er ein paar bestickte Hausschuhe seines Nachbarn. Größe 39. Der korpulente Münzberg bewegte sich auf kleinem Fuße.

„Wir sollten zusammenbleiben und uns ein Zimmer nach dem anderen vornehmen“, schlug Richard mit dem Schrubber im Anschlag vor.

„Und ob!“, stimmte ihm Münzberg zu. „Ich habe nie verstanden, warum sich die Darsteller in einem Horrorfilm immer trennen müssen. Von wegen: *Bob, du gehst in den stockfinsteren Gang da links! Ich übernehme den rechten mit den unheimlichen Geräuschen!* Da ist doch sofort klar, dass einer von beiden draufgeht.“

Das Tageslicht sorgte nur für ein fahles Grau. Richard schaltete die Lampe im Flur ein. In dem kleinen Regal mit dem Telefon entdeckte er seine Brille und setzte sie erleichtert auf. „Hatten Sie gestern auch einen kurzen Stromausfall?“

„Nein“, hörte er Münzbergs Stimme direkt hinter sich. „Warum ...?“

„Pst!“, machte Richard.

Ein Geräusch! Leise! Kurz! Metallen!

Münzbergs Anwesenheit gab ihm ein wenig Sicherheit, aber der Anblick der Ratte – *oder einer ganzen Horde!* – wäre zu viel für ihn. Sein Vorrat an Selbstbeherrschung war mittlerweile fast aufgebraucht. Richard umklammerte den Stiel des Schrubbers. Er spähte um die Ecke. Das Geräusch – *Pling!* – wiederholte sich. Der Stiel sauste durch die Luft, ohne ein Ziel zu haben. Ein Reflex seiner strapazierten Nerven.

*Pling!*

Ein Tropfen löste sich vom Wasserkran an der Küchenspüle und fiel auf den Rand einer schmutzigen Glasschüssel, aus der Richard erst kürzlich sein Müsli gelöffelt hatte.

Münzberg stocherte mit dem Besen hinter dem Kühlschrank herum, während Richard alle Zimmerecken mit einer Vorsicht absuchte, als befürchtete er auf einen Sprengsatz zu stoßen.

„Was ist damit?“ Der Nachbar klopfte mit dem Besenstiel gegen eine schmale Holztür, die direkt in die Wand eingelassen war.

„Eine Art Rumpelkammer, die ich nicht nutze“, erwiderte Richard. „Sie ist immer verschlossen. Da kann die Ratte wohl kaum rausgekommen sein.“ Er hatte die Kammer beinahe vergessen. Die nur einen halben Meter breite, in Wandfarbe lackierte Tür hob sich von der Umgebung kaum ab. Zudem war sie in der Ecke rechts neben dem Küchenschrank schnell zu übersehen.

„Die Kammer ist leer“, erinnerte sich Richard. „Ich wollte sie als Vorratsraum nutzen, aber da drin riecht es feucht und muffig. Also habe ich es gelassen.“

„Besser ist besser.“ Als die Tür fast lautlos nach außen schwang, drang aus dem Inneren ein kalter Hauch, der nach Kloake und etwas Bitterem roch, das Richard nicht identifizieren konnte. Es kostete ihn einige Überwindung, sich der Öffnung zu nähern. Sie reichte ungefähr fünfzig Zentimeter tief in die Wand hinein und war völlig leer. Bis auf eine Plastikflasche ohne Etikett, deren undefinierbarer Inhalt unter dem Verschluss eine grünliche Kruste hinterlassen hatte. Richard hatte sie schon bei seiner ersten Untersuchung der Kammer entdeckt und sie einfach dort liegen lassen. Die Flasche musste von einem der Vormieter stammen.

„Pfui!“, machte Münzberg und stieß die Tür eilig zu.

„In der Küche ist jedenfalls keine Ratte“, stellte Richard fest. „Nehmen wir uns die anderen Räume vor.“

Sie hatten gerade den Flur und das Wohnzimmer nach unerwünschten Eindringlingen untersucht, als es an der Tür schellte.

Richard öffnete die Wohnungstür und sah sich einem wutschnaubenden alten Mann gegenüber, der ihn irritiert musterte. Es war Krüger, der Waffensammler. Er hielt ihm ein zusammengeknülltes Blatt Papier entgegen.

„Sandows aus dem Parterre haben mich reingelassen", schnaufte er. „Ich wollte zu diesem Fettsack. Wissen Sie, wo der ...?" Krüger blickte an Richard vorbei in den Flur und entdeckte Münzberg. „Das hätte ich mir ja denken können!", brüllte der alte Mann und versuchte Richard zur Seite zu drängen. „Ihr zwei Tunten steckt unter einer Decke!"

Richard wurde augenblicklich bewusst, dass er und Münzberg noch immer in den Kimonos steckten. Als er jetzt Krügers, vor Zorn verzerrtes Gesicht, sah, waren seine eigenen Ängste, die ihn bei der Suche nach der Ratte wie ein schmerzendes Geschwür begleitet hatten, vergessen.

„Fette Sau!", stieß Krüger hervor und versetzte Richard, der noch immer nicht Platz gemacht hatte, einen Boxhieb in den Bauch. Richard keuchte laut, verhedderte sich im Stoff des Kimonos und suchte nach Halt.

Münzberg versuchte den Alten mit seinem Besen auf Distanz zu halten. Er war zu verwirrt von dem plötzlichen Überfall, um auch nur ein Wort von sich geben zu können.

Richard richtete sich wieder auf und wollte Krüger festhalten. Aber der alte Mann schien die Bewegung hinter seinem Rücken bemerkt zu haben. Er schnellte herum und bellte: „Zu dir komme ich auch noch, Tunte!"

Plötzlich loderte in Richard der Zorn auf. Die Anspannung der letzten Tage platzte mit einem Mal aus ihm heraus. „Ich bin keine Tunte! Und Sie haben kein Recht hier in meine Wohnung einzudringen! Ich werde jetzt die Polizei rufen!"

Krüger lachte gekünstelt. „Die Polizei? Nur zu!" Er brüllte noch einmal und noch lauter: „Nur zu!!!"

Aber Richard sah, dass er den Rentner mit seinem Ausbruch eingeschüchtert oder doch zumindest etwas aus der

Spur gebracht hatte. „Was ist hier los?“ Seine Stimme klang bedrohlich.

Jan Münzberg stocherte mit dem Besen noch immer Luftlöcher in Richtung des alten Mannes. Er sah aus wie ein in die Enge getriebener Elefantenbulle.

Krüger hielt Richard das Blatt Papier hin. „Das ist los!“

Richard riss es ihm aus der Hand.

„Der Fettsack hat das geschrieben!“, zeterte der Alte, während Richard den computergeschriebenen Text las. „Der miese Fettsack! Oder ihr zwei zusammen! Um mich fertigzumachen! Jawohl!“

**An Krüger, das senile Arschloch!**
Du hast meinen Kater gekillt! Dafür werde ich mich rächen. Ich weiß, dass du alter Bock kleine Mädchen befummelst. Vielleicht wirst du denen auch irgendwann den Kopf abschneiden wie meinem Pauli.
Fangen die Psychopathen nicht immer zuerst mit Tierquälerei an?
Aber dazu lasse ich es nicht kommen. Ich werde ganz Döbeln von deinen Schweinereien wissen lassen.

Richard schluckte, sah dann zu Münzberg und reichte den Brief an ihn weiter. „Haben Sie diesen Brief geschrieben?“

Richards Nachbar überflog den Text, während ihm Krüger mit vorgestrecktem Kopf dabei zusah. Der Rentner erinnerte an einen Raubvogel auf der Lauer. Bereit, jederzeit zuzustoßen. „Wenn der Dicke den Brief auffrisst, nützt das gar nichts“, keifte er. „Ich habe Kopien gemacht.“

„Das ist nicht von mir“, sagte Münzberg mit bebender Stimme und gab das Papier an Richard zurück. Krüger riss es ihm sofort aus den Händen.

*„Das ist nicht von mir“*, äffte der Alte Münzberg nach. „Von wem denn sonst, du Qualle!“

„Hören Sie mit den Beleidigungen auf“, verlangte Richard.

Krüger ignorierte ihn und versuchte an Münzberg heranzukommen. Der stieß ihn mit dem Besen weg – eine Geste, die nicht Aggression, sondern einfach Furcht ausdrückte – , und Krüger stolperte rückwärts gegen Richard. Richard streckte reflexartig die Arme aus, um zu verhindern, dass der Mann hinfiel.

„Lass das!“, zischte Krüger, entwand sich Richards Griff und stieß mit dem Rücken gegen das Regal mit dem Telefon. Das Telefon kippte aus der Ladestation und krachte auf den Boden.

„Ihr glaubt wohl, ihr könnt mich herumschubsen!“, krächzte Krüger. Er griff hinter sich und hielt plötzlich eine kurze, spitz zulaufende Klinge in der rechten Hand.

„Tun Sie das Ding weg!“, stieß Richard hervor und starrte auf das Stilett. Das Ding würde seine Haut durchstoßen, als sei er aus Butter.

„Ich habe den Kater nicht getötet!“ Krüger schwang die Klinge in einem Halbkreis durch die Luft.

„Schon gut!“ Richard wich zurück. „Wir glauben Ihnen ja.“

Münzberg ließ den Besen mit voller Wucht auf Krügers Unterarm prallen. Der Rentner schrie auf und ließ das Stilett aus den tauben Fingern fallen. Richard beförderte die Klinge mit einem Fußtritt quer durch den Flur.

„Ich möchte, dass Sie jetzt abhauen, Krüger“, sagte Richard. Er wunderte sich selbst über seine laute und feste Stimme.

„Ich schwöre Ihnen, dass der Brief nicht von mir ist!“, beteuerte Münzberg. Er hielt den Besen jetzt gesenkt und schwitzte so stark, dass es beinahe so aussah, als wäre er gerade dabei sich aufzulösen.

Einen Augenblick schien es, als würde der alte Mann versuchen, in einer Art Kamikaze-Angriff über sie beide herzufallen, aber dann gewann Resignation die Oberhand. „Ich werde gehen“, sagte er atemlos und hielt sich dabei den Arm. „Aber das wird noch Konsequenzen haben.“

„Gehen Sie einfach.“ Richard trat zur Seite und machte den Weg zum Hausflur frei.

Im Flur drehte sich Krüger noch einmal mit hochrotem Kopf um und grinste. „Wer von euch beiden ist denn die Frau?“

Richard knallte die Tür zu, legte die Sicherheitskette vor und horchte. Krüger harrte noch ein paar Sekunden im Flur aus, dann ging er mit langsamen Schritten, so, als überlegte er, ob es nicht doch besser wäre, noch mal umzukehren, die Treppe hinab.

Münzberg lehnte mit zitternden Händen den Besen gegen die Wand.

Richard schüttelte ratlos den Kopf. „Ich weiß nicht, was ich glauben soll.“

„Ganz ehrlich!“ Münzberg hielt ihm die Handflächen entgegen und sah aus, als wollte er jeden Moment anfangen zu weinen. „Ich habe den Brief nicht geschrieben.“

„Sie sind stinksauer auf ihn und haben sogar eine Videokamera auf seine Wohnung gerichtet“, erwiderte Richard. „Vor ein paar Tagen wollten Sie den Alten auf der Straße zusammenschlagen. Schon vergessen?“

„Aber ich ...“, setzte Münzberg an.

Richard brachte ihn mit einer schroffen Handbewegung zum Schweigen. „Und Sie haben im Zusammenhang mit Krüger auch irgendwas mit Kindern erwähnt.“

„Doch nur, dass er sie ständig verjagt!“ Der korpulente

Mann sah jetzt so verzweifelt aus, dass Richard beinahe versucht war, ihm zu glauben.

„Ich möchte, dass Sie jetzt auch gehen." Richard löste die Kette, öffnete die Tür einen Spalt breit, um sich zu vergewissern, dass sich Krüger nicht lautlos zurückgeschlichen hatte. „Bitte!", drängte er.

Jan Münzberg schniefte, wischte sich die Nase und setzte sich mit gesenktem Kopf in Bewegung. Als er kurz vor seiner Wohnungstür war, sagte Richard: „Danke für Ihre Hilfe."

*

Richard tauschte den Kimono gegen Hemd und Jeans aus und machte sich daran, den Rest der Wohnung – das Bad und den Raum, den er nur als Abstellplatz für die noch nicht ausgepackten Relikte seines Lebens in Unna – nutzte, zu durchsuchen.

Die Ratte blieb verschwunden und Richard versuchte sich einzureden, dass sie vermutlich auf demselben Wege die Wohnung verlassen hatte, wie sie hereingekommen war: Sie musste unbemerkt durch die geöffnete Wohnungstür geschlüpft sein. Gelegenheiten dazu hatte es genügend gegeben.

Er setzte sich an den Schreibtisch im Schlafzimmer und blickte zu Krügers Wohnung hinüber. Von dem alten Mann war nichts zu sehen. Er konnte Krügers Aufregung bis zu einem gewissen Grad nachvollziehen. Es gab keinen Beweis, dass er den Kater seines Nachbarn getötet hatte und mit dem Brief war Münzberg eindeutig zu weit gegangen. Andererseits hatte sich Krüger mit einem Stilett bewaffnet, ehe er sich aufmachte, um Münzberg zur Rede zu stellen. Und als er die Klinge zog, hatte es so ausgesehen, als wäre er bereit, sie auch zu benutzen.

Richard beschloss, sich in Zukunft aus allem rauszuhalten. Er hatte genug eigene Probleme.

Als sich nach einer Viertelstunde noch immer nichts in Krügers Wohnung tat, faltete Richard den Kimono, den er achtlos auf den Boden geworfen hatte, zusammen. Er spürte einen Druck unter seinem linken Fuß, schimpfte sich einen Idioten, dass er es wagte, nach dem blutigen Zusammentreffen mit der Glasscherbe noch immer barfuss durch die Wohnung zu gehen, und sprang zur Seite. Aber dieses Mal hatte er in keine Scherbe getreten. Auf dem Schlafzimmerboden lag nur ein transparenter Plastikdeckel. Nicht größer als eine Zwei-Cent Münze. Richard betrachtete den runden Deckel. Es gab in seiner Wohnung keinen Gegenstand, auf den der Deckel gepasst hätte. Er schien für eine Medikamentenverpackung gemacht zu sein, aber Richards Schmerzmittel steckten in größeren Behältnissen und die homöopathischen Kügelchen von Dr. Busch bewahrte er in einer metallenen Pillendose auf dem Nachtschrank auf.

Vielleicht hatte Münzberg den Deckel bei der Suche nach der Ratte verloren. Richard überlegte, dass jemand, der den lieben langen Tag auf der Suche nach einem System in den Nachrichten war, um zu beweisen, dass die Welt vor dem Untergang stand, sich sehr wohl auch mit Pillen vollstopfen könnte.

Er schlich auf den Hausflur und legte den Kimono und die kleinen Hausschuhe vor Münzbergs Wohnung ab. Hinter der Tür hörte er seinen Nachbarn heulen.

*

Als er in der Frühe das Haus verlassen hatte, trug er den Latexslip unter seiner Hose. In der Hoffnung, dass sich die übliche Faszination einstellen würde. Eine Erregung, die ihn für ein paar Stunden von dem ungeheuren Druck, dem er ausgesetzt war, ablenken konnte. Früher war er öfters durch die Gegend gefahren, hatte an Raststätten angehalten, um einen

Kaffee zu trinken. Das Gefühl, sich mit dem engen Slip unter Menschen zu bewegen, hatte ihn stimuliert. War ein Vorspiel auf die Abende im Club gewesen.

Doch heute war er schon kurz vor Waldheim von der Straße abgebogen, um sich von dem feuerroten Kleidungsstück zu befreien. Er hatte den Slip ins Handschuhfach gequetscht und war ziellos umhergefahren. Immer wieder hatte er in den Rückspiegel geblickt, war nervös geworden, wenn ein Wagen längere Zeit hinter ihm geblieben war, um irgendwann sicher zu sein, dass ihn niemand verfolgte.

Jetzt, am späten Nachmittag, lenkte er den Wagen in die Einfahrt seines Hauses im Stadtteil Sörmitz. Er ließ den BMW heute ausnahmsweise vor der Garage stehen. Normalerweise hätte er ihn nach einer stundenlangen Fahrt durch Nieselregen mit einem extraweichen Leder trocken gerieben.

Mit siebenundvierzig war er immer stolz auf seine Kondition gewesen. Stolz auf die eiserne Disziplin, mit der er sich in Form hielt und dafür sorgte, dass er kein Gramm Fett zuviel hatte und auch auf die Jüngeren im Club noch attraktiv wirkte. Aber heute fühlte er sich alt und ausgemergelt. Immer wenn er im Rückspiegel nach Verfolgern Ausschau gehalten hatte, waren ihm die ausgeprägten Ringe unter den Augen aufgefallen. Auch die feinen, sonst fast unsichtbaren Fältchen schienen sich in den letzten Tagen immer tiefer in sein Gesicht gegraben zu haben. Die Furcht ließ ihn rasend schnell altern.

Als er ausstieg, kam zum ersten Mal an diesem Tag die Sonne heraus und brachte kurz vor ihrem Untergang den Horizont zum Leuchten. Die Luft war kalt und feucht und ließ den nahenden Winter erahnen. Feiner Dunst lag über dem nassen Rasen vor dem Haus. Das untere Stockwerk – das Refugium seiner Mutter – war hell erleuchtet. Sie hielt nichts vom Stromsparen. Schließlich war sie die Witwe eines Mannes, der selbst zu Zeiten des Sozialismus sehr gut verdient hatte und nun die Mutter eines Sohnes, der in die Fußstapfen seines Vaters treten sollte.

Er schloss die Haustür und wurde von dem seit Jahrzehnten immer gleichen Duft empfangen: Kölnisch Wasser. Sein Vater hatte es vor der Wiedervereinigung über Beziehungen aus dem Westen kommen lassen.

Mit der Zeit hatte sich der Geruch des Parfüms mit den Ausdünstungen einer alten Frau vermischt, die ihre Körperpflege vernachlässigte und die Funktion ihres Darmtrakts immer seltener unter Kontrolle halten konnte. Trotzdem weigerte sie sich einen Pflegedienst in Anspruch zu nehmen.

Kaum hatte er die schwarzen Slipper ausgezogen und die Hausschuhe übergestriffen, hörte er das sonore Summen des elektrischen Rollstuhls näher kommen.

„Du warst den ganzen Tag unterwegs!“ Sie stoppte unmittelbar hinter ihm. Ihre Frisur sah aus, als hätte sie versucht sich ihre Haare auszureißen. „Gehst du noch mal weg?“

„Nein“, erwiderte er einsilbig und versuchte seine Nervosität mit einem Lächeln zu überspielen.

„Das ist schön.“ Er ließ es zu, dass sie sich vorbeugte und seine Hand tätschelte. Er konnte riechen, dass sie wieder getrunken hatte, unterließ aber eine Bemerkung. Alkohol führte bei ihr dazu, dass sie früh zu Bett ging und ihn in Ruhe ließ. Außerdem sah er keinen Sinn darin, dass seine kranke Mutter in der Endphase ihres Lebens noch Verzicht üben sollte.

„Der Postbote hat ein Päckchen für dich abgegeben“, sagte sie.

„Heute? Aber am Sonntag kommt doch keine Post.“ Es kam immer wieder vor, dass seine Mutter zeitliche Abläufe durcheinander brachte. Möglicherweise sprach sie von einem Päckchen, dass schon vor Wochen geliefert worden war.

„Früher konnte man auch nicht bis in die Abendstunden hinein einkaufen“, erwiderte seine Mutter, fuhr mit dem Rollstuhl einen Meter rückwärts und vollzog dann eine so scharfe Wende, dass sie ihren Sohn beinahe gerammt hätte. „Ich mache uns ein paar Schnittchen zum Abendessen“, hörte er sie sagen, als sie bereits auf dem Weg in die Küche war. „Das Päckchen steht übrigens auf dem Wohnzimmertisch. Der Postbote war sehr nett. Ich habe ihm zwanzig Cent Trinkgeld gegeben.“

Er spähte vom Flur in das große Wohnzimmer. Das Päckchen, eines von denen, die man bei der Post kaufen konnte und dann nach Anleitung zusammenfalten musste, stand auf dem Tisch neben der Obstvitrine. Es war klein – das kleinste Format aus dem Postsortiment – und fast von derselben Farbe wie die vollreifen Bananen in der Vitrine. Auf der Oberseite stand sein Name samt Adresse in schwarzen Druckbuchstaben. Der Absender fehlte. Er nahm es in die Hand, um nachzusehen, ob der Absender vielleicht auf der Unterseite zu finden war. Das Päckchen wog fast nichts, und als er es drehte und wendete, kullerte etwas im Innern hin und her.

Geliefert an einem Sonntag, federleicht und ohne Absender. Das hätte ihn auch normalerweise ins Grübeln gebracht. Aber seit einigen Tagen existierte kein *normalerweise* mehr in seinem Leben. Er stellte das Päckchen behutsam auf den Tisch. Dabei rollte der Inhalt leise gegen eine der dünnen Wände aus Pappe. Er ging zum Schreibtisch seiner Mutter und holte den goldenen Brieföffner in der Form eines stilisierten Kranichs aus der obersten Schublade. Er zögerte kurz und durchstieß mit der Spitze das braune Klebeband in der Mitte des Deckels.

Er klappte das Päckchen auf. Es war völlig leer, bis auf etwas, dass ihm in der ersten Sekunde ... *obszön* erschien. Sein Verstand benötigte zwei, drei weitere Sekunden, um zu erfassen, was da auf dem Boden des gelben Päckchens lag – verschrumpelt, weißlich, an einigen Stellen mit einer Nuance ins Lilafarbene – und an eine übergroße Made erinnerte. Er brauchte die Lieferung nicht mit dem Brieföffner wenden, um sich davon zu überzeugen, dass sich auf der Unterseite ein Fingernagel befand. Er starrte auf einen Daumen, der erste Anzeichen der Verwesung zeigte. Und er konnte sich nur an einen Menschen erinnern, der seines Daumens beraubt worden war.

Dietmar Hebbel alias Carlos, der falsche Spanier.

Er hatte diesen Daumen früher an und in seinem Körper gespürt.

Die Geräusche in der Küche schienen aus weiter Ferne zu kommen und kamen ihm völlig fremd und sinnlos vor.

„Sollen wir im Wohnzimmer essen?“, hörte er die Stimme seiner Mutter wie durch einen schweren Vorhang.

„Nein!“, krächzte er und schloss eilig den Deckel des Päckchens.

Das Handy in seiner Jackentasche vibrierte. Er hatte den Klingelton abgestellt.

Nummer unbekannt!

Er drückte den grünen Knopf und hielt sich das silberne Designer-Handy ans linke Ohr.

„Ich sehe dich“, sagte die Stimme. „Hast dich rumgetrieben, was?“

Automatisch wanderten seine Augen zur Fensterfront, starrte über die Kakteenlandschaft auf der Fensterbank hinaus in das trübe Grau des beginnenden Abends. Auf der gegenüberliegenden Straßenseite parkten mehrere Autos. In einem Kombi – ein dunkler Volvo älteren Baujahrs – leuchtete vor den Umrissen einer Gestalt auf dem Fahrersitz ein roter Punkt auf. In dem winzigen Lautsprecher neben seinem Ohr hörte er wie der Anrufer genüsslich Nikotin einsog.

„Warum haben Sie mir dieses Päckchen geschickt? Das ist abscheulich.“

Die Stimme des Anrufers blieb ganz ruhig. „Es ist nur ein Andenken an einen guten Freund. Das heißt, so ein guter Freund kann er gar nicht gewesen sein. Wo er dich doch ganz allein mit mir zurückgelassen hat. Ich musste ihm nur ein wenig Geld zustecken und schon durfte ich deinen Arsch nach Belieben versohlen.“ Der Anrufer kicherte, als hätte er einen gelungenen Scherz gemacht. „Sei´s drum. Ich verlange von dir folgendes.“

Er hörte den Forderungen des Anrufers zu, starrte wie gelähmt auf die Silhouette des Mannes in dem Kombi vor dem Haus und presste schließlich ein „Nein“ hervor.

„Ein Nein kann ich nicht akzeptieren“, erwiderte der Anrufer mit leicht erhobener Stimme. „Ich habe das Päckchen deiner lieben Mutter persönlich überreicht. Vielleicht bin ich beim nächsten Besuch nicht mehr so höflich zu ihr.“

*

Richard hatte nicht geschlafen. Nur ein paar Mal war ihm das Kinn auf die Brust gesackt, während er mit Krügers Stilett auf dem Bett  gehockt hatte, um einem erneuten Auftauchen der Ratten gewappnet zu sein.

Gegen acht Uhr beschloss er bei der Stadtverwaltung anzurufen. Meinetwegen sollten sie die Ruine nebenan ausräuchern oder abfackeln.

Das Telefon lag noch immer auf dem Fußboden im Flur. Richard wollte sich bücken, um es aufzuheben, ließ es aber bleiben, als er spürte, wie ihm schlagartig schwindlig wurde. Er ging vorsichtig in die Hocke und musste feststellen, dass die graue Plastikhülle durch den Aufprall an einer Seite einen langen Riss davongetragen hatte. Das Telefon funktionierte nicht mehr.

Er blieb einfach auf dem Boden hocken und lehnte sich seufzend gegen die Wand. Er war am Ende. Die Vorstellung, sich zu Fuß oder mit dem Auto, das immer noch am Rathaus stand, zu dem zuständigen Amt aufzumachen, erschien im unmöglich. Sein Herz schlug mit angsteinflößender Geschwindigkeit und in seinem Schädel dröhnte ein Wespenschwarm.

Kaum hatte er die Augen geschlossen, kehrte die Erinnerung an das Trippeln der Rattenklauen auf dem Parkett zurück. Richard schreckte hoch und sah sich hektisch nach allen Seiten um.

Zu den Schlafstörungen hatte sich jetzt noch völlige Appetitlosigkeit gesellt. Er brauchte sich nicht auf die Waage zu stellen, um zu wissen, dass er in der letzten Zeit deutlich an Gewicht verloren hatte. Wenn er keinen Gürtel benutzte, rutschten ihm die Hosen von der Hüfte beim ersten Schritt in die Kniekehlen. Außerdem hatte er das Gefühl, dringend eine neue Brille zu benötigen. Alles um ihn herum verlor an Schärfe. Um die Zeitung oder ein Buch lesen zu können, musste er sich die Seiten fast gegen die Nasenspitze drücken. Aber der Weg zu einem Augenarzt oder einem Optiker erschien beschwerlicher als eine Reise in die Innere Mongolei.

Richard hatte es gerade geschafft sich zu waschen und anzuziehen, als es leise an der Wohnungstür klopfte. Er wunderte sich darüber, dass der Besucher nicht die Klingel benutzte, überlegte, ob er überhaupt in der Verfassung war, jemanden zu empfangen und öffnete widerwillig.

Maria Couto dos Santos hatte sich gerade zum Gehen gewandt. Sie drehte sich lächelnd um, als sie hörte, wie die Tür geöffnet wurde.

„Ich wollte nicht klingeln“, sagte sie. „Weil ich dachte, dass Sie vielleicht doch noch schlafen.“

„Ich bin schon lange wach“, erwiderte er und aktivierte seine letzten Reserven, um einen halbwegs annehmbaren Eindruck zu machen. Sie sah zu ihm auf und er konnte in ihren dunklen Augen lesen, dass sie genau wusste, wie es um ihn stand.

„Frau Ahrens findet Sie außerordentlich interessant“, sagte Maria. „Sie hat sogar damit begonnen, ihre Erlebnisse während der Nazizeit für Sie aufzuschreiben. Für Ihr Buch.“

Richard brauchte einen Moment, um sich daran zu erinnern, dass er gegenüber der Portugiesin behauptet hatte, an einem Buch über Mittelsachsen während der Nazizeit zu arbeiten. „Ich habe ihr doch gar nichts über mein Buch erzählt.“

„Aber ich“, erwiderte Maria. „Ich hoffe, das war in Ordnung für Sie?“

„Na klar.“ Richard verspürte mit einem Mal den Drang die Frau zu umarmen, zu küssen und ihr alles zu beichten, was er die ganze Zeit verheimlicht hatte. Aber er wusste, dass der Zeitpunkt nicht richtig war. Er würde nur aus Selbstmitleid handeln, um jemanden zu haben, der ihm in der schlimmsten Phase seines bisherigen Lebens beistand. Außerdem bestand die Möglichkeit, dass sie ihn einfach zurückwies. Vielleicht verwechselte er Freundlichkeit mit Zuneigung.

Maria sah auf ihre Armbanduhr. „Ich muss jetzt los“, sagte sie und deutete mit einer Bewegung ihres Kopfes auf die Treppe zum zweiten Stockwerk.

Richard suchte nach irgendetwas, das er noch zu ihr sagen konnte. Etwas, das Maria klar machte, wie sehr er an ihr interessiert war. Aber ihm fiel nichts ein.

Maria streckte die Hand nach ihm aus, berührte ihn sanft am Arm und sagte: „Bis später.“

Sie duftete ein wenig nach Vanille. Die Mädchen in seiner Jugend hatten manchmal Vanilleparfüm benutzt. Er atmete das Aroma in sich ein und sah ihr nach, wie sie mit wehendem Kittel die Stufen empor eilte.

Ruckartig wandte er sich um.

Da war wieder dieses Gefühl, beobachtet zu werden. Verbunden mit einer raschen Bewegung am äußersten Rand des Sichtfelds. Dieses Mal in seiner eigenen Wohnung.

Richard musste sofort an die Ratten denken, schloss die Tür und lief ins Wohnzimmer, um sich mit Krügers Stilett zu bewaffnen.

*

Jan Münzberg stand hinter seiner Tür und hatte das Gespräch zwischen Richard und Maria belauscht. Er spürte, dass sich zwischen den beiden etwas anbahnte. Schon als Jugendlicher war er in der Lage gewesen, anhand von Betonung, Mimik, der Art sich beim Gespräch zu bewegen, festzustellen, in welchem gefühlsmäßigen Verhältnis die Gesprächspartner zueinanderstanden. Er nahm Zuneigung, sexuelle Erregung ebenso wahr wie Hass, Ekel oder Gleichgültigkeit. Er wusste, dass eigentlich jeder halbwegs sensible Mensch dazu fähig war, wenn er nur seine geistigen Antennen auf den anderen ausrichtete.

Zumeist empfand Jan Münzberg diese Gabe für sich selbst als Belastung, stieß er doch bei den meisten auf Abneigung, bestenfalls Gleichgültigkeit.

Bei Richard Gerling war es jedoch anders gewesen. Zwar hatte der wie alle zunächst mit einer gewissen Ablehnung auf die enorme Korpulenz seines Nachbarn regiert – er weiß, dass man ihm ausweicht, um jeden Körperkontakt zu vermeiden –, aber dann erwies sich Gerling als einfühlsam und sensibel.

Jan Münzberg mochte ihn und suchte seine Nähe. Vor allem sein Verhalten, als er ihn von einer Dummheit gegenüber dem alten Krüger abgehalten hatte, war im Nachhinein bewundernswert gewesen. Aber dann war Krüger mit diesem Brief aufgetaucht und hatte die ersten Bande einer Freundschaft mit Gerling rigoros durchtrennt. Münzberg dachte die ganze Zeit darüber nach, wie er das Vertrauen seines Nachbarn zurückgewinnen konnte.

*Die Ratten!*

Jan Münzberg erinnerte sich an die gemeinsame Suche nach der Ratte in Gerlings Wohnung.

Ein Nervenkitzel, der ihn ein wenig in seine Kindheit zurückversetzt hatte, als er mit Freunden die Wäldchen und Felder um Döbeln erkundete. Auf der Jagd nach Abenteuern und zumeist ausgedachten Gefahren, die im Halbdunkel jenseits einer Lichtung oder einer Ruine lauern sollten. Damals war er noch nicht fettleibig gewesen und hatte die schönste Zeit seines Lebens verbracht. In einer Vertrautheit mit Freunden, an die er sich oft voller Wehmut zurückerinnerte.

Er schob seine alte Simson auf die Straße und fuhr mit dem über zwanzig Jahre alten Kleinkraftrad zum Baumarkt in der Grimmaischen Straße. Er versuchte die bisweilen unverhohlenen Reaktionen der Passanten – Tuscheln, Gekicher und offene Münder – zu ignorieren, wusste er doch, welch bizarren Anblick er auf seinem Gefährt, das beinahe unter seiner Masse verschwand, bot.

Im Baumarkt ließ er sich von einem jungen Mann drei Packungen Rattengift aushändigen. Zur Vorsicht kaufte er noch eine Taschenlampe.

Auf der Rückfahrt musste er einmal die Zündkerze herausschrauben und mit einer Drahtbürste reinigen. Ein Vorgang, der bei nahezu jeder Tour zur Routine gehörte.

Er machte sich nicht die Mühe, die Simson in den Flur zu schieben.

Er bezweifelte immer noch, dass es nicht der alte Krüger gewesen war, der seinen Kater auf dem Gewissen hatte, aber mittlerweile zog er zumindest in Erwägung, dass auch die Ratten für den feigen Mord in Frage kamen.

Er wollte für Pauli Rache nehmen. Außerdem stellten die Ratten auf jeden Fall für seinen Nachbarn Richard Gerling eine reale Bedrohung dar, die ihn zusehends in Furcht versetzte.

Der Kammerjäger musste gescheitert sein. Jan Münzberg würde dessen Arbeit machen.

Mit weit ausholenden Schritten marschierte er über den Bordstein. Bereit allen Ratten den Garaus zu bereiten.

Für Pauli. Und für seinen Nachbarn.

Er sah zu Krügers Wohnung empor und erhaschte einen kurzen Blick auf den Waffensammler, ehe der eilig vom Fenster zurücktrat. Münzberg unterdrückte den Drang, dem Rentner mit der geballten Faust zu drohen.

Vor der Ruine hielt er kurz inne.

Das Gebäude besaß die gleiche Höhe wie das Haus, in dem er wohnte. Einige der Fenster im ersten und zweiten Stock waren eingeschlagen, die unteren mitsamt der Eingangstür mit Brettern vernagelt. Die Kellerfenster – eckige Löcher, die ins Dunkel führten – waren viel zu klein, um ihm Einlass zu gewähren.

Jan Münzberg ging zu dem Bauzaun, der die alte Fabrik, die direkt an das Haus gebaut worden war, von der Straße trennte. Es war eine Leichtigkeit, den Zaun auf seinen Betonsockeln so weit zu verschieben, dass er sich hindurchzwängen konnte.

Vielleicht gab es eine Möglichkeit, von der leerstehenden Fabrik in das alte Haus zu gelangen. Auf jeden Fall wollte er die Köder auch in der Fabrik auslegen, denn wenn es so etwas wie ein Paradies für Ratten gab, dann kam dieses Gelände dem bestimmt sehr nahe.

Jan Münzberg wich den Scherben zerschlagener Bierflaschen aus, die überall auf dem mit Unkraut überwucherten Boden herumlagen. Er trat vor einen durchsichtigen Kunststoffsack, dessen Inhalt aus einer halbfesten und grauen Masse bestand. Die Beschriftung war zum Teil unleserlich, aber Jan Münzberg konnte entziffern, dass es sich um Natriumhydroxid handelte, das noch aus Zeiten der DDR stammte. Ein paar Meter ergoss ein weiterer Sack seinen unappetitlichen Inhalt auf den Untergrund. Vermutlich war er von spielenden Kindern gewaltsam geöffnet worden. In seiner unmittelbaren Nähe waren die sonst so wild wuchernden Pflanzen eingegangen und hatten sich in braune und tote Stauden verwandelt. Neben dem eigentlichen Fabrikgebäude, einem zweistöckigen Betonklotz, stand ein flacher Bau. Die Tür hing schief in den Angeln und Münzberg warf einen Blick hinein.

Ein Teil der Decke war eingebrochen. Geborstene Balken und Zwischenstreben bildeten ein faulendes Durcheinander. An der Wand stand ein leeres Regal. Das Holz war von der eindringenden Feuchtigkeit aufgequollen. In einer Ecke lagen zertrümmerte Rollschränke, Stühle mit zerknickten Beinen aus Leichtmetall und verrottete Aktenordner. Die Wände waren mit riesigen Schimmelflecken überzogen, die ihnen aus einiger Entfernung das Aussehen verwitterter Landkarten gaben.

Der Gestank war grauenhaft. Der faulige Geruch von Holz und Papier mischte sich mit dem der vermodernden Textilien – Arbeitshosen, Jacken und Schuhe. Jan Münzberg glaubte auch Verwesung und Exkremente riechen zu können. Er hatte nicht erwartet, dass es so schlimm werden würde. Dabei hatte er gerade erst mal in einen Bau hineingeschaut, der durch die offene Tür und die kaputten Fenster relativ gut belüftet wurde.

Er umklammerte den Plastikbeutel mit den Giftködern fester und wandte sich der eigentlichen Fabrik zu.

Er konnte sich daran erinnern, dass hier früher mit Metall gearbeitet wurde. Zu seiner Linken gab es eine ölig schwarz schimmernde Rampe, die zu einem mit Kette und Vorhängeschloss gesicherten Tor führte. Er versuchte erst gar nicht, die Rampe zu erklimmen.

Weiter rechts führten ausgetretene Treppenstufen in einen Keller. Jan Münzberg zögerte angesichts der Dunkelheit jenseits der Türschwelle. Obwohl es gerade erst Mittag war, ließ sich die Sonne nicht sehen. Der Tag war in ein diesiges Grau getaucht, das überall auf dem Gelände halbdunkle Zonen entstehen ließ. Und dort unten, erkannte Münzberg, war es so finster wie in einem nächtlichen Wald bei Neumond.

Er überlegte, ob es nicht besser wäre, im überirdischen Bereich der Fabrik mit dem Auslegen der Giftköder zu beginnen, aber dann fiel ihm ein, dass der Kammerjäger vielleicht genau wie er bei dem Abstieg in den Keller gezögert haben konnte. Bestimmt hatte er den Keller ganz ausgelassen, und das war der Grund, warum die Biester noch immer nicht krepiert waren.

Münzberg holte die neue Taschenlampe aus der Tüte hervor und schaltete sie ein.

Der Keller muss zuerst angegangen werden, sagte er sich. Die Keller sind das Wichtigste. Der hier in der Fabrik und vor allem der in dem alten Haus. Schnell hinein und Gift auslegen. Später würde er dann bei Richard Gerling anschellen und ihm von seinem mutigen Vorgehen berichten.

Vorsichtig stieg er in die Tiefe und hielt die Stablampe wie eine Waffe.

Hier unten war es kalt. Und so finster, dass der Strahl der Lampe die Dunkelheit nicht zurückdrängen konnte, sondern nur einen Lichtkreis auf moosbedeckte Wände und einen mit Pfützen bedeckten Boden sandte. Münzberg blieb stehen, versuchte den rasselnden Atem einzudämmen und lauschte.

Keine Geräusche.

Der Verwesungsgestank war noch intensiver als an der Oberfläche. Der Gang machte eine Biegung und dann noch eine. Jan Münzberg stand vor einer rostigen Metalltür.

Kehr um!, sagte eine innere Stimme, aber er hatte es sich in den Kopf gesetzt, die Rattenbrut auszurotten. Was sollte er seinem Nachbarn erzählen, wenn er jetzt aus Feigheit den Keller ausließ und die Ratten weiterhin wie gewohnt versuchten, Richard Gerlings Wohnung zu stürmen?

Die Tür war nicht verschlossen. Es gelang ihm, sie unter heftigem Quietschen ein paar Zentimeter weit zu öffnen. Es widerstrebte ihm, aber es blieb ihm nichts anderes übrig, als die Taschenlampe auf den Boden zu legen, um beide Hände benutzen zu können.

Er griff in den entstandenen Spalt und drückte die Tür mit aller Kraft nach innen. Er spürte einen Schmerz in seinem Rücken und gab dennoch nicht auf.

Uraltes Metall knirschte über Beton. Der Spalt wurde größer. Rost rieselte in seinen Nacken. Er widerstand dem Drang, sich zu kratzen und schob unermüdlich weiter.

Jan Münzberg war sich nun sicher, dass der Kammerjäger nicht hier unten gewesen war.

Endlich gelang es ihm, sich ein Stück weit in den Durchlass zwischen Tür und Rahmen zu quetschen. Jenseits der Tür erschien die Dunkelheit wie etwas Massives, durch das es kein Durchkommen gab.

Er warf sich mit seinem ganzen Gewicht gegen das Metall. Jan Münzberg schaffte es die rechte Schulter hineinzudrükken, aber sein ausladender Bauch stellte ein erhebliches Hindernis dar. Die Tür kratzte mit einem hässlichen Geräusch, das in der ganzen Fabrik zu hören sein musste, über den Boden und schwang weitere Zentimeter nach innen. Münzberg drängte vorwärts und spürte, wie die weichen Fettmassen an seinem Bauch schmerzhaft eingequetscht wurden. Zischend stieß er den Atem aus.

„So wird das nichts", sagte er in die Dunkelheit vor seinen Augen hinein, um den Klang der eigenen Stimme zu hören.

Hier unten gab es überhaupt keine Geräusche. Weder das Trippeln und Pfeifen der Ratten, noch sonst irgendetwas. Die Stadt schien meilenweit entfernt. Zum ersten Mal spürte Jan Münzberg ein Gefühl der Angst. Er hatte den Keller zwar mit einem deutlichen Unwohlsein angesichts des Gestanks und des Schmutzes betreten, aber die Angst kam erst jetzt. Er wollte versuchen, den Keller an einer anderen Stelle zu erkunden. Sicher gab es im Fabrikgebäude noch weitere Zugänge.

Die Tür drückte ihm gegen den Brustkorb und machte das Atmen schwer. Er ruckelte hin und her und jede Bewegung war mit einem Schmerz verbunden.

Plötzlich glaubte er in der Dunkelheit hinter der Tür, in die schutzlos sein Kopf und die rechte Schulter hineinragten, eine Bewegung auszumachen. Eigentlich konnte er dort überhaupt nichts sehen, vielleicht hatte er auch nur einen Luftzug auf seinen Wangen gespürt, aber dann gab es einen lauten Knall, als etwas gegen die Innenseite der Tür prallte und den mühsam geschaffenen Durchlass abrupt verringerte. Metall drückte sich in seinen Leib und presste ihm alle Luft aus der Lunge. In seiner Brust gab etwas knirschend nach.

Jan Münzberg schrie auf und versuchte sich, ungeachtet des Brennens in seinem Oberkörper, zu befreien.

Er steckte in der Falle und das Wissen darüber, ließ ihn japsen wie einen Hund.

„Schhhh", machte etwas nur wenige Zentimeter von seinem Kopf entfernt. Mit riesigen Augen starrte Münzberg in die Schwärze, ohne etwas zu erkennen. Er spürte den Luftzug, unmittelbar bevor ihn der erste Schlag traf.

Der erste Schlag brach ihm das Nasenbein, der zweite schaltete ihn ab.

*

Richard hatte gehört, wie Maria die Treppenstufen hinabgegangen war. Ihm war, während der Zeit, die sie bei Frau Ahrens verbracht hatte, nichts eingefallen, was er ihr hätte sagen können. So blieb ihm nichts anderes übrig, als vom Fenster aus zuzusehen, wie sie in ihren Fiat stieg. Er bemerkte, dass sie neben ihrem Lederkoffer nun auch einen großen braunen Umschlag bei sich trug.

Der Wagen sprang nicht an und sie öffnete die Motorhaube, um dem Anlasser mit einem Hammer ein gezielten Schlag zu versetzen. Sie hatte offensichtlich schnell erkannt, dass sie für die Prozedur nicht wie Richard umständlich unter den Motor kriechen musste.

Er verfolgte jede ihrer Bewegungen und fühlte sich dabei wie ein pubertierender Schuljunge.

Als sie weggefahren war, presste er sein Gesicht gegen das kühle Glas der Scheibe. Hinter der Stirn pochte der Schmerz im Rhythmus seines Herzschlags und wurde von Minute zu Minute schlimmer.

Als er sich vom Fenster abwandte und mit unsicheren Schritten durchs Zimmer stakste, stellte er fest, dass seine Umgebung blaustichig geworden war. Er rieb sich die Augen, aber das Blau auf den Wänden, dem Boden und der Zimmereinrichtung verschwand nicht. Er blickte auf seine Hände und hatte Angst davor, wieder das pulsierende Adergeflecht unter der Haut sehen zu müssen, aber seine Hände waren lediglich blaustichig und machten den Eindruck, als befände sich die Haut in einem äußerst kränklichen Zustand.

Allein der Gedanke, dass dies möglicherweise erst der Beginn eines neuerlichen Deliriums, des Abdriftens in einen Zustand, wie er ihn erst vor zwei Tagen erlebt hatte, versetzte ihn in Panik. Er wollte Dr. Busch anrufen, aber dann fiel ihm ein, dass das Telefon nicht mehr funktionierte. Es bei den Nachbarn zu versuchen, kam für ihn nicht in Frage. Er wusste nicht, ob oder wie lange er noch die Kontrolle über sich behielt. Auf gar keinen Fall wollte er bei Sandows im Parterre oder bei den jungen Eltern mit dem Baby plötzlich winselnd auf dem Boden liegen. Und Münzberg wollte er so lange wie möglich aus dem Weg gehen. Der Brief an den alten Krüger machte ihm deutlich, dass Münzberg nicht mehr alle Tassen im Schrank hatte.

Die Welt blieb blaustichig, aber mehr schien nicht zu geschehen. Abgesehen von den anhaltenden Kopfschmerzen und einer leichten Benommenheit, die das Denken zusehends komplizierter gestaltete.

Richard ging in die Küche, um sich ein Glas Wasser zu holen.

Auf der Türschwelle blieb er stehen und blinzelte verwundert jenes undefinierbare Etwas an, das dort vor ihm auf dem Küchentisch zwischen Zuckerdose und schmutziger Kaffeetasse lag. Er machte ein Schritt nach vorn, um besser sehen zu können. Alles, wie durch einen Farbfilter zu betrachten, machte es seinen immer schwächer werdenden Augen erst aus der Nähe möglich, das grau-schmutzige Bündel, als das zu erkennen, was es war.

Zwei fette, schillernde Fliegen hatten sich darauf niedergelassen. Jetzt nahm er auch den süßlich-fauligen Geruch wahr.

Der Körper sah ganz klein aus, das Fell verdreckt und verfilztt. Obwohl der Kopf fehlte, wusste Richard sofort, dass er den Kadaver einer Katze vor sich hatte.

*Nein! Eines Katers! Das ist Pauli!*

Die Verwesung war bereits fortgeschritten und er wagte es sich gar nicht auszumalen, was sich bereits unter dem Fell, in der Wunde und den Körperöffnungen tummelte.

Vor Ekel und Erstaunen hatte sich sein zäh arbeitender Verstand noch gar nicht gefragt, wie der Kater auf seinen Küchentisch gelangt war. Die Frage explodierte förmlich in seinem Kopf. Er drehte sich im Kreis, warf den Wänden des Zimmers angstvolle Blicke zu und verlor für Sekunden die Fassung. Er wimmerte, spürte ein Kitzeln auf seinem linken Unterarm und sah eine weitere Fliege, die flink über seine Haut krabbelte. Er schlug nach ihr, aber sie war viel zu schnell für ihn. Mit wütendem Summen steuerte sie den Kadaver an.

Das Küchenfenster war wie alle anderen Fenster in der Wohnung verschlossen. Draußen wehte ein kalter Wind und für den Tagesverlauf waren weitere Regenfälle angesagt. Außerdem, sagte sich Richard, ein kopfloser Kater konnte auch nicht durch ein geöffnetes Fenster in den ersten Stock gelangen.

Das alles war verrückt!

Er hetzte zur Tür und fand sie verriegelt vor. Ohne es bemerkt zu haben, hatte er nach Marias Besuch sogar die Sicherheitskette vorgelegt. Er öffnete die Tür und trat in den Flur. Er hatte den Finger bereits auf Münzbergs Klingelknopf gelegt, als er zögerte.

Was würde sein Nachbar denken, wenn er den Körper des Katers auf dem Küchentisch sah? Geriet er nicht selbst in Verdacht, das Tier getötet zu haben? Hatte er seinem Nachbarn nicht sogar von dem Blitzschlag und den Wahrnehmungsstörungen erzählt, nachdem der ihn zuvor dreiviertelverrückt von der Straße geholt hatte?

Richard kam es in den Sinn, dass es Münzberg gewesen war, der ihm den Kater in die Küche gelegt hatte.

Nein!

Er schüttelte energisch den Kopf.

Die Tür war mit der Kette gesichert gewesen.

Richard nahm den Finger von der Klingel, ging zurück in seine Wohnung und schloss leise die Tür hinter sich.

Er würde zu Dr. Busch gehen. Nur der Psychiater konnte ihm jetzt helfen. Richard verharrte eine Weile im Flur, zählte langsam bis zwanzig und fühlte sich danach einigermaßen in der Lage, den Fußmarsch zu Buschs Praxis anzutreten.

Er überlegte, ob er der den Kadaver einfach auf dem Tisch liegen lassen sollte. Unter der Spüle befanden sich noch ein paar Gummihandschuhe, die er sich zugelegt hatte, als er einmal den verstopften Abfluss säubern musste.

Der kopflose Körper des Katers war verschwunden.

Richard steckte sich eine Faust in den Mund und biss fest zu. Der Schmerz war real und verdrängte sogar das Pochen hinter seiner Stirn.

„Ich bilde mir das alles nur ein!“, sagte er energisch und übertönte das Summen der Fliege, die sich einen Meter neben ihm an der Wand niederließ.

Er brauchte länger als sonst, um zu der Praxis am Ufer der Mulde zu gelangen. Er war kurzatmig und schwitzte trotz des kühlen Wetters.

Vor den Fenstern waren die Rollläden heruntergelassen. Niemand öffnete, als Richard immer und immer wieder auf die Schelle gedrückt hatte. Er suchte nach einer Nachricht. Vielleicht war Dr. Busch erkrankt oder hatte einen wichtigen Auswärtstermin, aber es gab keinen Hinweis, warum die Praxis ausgerechnet heute während der normalen Öffnungszeiten geschlossen war.

Richard spürte, wie er die Kontrolle verlor. Der Psychiater war sein Rettungsanker gewesen. Er wäre seine Aufgabe gewesen, Richard davor zu bewahren, den Verstand zu verlieren. Richard war sich sicher, niemals zuvor dringender die Hilfe eines Menschen gebraucht zu haben. Und dieser Mensch war Busch.

Richard war noch nicht bereit, aufzugeben. Er fingerte nach dem Autoschlüssel in seiner Jackentasche und stellte fest, dass der Tag jetzt grau statt blau vor ihm lag. Zumindest die Sehstörung war vorbei. Er wollte es riskieren, seinen Wagen zu holen. Auf dem Weg dorthin, würde er bei der Post hereinschauen.

*

In der Post versuchte Richard zunächst in Dr. Buschs Praxis anzurufen. Wie befürchtet, meldete sich nur der Anrufbeantworter mit der Stimme der Sprechstundenhilfe. Er schaute im Telefonbuch nach und war erstaunt, dass der Privatanschluss inklusive Adresse tatsächlich eingetragen war. Unter derselben Adresse existierte noch der Anschluss einer Charlotte Busch.

Richard war davon ausgegangen, dass ein Psychiater nicht gern privat für seine Patienten erreichbar sein wollte. Er dachte kurz darüber nach, ob es ratsam wäre, sich bei Busch anzumelden, entschied sich aber dagegen. Er war ein Notfall und hatte nicht die geringste Lust, sich telefonisch abwimmeln zu lassen. Er brauchte jetzt den Rat des Psychiaters. Und Richard konnte sich genau daran erinnern, dass Busch ihm gesagt hatte, er sei jederzeit für ihn ansprechbar. Trotzdem kritzelte er beide Nummern auf das einzig verfügbare Stück Papier, dass er außer einem Kassenbon dabei hatte: einen 20-Euroschein.

Richard beeilte sich zu seinem Auto zu kommen. Er stellte fest, dass er den VW Golf überhaupt nicht abgeschlossen hatte. Er liebte es, sich an Orten aufzuhalten, an denen man nicht ständig Gefahr lief, beklaut zu werden.

Nur leider werde ich verrückt, sagte er sich. Und da kann es mir scheißegal sein, wo ich mich aufhalte.

Er holte den Stadtplan aus dem Handschuhfach und suchte nach der Straße, in der Busch wohnte. Weite Teile der Stadt und der Umgebung hatte er bei seinem Stubenhockerdasein noch gar nicht kennen gelernt.

Der Psychiater wohnte im Stadtteil Sörmitz.

Als Richard am Straßenrand parkte und das Haus betrachtete, fand er, dass es überhaupt nicht zu Busch passte. Er hatte eine moderne Villa mit viel Glas erwartet, nicht ein großes, düster wirkendes Gebäude, dessen Efeu überwucherte Fassade mindestens hundert Jahre alt sein musste.

Richard stieg aus und betrat durch ein schmiedeeisernes Tor den Vorgarten. Ein Weg mit grauen Steinplatten führte zur Haustür. Es gab zwei Schellen mit Namensschildchen. Neben der unteren stand *Charlotte Busch*.

Richard drückte auf den oberen mit der schlichten Beschriftung *J. Busch*. Er wartete eine Weile und als sich nichts tat, klingelte er bei Charlotte Busch. Nach einer halben Minute näherte sich von innen ein leises Summen. Die Tür wurde geöffnet und Richard blickte auf eine alte Frau in einem elektrischen Rollstuhl. Sie trug ein schwarzes Kostüm, das einmal sehr kostbar gewesen sein musste, jetzt aber an den Ellbogen abgewetzt war und ein paar Flecken aufwies.

„Sie wünschen?“, fragte die Frau und versuchte mit der rechten Hand ihre schütteren Haare zu ordnen.

„Mein Name ist Richard Gerling. Ich würde gern mit Dr. Busch sprechen.“

Die alte Frau wandte kurz den Kopf ab. Richard folgte ihrem Blick und stellte fest, dass sie die Uhrzeit von einer großen Standuhr ablas, deren goldenes Pendel ganz langsam hin und her schwang.

„Meinen Sohn können Sie in seiner Praxis antreffen."

„Da komme ich gerade her. Die Praxis ist geschlossen."

Die Frau schüttelte energisch den Kopf. „Das kann nicht sein." Sie durchbohrte ihn mit ihrem Blick. „Sind Sie ein Patient?"

„Ja. Es ist wirklich wichtig, dass ich mit Dr. Busch spreche." Er merkte, wie er nervös mit einem Bein wippte.

Auf dem runden, etwas aufgedunsenen Gesicht – Richard konnte sich die Frau sehr gut mit einem randvollen Glas Alkohol vorstellen – erschien ein blasierter Ausdruck, der zeigte, dass sie das Gespräch für beendet hielt.

„Haben Sie vielleicht eine Ahnung, wo sich Ihr Sohn aufhalten könnte?" Er versuchte ruhig und gefasst zu klingen.

„Nein."

„Ihr Sohn besitzt doch sicher ein Handy?"

Leise summend ruckte der Rollstuhl nach vorn und stoppte unmittelbar vor Richard. „Davon weiß ich nichts. Suchen Sie meinen Sohn während der regulären Behandlungszeiten in seiner Praxis auf." Sie deutete an ihm vorbei in Richtung Straße. „Auf Wiedersehen!".

„Würden Sie ihm bitte ausrichten, dass er mich anrufen soll, wenn er zurückkommt?" Gerade noch rechtzeitig fiel ihm ein, dass sein Telefon nicht mehr funktionierte. Er traute sich nicht, die Frau nach einem Notizzettel zu fragen und kritzelte seine Mail-Adresse auf die Rückseite eines Kassenbelegs über Gummibärchen. Er reichte den Beleg an die alte Frau weiter. „Mein Telefon ist zurzeit gestört. Er soll mir bitte eine Mail schicken." Die Frau sah kurz mit hochgezogenen Brauen auf die Notiz und Richard fühlte, dass sie ihn für einen kompletten Idioten hielt.

Er verabschiedete sich und sie schloss grußlos die Tür hinter ihm.

Es war früher Nachmittag. Die Sonne lugte zwischen den Wolken hindurch und tauchte die regennasse Stadt in ein so blendendes Licht, dass Richard kurz die Augen schließen musste, um sich an die plötzliche Helligkeit nach dem Halbdunkel in dem Haus gewöhnen zu können.

Einer der schweren Vorhänge bewegte sich und er sah, das von einer ungesunden Röte überzogene Gesicht der alten Frau hinter der Glasscheibe auftauchen. Richard konnte erkennen, dass sie ein Glas an ihre Lippen führte.

Er beeilte sich, das Grundstück zu verlassen und fragte sich verzweifelt, wo der Psychiater stecken konnte.

*

Der BMW raste mit 200 km/h in südlicher Richtung an Plauen vorbei. Es hatte wieder zu nieseln angefangen, aber er trat das Gaspedal noch weiter durch. Die Tachonadel schnellte nach rechts. Er scheuchte einen Audi von der linken Fahrspur und hielt das Lenkrad fest umklammert.

Auf einem Rastplatz hatte er zwei volle Plastiktüten in einem Abfalleimer deponiert. Sie enthielten all jene Dinge, die Billy so geliebt hatte: seine Latexkleidung, eine kleine Sammlung Peitschen, Vibratoren und diverse Filme. Zuhause sollte nichts mehr an Billy erinnern. Billy war gelöscht worden.

Den abgeschnittenen Finger des falschen Spaniers hatte er im Garten vergraben.

Das Handy klingelte. Zum wiederholten Mal auf der Fahrt. Er verringerte die Geschwindigkeit und wechselte auf die rechte Spur. Auf dem Display leuchtete die Nummer seiner

Mutter auf. Er nahm den Anruf nicht an. Tränen schossen ihm in die Augen und verschleierten die Sicht nach vorn.

Der BMW überfuhr den Randstreifen und näherte sich der Leitplanke. Von irgendwoher dröhnte ein Signalhorn. Er riss das Lenkrad im letzten Moment nach links. Der Wagen geriet ins Schlingern und im Rückspiegel blinkten die Scheinwerfer eines Lastwagens auf. Er war ein geübter Fahrer und bekam den BMW wieder unter Kontrolle.

Ein Blick in den Innenspiegel zeigte ihm, dass der Lkw zurückfiel. Gleichzeitig sah er in sein blasses Gesicht mit den verstörten Augen. Die Angst nagte wie mit scharfen Zähnen an seinem Verstand.

Das Handy klingelte erneut.

Nummer unbekannt.

Er wollte sich dem Anrufer stellen.

„Wo bist du?“, bellte die Stimme. „Deine Praxis ist zu. Das war nicht vereinbart.“

„Ich mache nicht mehr mit!“

Der Anrufer schwieg eine Sekunde lang. Der Regen wurde stärker und er musste die Scheibenwischer auf die höchste Geschwindigkeitsstufe stellen.

„Du kannst nicht aussteigen“, sprach die Stimme weiter. Er versuchte sich den Anrufer vorzustellen, den er nie zu Gesicht bekommen hatte. Der Mann war nur eine Silhouette in einem Volvo vor dem Haus gewesen und er hatte nur sein erregtes Atmen hinter sich vernommen, als er, angeschnallt auf dem Bock im Club, von ihm bis zur Bewusstlosigkeit geprügelt wurde. Er stellte sich einen muskulösen und brutalen Mann mit großen Händen und einem kantigen Gesicht vor.

„Willst du, dass alle erfahren, was du so in deiner Gummihose treibst? Willst du das!“

„Es spielt keine Rolle mehr." Obwohl er es nicht wollte, verwandelte sich seine Stimme in ein weinerliches Winseln.

„Du wärst ruiniert."

„Das ist mir scheißegal!"

Der Anrufer änderte die Taktik. „Ich könnte deine Mutter klein schneiden. Ich werde sie aus ihrem Rollstuhl schubsen und ganz langsam filetieren. Das kann einen ganzen Tag und eine ganze Nacht dauern. Es liegt nur an dir, ob das geschieht."

Die Boshaftigkeit des Mannes machte ihm klar, dass sein Entschluss die Stadt zu verlassen, richtig gewesen war. Selbst die Polizei würde ihm nicht die nötige Sicherheit bieten können.

Niemals zuvor war er jemanden begegnet, auch nicht in den Gefängnissen oder der Forensik, der soviel Gewalt und Hass in sich trug.

Der Fremde hatte verlangt, dass er seinem Patienten, dem Schriftsteller, bei der nächsten Sitzung weismachen sollte, dass er sterbenskrank sei. Nicht nur vom Wahnsinn bedroht, sondern dem Tode nahe.

Er würde das nicht tun.

Sein Plan war es, sich an einem Ort zu verstecken, an dem ihn der Wahnsinnige unmöglich finden konnte. Weit weg von Döbeln.

Erst von dort aus wollte er die Polizei kontaktieren. Anonym. Wenn er sicher sein konnte, dass alles vorbei war, würde er zurückkehren.

„Du hast eine Stunde Zeit, um in die Praxis zu kommen und deine Aufgabe zu erfüllen. Sonst werde ich deine Mutter besuchen. Und wenn du versuchst, dich und die alte Schachtel zu verstecken ... Ich finde euch."

„Verrecke!" Er schleuderte das Handy von sich, wechselte auf die Mittelspur und trat aufs Gaspedal.

Die Uhr am Armaturenbrett zeigte, dass es Viertel nach drei war. Zu dieser Zeit würde sich seine Mutter den ersten Drink schon längst genehmigt haben. Sie würde bald einschlafen und dieses Mal nicht mehr aufwachen. Das Medikament, das er in ihre Flasche gefüllt hatte, war geruchs- und geschmackslos und bei Überdosierung absolut tödlich.

Keine Schmerzen. Sie war in Sicherheit. Die Strapazen einer Flucht hätten sie unnötig aufgeregt und mit großer Wahrscheinlichkeit ohnehin getötet.

Er schlug mit der Faust auf das Lenkrad.

„Es war richtig. Richtig! Richtig!“

Mit einem Mal musste er laut lachen. Er griff nach der Flasche Cognac auf dem Beifahrersitz. Sie stammte aus dem Geheimversteck seiner Mutter, das ihm seit Jahren bekannt war. Er nahm einen tiefen Schluck, fühlte sich besser und trank erneut.

„Auf dich, Mama!“

Er war jetzt geradezu euphorisch. Der Wahnsinnige hatte weder auf ihn, noch auf seine Mutter Zugriff.

Er würde Richard Kenning nicht weiter belügen müssen.

Kenning! Der Name des Autors machte ihm klar, dass er etwas übersehen hatte.

Richard Kenning schwebte von nun an in akuter Gefahr. Vermutlich würde der Verrückte sein Vorgehen nun verändern, beschleunigen ...

Wie hatte er das nur übersehen können! Er musste Kenning warnen. Sofort!

Busch entdeckte das Handy im Fußraum vor dem Beifahrersitz und streckte den Arm danach aus. Er lenkte jetzt nur mit einer Hand und wagte es, den Blick für eine Sekunde von der Fahrbahn zu nehmen.

Mit den Fingerspitzen berührte er das Handy, konnte es aber nicht greifen.

„Mist!“

Er nahm Gas weg – die Tachonadel blieb bei 140 km/h hängen – , beugte sich über die Mittelkonsole und versuchte erneut, an das Handy heranzukommen. Es klappte nicht.

Gerade, als Joachim Busch beschlossen hatte, den nächsten Rastplatz anzufahren und sich wieder voll auf den Verkehr konzentrieren wollte, zog ein Lastwagen auf die Mittelspur.

Das Heck des Lastwagens tauchte in den Regenschleiern ganz plötzlich vor ihm auf. Der Psychiater starrte auf rote Rücklichter und dann auf das Abbild eines überdimensionalen Marmeladenglases – Kiwi-Maracuja – auf der Ladeklappe.

Sein Gehirn gab ihm den Befehl zu bremsen, aber ehe sein rechter Fuß reagierte, bohrte sich der BMW unter das Heck des Marmeladentransporters.

Busch hatte noch nicht einmal Zeit, Todesangst zu empfinden, ehe er zur Unkenntlichkeit in den metallenen Eingeweiden seines Fahrzeugs zermalmt wurde.

*

Maria Couto dos Santos war ein wenig erstaunt gewesen, als sie ihren Wohnungsschlüssel nur mit Nachdruck ins Türschloss stecken konnte. Vermutlich muss es mal geölt werden, dachte sie und beschloss beim nächsten Einkauf eines von diesen kleinen Plastikfläschchen mit Haushaltsöl mitzubringen.

Maria versuchte wenn möglich, rechtzeitig zu den 20 Uhr-Nachrichten in ihrem kleinen Apartment zu sein. Sie setzte sich dann mit etwas Obst oder einem Joghurt vor den Fernseher, betrachtete das zumeist beunruhigende Weltgeschehen und hatte das Gefühl, dass ihr nach dem langen Arbeitstag mit einem viel zu vollen Terminplan wenigstens noch der Abend zum eigentlichen Leben blieb.

Der Job war anstrengend, vor allem, wenn man versuchte, für die alten Menschen mehr als jemand zu sein, der routinemäßig Medikamente bringt, einen Verband wechselt oder das Bett bezieht. Für viele war sie der einzige Kontakt zur Außenwelt und es fiel ihr nicht leicht, die neugierigen Fragen und das Gespräch einfach abzubrechen, weil die Zeit drängte. Außerdem musste sie sich eingestehen, dass es Pflegebedürftige gab, die ihr die Arbeit schwer machten. Altersstarrsinn, Vereinsamung und das Wissen, dass sich das eigene Leben nur noch auf Monate oder ein paar Wochen beschränken kann, lässt Menschen die normalen Umgangsformen vernachlässigen.

Heute Morgen hatte der achtundachtzigjährige Herr Niemeier seine Kaffeetasse nach ihr geworfen. Niemeier hatte man vor zehn Jahren das linke Bein, vier Jahre später das rechte Bein amputiert. Das Rauchen war daran schuld gewesen und jetzt lutschte er nur noch zuckersüße Drops. Die Bewegungsunfähigkeit hatte ihn verbittern lassen. Häufig saß er am offenen Fenster und spie allen, die noch zwei Beine hatten, unflätige Bemerkungen entgegen.

Maria schaltete nach dem Wetterbericht den Fernseher ab, zog die weißen Turnschuhe aus und legte sich auf die Couch in ihrem kleinen Wohnzimmer.

Sie dachte an das Ehepaar Weiser. Sie waren ihre letzten Kunden für heute gewesen, hatten wie Niemeier längst die Achtzig überschritten, litten unter schlimmem Rheuma und ihren künstlichen Hüftgelenken, waren aber noch immer ein Liebespaar, das sich rührend umeinander bemühte. Die beiden waren immer eine Oase der Ruhe in Marias Arbeitsalltag.

Sie schloss die Augen. Nur für einen Moment.

Die Schlafzimmertür öffnete sich mit einem leisen Geräusch, das beinahe wie ein Wispern klang.

Maria schlug die Augen auf.

Der große grauhaarige Mann war mit zwei Schritten bei ihr. Er musste schon die ganze Zeit im Schlafzimmer gewesen sein. Sein braun gebranntes Gesicht war völlig ausdruckslos. Wie das einer Schaufensterpuppe. Nur die intensiv grünen Augen schienen sie zu durchbohren. Jetzt wusste sie, warum das Türschloss geklemmt hatte. Der Eindringling hatte sich auch ohne Schlüssel Zugang verschafft.

Maria sah, dass der Mann hautenge Lederhandschuhe trug.

Sie war schnell und trainiert. Zweimal in der Woche ging sie am Abend in ein Fitnesscenter. Maria sprang auf und die zupackenden Hände des Fremden verfehlten sie um Zentimeter. Sie rannte in den winzigen Flur zur Haustür. Der flauschige Teppichboden endete an der Schwelle zum Flur. Maria spürte, wie ihr rechter Fuß auf den glatten Fliesen wegrutschte – Wie oft hatte sie den kalten Boden dort schon verflucht! – und sie die Balance verlor. Ihre rechte Hüfte prallte schmerzhaft gegen den Schuhschrank und er packte sie an der Schulter, riss sie herum und für eine Sekunde starrte sie zu den hellgrünen Augen empor, die ihr das Gefühl gaben von einem Reptil gemustert zu werden.

Sie öffnete den Mund, um zu schreien. Der Fremde schlug ihr mit der geballten Faust ins Gesicht. Ihr Kopf wirbelte nach hinten. Einer ihrer Schneidezähne brach ab und die Unterlippe platzte auf. Maria sackte zusammen, fast bewusstlos.

Er zog sie an den Haaren hoch und sie hing federleicht in seinem Griff. Sie stöhnte und begann zu sich zu kommen. Der Grauhaarige zerrte Maria ins Wohnzimmer. Er ließ ihr Haar los und deutete auf die Couch. „Setz dich, Kleine."

Sie blickte zu ihm auf, noch immer nicht ganz klar, und begann zu zittern. Ihr Mund war rot verschmiert, als hätte sie versucht, mit geschlossenen Augen Lippenstift aufzutragen.

Der Mann hielt jetzt in der rechten Hand ein Messer mit einer gewellten Klinge. Maria erkannte es als ihr eigenes wieder. Das Messer hatte in der Küchenschublade mit dem Besteck gelegen. Es war ihr schärfstes. Sie konnte damit tiefgefrorene Butter durchtrennen.

Maria drückte sich so tief wie möglich in die Polster; die dunklen, fast schwarzen Augen waren weit aufgerissen. Sie führte eine Hand zum Mund und betastete die Wunde.

„Tun Schie mir nischts! Bitte!" Es hörte sich an, als spräche sie mit vollem Mund.

„Pssst!" Der Mann legte einen Finger vor seine Lippen, ging rückwärts, ohne sie aus den Augen zu lassen und griff nach dem Telefon, das neben dem Anrufbeantworter in einem Fach des Ikea-Bücherregals stand. Er nahm es von der Ladestation und brachte es ihr.

Sie starrte erst das Telefon an und dann wieder den Fremden. Er war mindestens fünfzig, vielleicht auch sechzig. Sein Körper war trainiert, nahezu ohne ein Gramm Fett. Aber die Jahre hatten Falten in sein Gesicht gegraben. Verstärkt durch zuviel Bräune erinnerte seine Haut an ein altes Ölgemälde.

Ein Tropfen Blut fiel von Marias Kinn und landete auf ihrem weißen Kittel.

„Du rufst jetzt bei deiner Arbeit an", forderte er sie auf. „Und meldest dich krank."

Sie starrte ihn nur an. Der Mann hob die Hand mit dem Messer. Maria zuckte zusammen und stieß einen spitzen Schrei aus.

„Wenn du nicht gehorchst, werde ich dir etwas abschneiden."

Maria atmete hechelnd.

„Möchtest du gehorchen?"

Sie nickte so heftig, dass ihr das Haar ins Gesicht fiel.

„Gut. Du musst nämlich wissen, dass ich etwas vom Schneiden verstehe. Es kann sehr lange dauern, bis man daran stirbt."

Sie schluckte und ihre zarten Hände bewegten sich wie zwei hektische Vögelchen auf ihrem Schoß.

„Ruf jetzt an und sage deiner Kollegin, dass du nicht zur Arbeit kommen kannst."

Maria nahm das Telefon in die Hand. „Aber ... was habe ich denn für eine Krankheit?"

„Du hast dir den Knöchel verstaucht", sagte er und zum ersten Mal lächelte der Mann, aber das Lächeln berührte nicht seine kalten Augen. „Ich glaube, du musst noch nicht einmal lügen. Oder, Kleine?"

Reflexartig versuchte sie den rechten Fuß zu bewegen. Der Schmerz ließ sie zischend den Atem ausstoßen.

„Siehst du", sagte der Mann. „Du kannst morgen früh wirklich nicht zur Arbeit. Du brauchst, sagen wir, zwei Tage Ruhe. Das wird reichen." Er umfasste mit der linken Hand ihr Kinn, drückte nur ein wenig zu, aber es reichte aus, dass Maria die Tränen kamen.

„Und sage nichts Falsches!"

Maria tippte die Nummer ein.

„Rede klar und deutlich!", mahnte er, setzte sich neben ihr auf die Couch und hielt die Klinge über jene Stelle ihres Körpers, hinter der sich die Bauchaorta befand.

Am anderen Ende der Leitung wurde abgenommen.

„Hier ist Maria. Ich ... ich ...", stotterte sie. Die Messerspitze wanderte höher und drückte gegen den Stoff der Bluse. Der Mann nickte ihr auffordernd zu. „Ich habe mir den Knöchel verstaucht", fuhr sie fort und strengte sich an, die Worte deutlich zu formulieren, obwohl ihr Gesicht jetzt von der Wucht des Schlages anschwoll. „Ich kann nicht mehr auftreten. Es tut mir leid, Sybille."

Die Frau am anderen Ende redete so laut, dass der Mann fast jedes Wort verstehen konnte. Sie klang sehr gestresst.

„Übermorgen bin ich bestimmt wieder fit", sagte Maria und spürte, wie der Druck der Klinge an ihrer Seite nachließ.

„Fein gemacht", sagte der Mann, nachdem sie aufgelegt hatte.

Das falsche Lob beruhigte Maria nicht. Jetzt, wo sie für die nächsten Tage nicht vermisst wurde, erkannte Maria, dass sie dem Mann ausgeliefert war. Sie steckte im Klammergriff einer so überwältigenden Furcht, dass sie außerstande war, irgendwie zu reagieren. Sie hatte das Gefühl, kaum noch Luft zu bekommen und der Magen lag wie ein harter Stein in ihrem Körper.

Der Mann zerschlug das Funktelefon auf der Kante des Wohnzimmertischs. Plastiksplitter fielen auf den Teppich.

„Wie findest du eigentlich Richard Kenning?", fragte der Mann und grinste sie an. „Möchtest du mit ihm ficken?" Seine Zähne waren nikotingelb.

Sie suchte in ihren Gedanken nach einer Antwort, wollte nichts Falsches sagen, den Mann bloß nicht reizen. „Der Name sagt mir nichts", antwortete sie wahrheitsgemäß und wartete auf eine Reaktion.

Er warf dem Bücherregal einen abschätzenden Blick zu. „Du liest wohl keine Krimis. Dann kannst du auch nicht wissen, dass das wahre Leben die besten Krimis schreibt." Der Mann seufzte tief. „Weißt du, Kleine ... ich habe vorhin eine tote Frau in ihrem Rollstuhl gefunden."

Maria drückte sich noch tiefer in die Polster.

Der Fremde streckte begütigend die Hände nach ihr aus, berührte sie aber zu ihrer Erleichterung nicht.

„Ich habe der alten Frau nichts getan. Es muss ihr eigener Sohn gewesen sein. Er war mir noch ein paar Gefallen schuldig. Jetzt hat er sich mir wohl entzogen."

Maria sah ihn verständnislos an.

„Schade. Das ist einer der Gründe, warum ich mir in dieser reizenden Stadt weniger Zeit nehmen kann, als ich eigentlich vorhatte“, sagte der Fremde und deutete mit der Hand auf eine Stelle an der Wand rechts von ihr. „Was ist das denn da?“

Sie wandte automatisch den Kopf zur Seite, gierig nach jedem Moment der Ablenkung, in der er ihr nichts antat. Sie wusste, dass von nun an jede Sekunde geschenkte Lebenszeit bedeutete.

An der Wand hing ein Bild ihrer Eltern. Beide hielten sich an den Händen und lächelten zu ihr herüber. Sie schluchzte und wünschte sich nichts sehnlicher, als sich von ihnen noch einmal umarmen zu lassen.

Maria saß nun genau so, wie der Mann sie haben wollte. Während sie das Foto anstarrte, visierte er eine Stelle hinter ihrem linken Ohr an und schlug mit der Handkante zu. Nicht so fest, dass das Scheitelbein an ihrem Schädel brach, aber fest genug, dass sie sofort das Bewusstsein verlor.

Er wollte sie jetzt noch nicht töten. Sie diente dazu, den Spaßfaktor zu erhöhen, sagte er sich. Trotz der Eile, die durch das Verschwinden des Psychiaters und dem Tod seiner Mutter von Nöten ist.

Und er wusste: Wenn das alles hier zu Ende gebracht worden war, konnte er mit den Impfungen fortfahren. Es gab noch so furchtbar viel zu tun.

*

Die Nacht war still. Noch weit nach Mitternacht saß Richard vor dem Computermonitor und recherchierte erneut über Blitzschläge bei Menschen.

Eine kanadische Hausfrau war innerhalb eines Jahres dreimal von einem Blitz getroffen worden. Seitdem litt sie unter

Gleichgewichtsstörungen und immer wieder nahm sie ganz plötzlich einen intensiven Orangengeruch wahr.

Richard überlegte, dass er nur zu gerne mit ihr tauschen würde. Was war schon ein unsicherer Gang im Orangenduft verglichen mit dem, was ihm bisher widerfahren war?

Dann fiel ihm ein, wie wunderbar Maria am Morgen nach Vanille geduftet hatte. War es möglich, dass er sich den Geruch auch nur eingebildet hatte? Wie konnte er so etwas herausfinden?

*Entschuldigung, Maria. Riechen Sie nach Vanille oder gaukelt mein vom Blitz getroffenes Hirn mir das nur vor?*

Es war absurd.

Von Busch war bisher keine Mail eingetroffen. Er würde sich gleich morgen früh wieder auf den Weg zur Praxis des Psychiaters begeben.

Immer wieder sah sich Richard um, horchte nach ungewöhnlichen Geräuschen und hatte erst vor einer halben Stunde in Küche und Bad nachgesehen, ob dort vielleicht irgendetwas – *vielleicht ein kopfloser Kater!* – aufgetaucht war.

Nach seiner Rückkehr hatte er zunächst die Zeit damit verbracht, nach einem Loch in den Wänden oder im Boden zu suchen, durch das die Ratte geschlüpft war. Aber er fand nichts. Nur einen schwarz-grünen Schimmelfleck hinter dem Schlafzimmerschrank. Er besaß die Größe eines Autoreifens.

Richard beschloss, dass er, sobald er sich besser fühlen würde, nach einer anderen Wohnung umsehen wollte. Die Ruine nebenan steckte das Haus mit Verfall und Fäulnis an.

Es war gegen zwei Uhr, als er in der Wohnung über sich ein lautes Geräusch hörte. Etwas fiel zu Boden und zersplitterte mit lautem Klirren. Richard ging in den Hausflur und lauschte. Einen Moment lang war er versucht, bei Frau Ahrens anzuschellen, um sich zu vergewissern, dass bei der alten Frau alles in Ordnung war. Als es ruhig blieb, kehrte er in seine Wohnung zurück.

Obwohl er sicher war, dass Busch schon längst schlief, überprüfte er noch einmal den Mail-Eingang.

In der Zwischenzeit war nur ein Angebot für ein Potenzmittel zum halben Preis eingegangen.

Weil er nichts Besseres zu tun hatte, nahm er sich noch einmal das defekte Telefon vor. Er schaltete es ein und erhielt kein Freizeichen. Nichts.

Er besah sich den Riss in der Plastikhülle näher, öffnete dann den kleinen Deckel, hinter dem sich die Akkus befanden. Einer der gelben Akkus war aus der Halterung gerutscht. Nur ein winziges bisschen, aber als Richard ihn wieder festdrückte, gab das Telefon einen kurzen Piepton von sich. Die Anzeige im Display zeigte, dass die Akkus fast leer waren. Er stellte das Telefon auf die Ladestation.

Er unterdrückte mühsam den Drang, bei Busch anzurufen. Es war mitten in der Nacht.

*Gleich morgen früh!*

Er legte sich aufs Sofa, glaubte hellwach zu sein und fiel nach einigen Minuten in einen nervösen Schlaf.

*

Maria Couto dos Santos war seit einigen Minuten bei Bewusstsein. Ihr Schädel schmerzte und sie hatte das Gefühl, sich übergeben zu müssen. Die Geräusche um sie herum machten ihr klar, dass sie sich in einem fahrenden Auto befand.

Es roch streng nach Nikotin.

Maria öffnete die Augen und brauchte einen Moment, um sich im Halbdunkel orientieren zu können. Sie lag auf der Rücksitzbank eines ziemlich großen Wagens. Beine und Hände waren so eng gefesselt, dass sie ihre Gliedmaßen nicht mehr fühlen konnte. Sie war noch immer vollständig bekleidet. Der Mann, dessen Umrisse sie im Schein der Instrumentenbeleuchtung sehen konnte, hatte sie offenbar nicht missbraucht.

Aber er brachte sie an einen fremden Ort. Vermutlich dorthin, wo er mit ihr alles anstellen konnte, ohne befürchten zu müssen, dass Nachbarn etwas davon mitbekamen.

Sie zuckte zusammen, als der Mann hinter dem Lenkrad zu ihr sprach.

„Wenn du auch nur einen Laut von dir gibst, halte ich an und schneide dich. Ist das klar, Kleine?“

Ihr Mund war völlig ausgetrocknet. Als sie versuchte zu sprechen, verletzte sie sich die Zunge an dem abgebrochenen Zahn.

„Ja“, ächzte sie nur.

Wenige Minuten später holperte der Wagen über unebenen Straßenbelag, verringerte die Geschwindigkeit und hielt an.

Der Motor lief im Leerlauf.

Der Mann beugte sich über die Sitzlehne nach hinten. Er hielt einen Lappen in der Hand, von dem ein erstickender, chemischer Geruch ausging. Sie versuchte auszuweichen, wand sich in ihren Fesseln auf der Rücksitzbank und presste ihr Gesicht in die muffigen Polster. Der Mann riss ihren Kopf an den Haaren hoch und drückte ihr den Lappen so fest auf den Mund, dass die Lippe erneut aufplatzte. Ihre Gegenwehr wurde schwächer, während das Innere des Wagens und die Umrisse des Mannes mit dem rotglühenden Zigarillo im Mundwinkel zu verschwimmen begann und alles schwarz wurde.

Das letzte, was sie hören konnte, war das zufriedene Grunzen ihres Entführers.

*

Richard erwachte und wusste nicht, wann er sich in den letzten Wochen auch nur annähernd so gut gefühlt hatte. Die Kopfschmerzen waren zwar noch immer allgegenwärtig – ein kleiner Hammer, der von innen gegen die Stirn schlug – aber nichts im Vergleich zu dem intensiven Pochen an anderen Tagen.

Richard setzte seine Brille auf und blickte sich um. Die Sicht war klar. Er bildete sich sogar ein, etwas schärfer als sonst sehen zu können.

*Das Telefon!*

Er wählte die Nummer von Buschs Praxis.

Der Anrufbeantworter.

Richard sprach eine dringende Bitte um Rückruf aufs Band.

Er hatte sich in der Post Buschs private Telefonnummer und die seiner Mutter notiert. Er fingerte den Geldschein aus dem Portemonnaie.

Busch nahm den Hörer nicht ab, und als Richard es nach kurzem Zögern auch bei Charlotte Busch probierte, hatte er ebenfalls keinen Erfolg.

Richard stellte sich um kurz vor neun ans Schlafzimmerfenster und wartete auf den roten Fiat. Er wollte unbedingt Maria begrüßen, ehe er zu Dr. Busch fuhr. Der Psychiater hatte keine Mail geschickt. Richard vermutete, dass die Mutter ihm gar nichts von seinem Besuch erzählt hatte. Aber irgendwann musste er doch in seiner Praxis erscheinen.

Der Panda hielt vor dem Haus und Richard erkannte an der gesplitterten und jetzt notdürftig mit schwarzem Isolierband zusammengehaltenen Stoßstange, dass es das andere Fahrzeug des Pflegedienstes war. Vielleicht hatte Marias Wagen nun doch endgültig den Geist aufgegeben.

Er war erstaunt und enttäuscht zugleich, als er beobachtete, wie ihre stämmige Kollegin ausstieg.

Naumann, fiel ihm ihr Name sofort wieder ein.

Er rang mit sich, ob er die Frau auf Marias Verbleib ansprechen sollte und hatte sich bereits dagegen entschieden – *Vielleicht hatten die beiden nur für heute die Tour verändert* – als es an seiner Wohnungstür schellte.

Der weiße Kittel der Frau war ihr ein paar Nummern zu klein. Der Stoff spannte sich über dem Brustkorb und Richard befürchtete, dass ihm zumindest der oberste Knopf gleich ins Gesicht springen würde. Der Gesichtsausdruck der Frau schien auf den ersten Blick neutral, aber Richard erkannte, dass Marias Kollegin sichtlich unter Stress stand. Da war ein verräterisches Zucken des linken Augenlids. Eine Reaktion, die er auch von sich kannte. Außerdem schwitzte die Frau mehr, als es an einem kühlen Morgen trotz ihres Übergewichts normal gewesen wäre.

Sie hielt ihm einen braunen Umschlag im DIN-A4-Format hin. Ein zweiter, absolut identischer klemmte unter ihrem Arm.

„Morgen, Herr Gerling. Das hier ist für Sie. Von Frau Ahrens."

Richard erkannte den Umschlag wieder. Maria hatte ihn bei ihrem letzten Besuch bei der Nachbarin dabeigehabt.

„Was ist das?", fragte Richard.

„Keine Ahnung", erwiderte die Frau barsch. Plötzlich schloss sie kurz die Augen und atmete tief ein. „Entschuldigen Sie", sagte sie dann mit ruhiger, fast sanfter Stimme. „Ich habe Sie noch gar nicht gefragt, wie es Ihnen geht. Immerhin sind Sie vor unserem Büro ohnmächtig geworden."

„Besser", erwiderte Richard und nahm ihr den Umschlag aus der Hand. „Ist mit Maria alles in Ordnung?"

Sie schnitt eine so verzweifelt-komische Grimasse, dass er gleich wieder mit ihr versöhnt war. „Deshalb bin ich ja so ungenießbar. Maria hat sich den Knöchel verstaucht und fällt für mindestens zwei Tage aus. Allein ist die Arbeit einfach nicht zu schaffen."

„Oh", machte Richard. „Das tut mir leid. Für Sie beide."

Jetzt lächelte die Frau sogar ein wenig. „Na ja, es muss halt gehen." Sie deutete mit einem Kopfnicken auf den zweiten Umschlag unter ihrem Arm. „Da drin ist das Original von Frau Ahrens. Es sind irgendwelche Pläne. Maria sollte sie in unserem Büro kopieren. Sie sagte, Sie könnten Sie sicher für Ihr neues Buch gebrauchen."

Für das Buch über die Nazizeit in Mittelsachsen, das es nie geben wird, dachte Richard und schämte sich für seine Lüge. Er wollte es irgendwie wieder gutmachen, dass sich seine Nachbarin, Maria und jetzt auch noch ihre Kollegin umsonst für ihn bemüht hatten und sagte: „Vielleicht kann ich Ihnen bei Frau Ahrens ein wenig helfen. Tee kochen, das Frühstück machen. Ich habe die alte Dame schließlich schon kennengelernt."

Marias Kollegin zog die Stirn kraus.

„Außerdem kann ich dann fragen, was es mit den Kopien auf sich hat", fügte er eilig hinzu.

„Na gut", lenkte sie ein. „Etwas Abwechslung wird ihr gut tun."

Richard legte den Umschlag neben die Ladestation des Telefons, schloss seine Tür ab und folgte ihr die Stufen hinauf. Die Frau ging zuerst in die Wohnung im zweiten Stock und genau wie Maria, kündigte sie Richards Erscheinen lautstark an. Vermutlich wusste sie aus Erfahrung, dass die alten Leute keine Überraschungsbesuche mochten und daher schreckhaft reagieren konnten.

„Hallo, Frau Ahrens! Hier ist Sybille Naumann. Maria ist leider krank!“ Sie drehte sich zu Richard um und sagte mit gesenkter Stimme. „Sie kennt mich. Ich war schon früher mal hier.“ Und laut: „Ihr Nachbar, Herr Gerling, ist auf einen Sprung mit rein gekommen! Er möchte sich mit Ihnen unterhalten!“

Es erfolgte keine Reaktion.

„Frau Ahrens!“

Die Frau zögerte nicht länger und ging ins Wohnzimmer. Richard sah ihr über die Schulter. Der Raum mit der üppigen Einrichtung war leer. Genau wie die Küche.

„Vielleicht schläft sie noch“, bemerkte Richard. In der Luft hing ein schwacher, aber würziger Tabakgeruch.

Sie schüttelte den Kopf. „Sagt Ihnen senile Bettflucht etwas? Die meisten Alten sind verdammt früh auf den Beinen. Und Frau Ahrens ist zwar vergesslich und etwas wackelig unterwegs, aber ansonsten noch ziemlich fit.“ In ihrer Stimme schwang jetzt Besorgnis mit. „Ich schaue im Schlafzimmer nach. Warten Sie hier.“

Er sah ihr nach, wie sie den Flur entlangging, kurz an die Schlafzimmertür klopfte und sie dann sofort öffnete.

„Frau Ahrens!“, rief sie halblaut, und Richard wusste sofort, dass etwas Schlimmes geschehen war. Er hörte ihre plötzlich sehr eiligen Schritte und dann, wie sie ihren Koffer öffnete und schwer atmete. Richard konnte dem Drang nicht widerstehen. Er spähte durch den Spalt zwischen Tür und Rahmen und konnte nur einen Blick auf das Fußende eines riesigen Doppelbetts erhaschen.

„Wenn Sie kein Problem mit dem Tod haben, können Sie hereinkommen“, hörte er die gefasste Stimme von Sybille Naumann.

Er öffnete die Tür. Die alte Frau sah winzig in dem riesigen Bett aus. Ihr erstarrter Gesichtsausdruck spiegelte für Richard grenzenlose Überraschung wieder. So, als hätte sie niemals damit gerechnet, überhaupt sterben zu müssen.

„Der Tod muss ganz plötzlich gekommen sein“, sagte Marias Kollegin. Sie machte auf Richard keinen abgebrühten Eindruck angesichts der Verstorbenen, aber ihr Verhalten machte deutlich, dass so etwas zu ihrem Beruf gehörte.

Der Oberkörper der Toten lag auf einem Daunenkissen und neigte sich leicht zur Seite. Der linke Arm baumelte schlaff über die Bettkante.

„Aber es hat sie nicht im Schlaf erwischt“, sagte Richard. „Ihre Augen sind auf.“ Er deutete auf die Überreste der Nachttischlampe auf dem Parkettboden. Man konnte anhand der Splitter noch erkennen, dass sie einmal die Form eines rosafarbenen Blütenkelchs besessen hatte.

„Und ich glaube, heute Nacht gehört zu haben, wie die Lampe zu Boden fiel.“

Sybille Naumann musterte kurz die zersplitterte Lampe. „Es könnte ein Herzanfall gewesen sein. Sie bekam einen Krampf und versuchte vielleicht noch aus dem Bett zu kommen.“ Sie zückte ihr Handy. „Ich muss ein paar Anrufe machen.“

Richard blickte sich noch einmal in dem Zimmer um. Er wusste selbst nicht, wonach er eigentlich suchte.

Und es gab auch nichts Ungewöhnliches zu entdecken, denn das Ableben einer alten Frau war wohl leider normal.

Richard verabschiedete sich und kehrte in seine Wohnung zurück. Der Tag hatte für ihn zunächst viel versprechend begonnen, doch der Tod der Nachbarin ließ seine Stimmung umschlagen. Er fühlte sich zutiefst deprimiert, obwohl er die alte Frau kaum gekannt hatte.

Nach einer Weile tauchte der Notarzt auf. Wenig später hielt der Wagen eines Bestattungsunternehmens vor dem Haus.

Als der Metallsarg mit der Toten herausgetragen wurde, hatte sich vor dem Eingang eine kleine Menschenmenge versammelt. Richard entdeckte unter den Leuten das Rentnerehepaar Sandow samt Dackel, die junge Mutter aus der gegenüberliegenden Wohnung von Frau Ahrens hielt ihr Baby, eingewickelt in eine Decke, auf dem Arm. Neben ihr stand eine der Frauen aus der Dachwohnung. Als der Leichenwagen abfuhr, zerstreute sich die Menge. Er hörte, wie sich die Hausbewohner leise im Flur unterhielten und dann in ihre Wohnungen zurückkehrten.

Richard machte sich eine Tasse Instant-Kaffee und setzte sich an den Küchentisch. Er brauchte einen Moment der Ruhe, ehe er zu Dr. Busch fuhr.

Mit einem Mal kamen ihm seine eigenen Probleme gar nicht mehr so überwältigend vor. Immerhin war er noch am Leben.

*

Maria Couto dos Santos kam wieder zu sich, aber sie war sich ihres Wachzustands nicht bewusst. Ringsum herrschte Finsternis. Minutenlang lag sie mit aufgerissenen Augen, ehe sie merkte, dass sie wach war. Als sie den Kopf zur Seite wandte, verspürte sie einen heftigen Schmerz. Irgendetwas hatte sie in ihre rechte Wange gestochen. Sofort erschien in ihrer Fantasie das Bild des brutalen Fremden, der jetzt neben ihr in der Dunkelheit ausharrte und sie mit der Spitze des Messers verletzt hatte. Sie verhielt sich ganz still und lauschte. Die Schwärze war ohne Geräusche.

Sie konnte den Kopf nicht anheben. Sie spürte einen dünnen Draht, der ihr in den Hals schnitt. Maria versuchte Arme und Beine zu bewegen. Sie war noch immer gefesselt. Ein weiteres Seil war um ihren Oberkörper geschlungen worden, so dass sie nicht aufstehen konnte. Das Seil hielt sie am Untergrund fest. Sie stellte sich vor, dass sie vielleicht auf einem Tisch lag.

Ganz vorsichtig wandte sie den Kopf zur anderen Seite. Sofort bohrte sich ein sehr spitzer Gegenstand in die linke Wange.

Sie war fast bis zur Bewegungslosigkeit fixiert worden. Sie unterdrückte die Tränen, die ihr in die Augen schossen.

*Denk nach! Panik hilft dir nicht weiter! Denk nach!*

„Hallo“, sprach sie leise in das Dunkel. Das Wort hallte nach. Der Raum musste groß sein. Und offensichtlich war sie allein. Das gab ihr ein ganz klein wenig Hoffnung.

Es war kalt, aber sie fror nicht allzu sehr, da sie noch immer ihre Kleidung anhatte. Diese Feststellung half ihr auch ein bisschen. Er hatte sie nicht ausgezogen und demzufolge auch nicht angefasst.

„Hallo!“, wiederholte sie. Diesmal lauter.

„Hiiiilfe!!!“ Sie hatte mit aller Kraft geschrien. Die anschließende Stille dröhnte in ihren Ohren. Sie hoffte auf irgendeine Reaktion.

„Versuch das nicht noch mal.“

Die Stimme war aus unmittelbarer Nähe gekommen. Maria erschrak so sehr, dass sie den Kopf zur Seite riss. Die Spitze drang tief in ihre Haut ein. Jetzt ließ sie ihren Tränen freien Lauf.

„Warum tun Sie mir das an?“ Sie konnte ein lautes Schluchzen nicht unterdrücken. „Bitte! Binden Sie mich los!“

Ihr Flehen traf auf Schweigen.

Ein Feuerzeug flammte auf. Der Mann zündete sich einen Zigarillo an und sie konnte kurz sein Gesicht erkennen. Er saß auf einem Stuhl. Dann war es wieder stockfinster. Bis auf den roten Punkt der Glut, der vor ihr zu schweben schien.

„Sei still. Ich muss jetzt nachdenken", sagte der Mann. „Es geht hier gar nicht um dich."

„Dann können Sie mich doch gehen lassen."

„Nein!" Der Mann sprach das Wort so entschieden aus, dass sie alle Hoffnung verlor.

Er saß bewegungslos im Dunkeln und sie konnte sein Atmen hören. Tabakrauch hing in der Luft und verdrängte ein wenig den allgegenwärtigen Gestank nach Verfall und Fäulnis.

Maria hatte keine Ahnung, wo der Fremde sie hingebracht hatte. Wenn er sie vergewaltigen wollte, hätte er es schon längst tun können. Oder bevorzugte er es, wenn seine Opfer vor Angst erst wahnsinnig wurden?

Als der Mann aufstand, kratzten die Stuhlbeine über den Boden. Mit einem Klick wurde eine Lampe eingeschaltet. Es war eine alte Bürolampe mit einem runden Schirm. Sie stand neben dem Stuhl und ihr Schein bildete einen ovalen Lichtfleck auf dem Beton, der nicht ausreichte, um dem Gesicht des Mannes Konturen zu verleihen, aber dem Raum eine vage Gestalt gab.

Es schien eine verlassene Lagerhalle zu sein. Ohne Fenster und bis auf den großen Tisch, an den sie gefesselt war, und dem Stuhl mit der Lampe, bar jeglicher Einrichtung.

Weiter hinten, außerhalb des Lichts, lag irgendetwas in der Ecke. Es konnte ein Müllhaufen sein.

Maria verdrehte ihre Augen so weit wie möglich nach rechts, dann nach links. Ihr Kopf steckte in einem rechteckigen Holzrahmen, durch den zu beiden Seiten auf Höhe ihrer Wangen lange Nägel getrieben worden waren. Lang genug, um das Holz zu durchbohren. Die Enden der spitzen Metallstifte waren vielleicht zwei Zentimeter von Marias oberster Hautschicht entfernt.

Der Mann stand jetzt neben ihr und streckte die Hand nach ihr aus.

Es ist soweit!, sagte sie sich, spürte wie ihre Muskeln verkrampften und schloss die Augen.

Das leise Piepen neben ihrem rechten Ohr kannte sie.

Sie öffnete wieder die Augen. Der Mann hielt Maria ein Handy vor den Mund. Ihr Handy. Er musste es aus ihrer Wohnung mitgenommen haben.

„Es ist Zeit für einen zweiten Anruf", sagte der Mann. „Du wirst Richard Gerling sagen, dass du dir den Knöchel verstaucht hast und dich sehr freuen würdest, wenn er dich besuchen würde. Du kochst etwas Portugiesisches."

*Richard Gerling?*

Er hielt das Handy noch immer vor ihren zerschlagenen Mund. Seine Hand zitterte nicht. „Hast du das soweit verstanden?"

Beinahe hätte sie genickt, aber sofort fielen ihr die Nägel ein und sie hauchte nur „Ja."

„Gut, Kleine." Er tätschelte mit der linken Hand ihren Bauch. „Eine Zeit lang war sein Telefon defekt, aber jetzt funktioniert es zum Glück wieder."

Sie wand sich reflexartig wie eine Schlange unter der Berührung, aber er nahm die Hand sofort wieder von ihr und sah auf seine Armbanduhr. Die Ziffern leuchteten im gleichen Grün wie das Display des Handys.

„Es ist jetzt 14.30 Uhr."

Mein Gott!, dachte sie. Ich war die ganze Nacht und den halben Tag bewusstlos.

Er schien ihre Gedanken zu erraten. „Nimm es als Schönheitsschlaf, Kleine."

Sie wartete auf weitere Anordnungen, ohne zu verstehen, was hier passierte.

„Du verabredest dich um 20 Uhr mit ihm."

Sie rechnete sofort aus, wie viele Stunden bis dahin noch

vergehen mussten. Aber dann wurde ihr klar, dass der Termin wohl kaum ihre Freilassung bedeuten würde.

„20 Uhr. Bei dir. Knöchel verstaucht, aber lecker Essen“, fasste er stakkatoartig zusammen. „Kapiert?“

„Ja, aber was ist mit Richard Gerling ...?“, wagte sie zu fragen und wurde barsch unterbrochen.

„Er ist ein Scharlatan. Ein Dieb und ein Scharlatan!“ Zum ersten Mal verlor er einen Teil seiner Beherrschung. Er wurde nicht laut, sondern seine Stimme verwandelte sich in ein animalisches Knurren, dass ihr noch mehr Angst machte, als wenn er gebrüllt hätte.

Sie versuchte irgendeinen Sinn zu erkennen. Was hatte Richard Gerling getan? Ihre aufkeimenden Gefühle für den Mann waren von der Flut ihrer Ängste hinweggespült worden. Sie hatte einfach nicht mehr an ihn gedacht, war mit dem Versuch zu überleben mehr als beschäftigt gewesen.

Ihr war jetzt klar, dass der Fremde ihn töten wollte.

„Ich werde nun den Anruf freigeben“, sagte der Mann, und dann war es erneut so, als hätte er ihre Gedanken lesen können. „Wenn du auch nur mit einer Silbe versuchst, ihn zu warnen, bringe ich dich nicht etwa um. Es gibt Dinge, die weitaus schlimmer sind.“ Er kniff ihr fest in die rechte Brustwarze, die sich unter ihrer Bluse sofort schmerzhaft verhärtete.

„Was ist, wenn er nicht kommt?“, ächzte sie.

„Er wird kommen.“ Sie war sich sicher, dass er grinste. „Wiederhole, was du sagen sollst.“

Sie sagte die Sätze wie eine eingeschüchterte Schülerin auf.

„Noch etwas!“

Sie wartete atemlos. Das Handydisplay flimmerte vor ihren Augen.

„Wenn er erwähnen sollte, dass die Ahrens aus dem zweiten Stock tot ist, reagierst du professionell.“

Ungewollt stieß sie einen hellen Kiekser aus. Sie zweifelte nicht eine Sekunde lang daran, dass ihr Entführer die alte Frau ermordet hatte.

*Er wird uns alle umbringen! Keine Rettung! Keine Rettung! Er ist ein Psychopath!*

Und doch wusste sie, dass sie gar nicht anders konnte, als alles zu tun, was der Mann verlangte. Es war das verzweifelte Ringen um jede Minute Leben.

„Warum die alte Frau?“ Sie bereute die Frage sofort.

*Nicht fragen! Nicht reizen! Dumme, dumme Maria!*

„Die Alte hätte Gerling etwas verraten können, dass er erst ganz zum Schluss erfahren sollte. Wenn überhaupt.“

*Er antwortet so bereitwillig, weil er weiß, dass du niemals eine Information weitergeben wirst. Tote, tote Maria!*

Es dauerte eine Weile, bis am anderen Ende abgenommen wurde. Richard Gerling hörte sich niedergeschlagen an.

„Hier ist Maria!“

„Oh... Maria!“

Sie bemerkte seinen sofortigen Stimmungswechsel. Die deutliche Freude über ihren Anruf versetzte ihr einen Stich und sie musste schlucken, ehe sie weitersprechen konnte.

Das Gesicht des fremden Mannes kam ganz nahe und sie konnte seinen Atem – eine Mischung aus Nikotin und etwas Fischigem – riechen.

„Ich habe von Ihrer Kollegin gehört, dass Sie sich den Knöchel verstaucht haben“, kam Gerling ihrer vorbereiteten Rede zuvor.

„Es geht schon wieder“, sagte Maria und ihre fast fröhlich klingende Stimme kam ihr falsch, wie ferngesteuert vor. Sie sagte ihren Spruch auf und der Fremde sollte Recht behalten. Richard Gerling sagte sofort zu.

Unter anderen Umständen hätte sie sich gefreut. Sehr gefreut.

Richard Gerling änderte die Tonlage seiner Stimme und räusperte sich. „Sie haben sicher schon von Frau Ahrens gehört?“

„Ja. Es ist furchtbar.“ Sie schauspielerte gut. „Bei den alten Menschen muss man leider jeden Tag damit rechnen.“

Als er aufgelegt hatte, weinte sie.

„Braves Mädchen“, sagte der Fremde und kehrte auf seinen Stuhl zurück, um zu rauchen.

Die Zeit lief ab.

Es gab niemanden, der in den nächsten Stunden nach ihr suchen würde.

Plötzlich fiel ihr etwas ein. Der Fremde hatte gesagt, Frau Ahrens wäre tot.

Weil sie sonst Richard Gerling etwas verraten hätte.

Maria hatte nicht die geringste Ahnung, um was es sich dabei handeln konnte. Die alte Frau wollte ihrem Nachbarn doch nur bei einem Buch über die Nazizeit behilflich sein.

*Die Kopien!*

Es waren irgendwelche alten Pläne, die sie sich nicht näher angesehen hatte.

Hatte Sybille daran gedacht, sie bei Richard Gerling abzuliefern? Sie war dabei gewesen, als Maria die Pläne kopiert hatte.

*Ja, sie ist absolut zuverlässig!*

Sie klammerte sich an diesen Gedanken.

Denn mehr gab es nicht.

*

Der Tag hat eine neue, freundlichere Farbe. Richard setzte sich wieder an den Küchentisch und dachte trotz seiner Freude über Marias Einladung darüber nach, ob er nicht etwas vorschnell zugestimmt hatte.

Er fühlte sich heute nahezu schmerzfrei, sogar ausgeschlafen und hatte seit längerer Zeit nicht mehr in die Hose gemacht. Das war ein wichtiger Aspekt, denn er stellte sich die peinliche Situation vor, wenn er sich beim Essen mit Maria spontan einnässte.

Sicher, da war immer noch der drohende Verlust von Realität, das plötzliche Auftauchen von Dingen – *kopflosen Katern!* –, aber er wollte es riskieren um am besten noch zuvor Dr. Buschs Rat einholen.

Ein wenig schämte er sich seiner Aufgekratztheit, schließlich hatte eine Nachbarin erst vor Stunden das Zeitliche gesegnet. Eine Nachbarin, die sich für ihn interessierte und sich sogar die Mühe gemacht hatte, etwas für sein nicht existierendes Buch über die Zeit des Dritten Reichs in Mittelsachsen aufzuschreiben.

Als er vom Klingeln des Telefons in den Flur gerufen wurde, war ihm der braune Umschlag neben der Ladestation aufgefallen. Er hatte ihn völlig vergessen.

Jetzt lag er vor ihm auf dem Tisch und Richard fühlte sich verpflichtet, wenigstens einen Blick hineinzuwerfen. Er öffnete ihn vorsichtig mit Krügers Stilett, weil er es als pietätlos empfand, den Umschlag einfach aufzureißen.

Der Umschlag enthielt die Kopien eines Bauplans. Er war mit der Hand gezeichnet, wie Richard feststellte, und sehr alt. Richards Interesse galt aber zunächst dem beigefügten Brief.

Die Schrift der alten Frau war etwas ungelenk. Sie musste tatsächlich noch einen Füllfederhalter benutzt haben, denn an einigen Stellen waren ganze Halbsätze verwischt worden.

Richard begann, den Text zu entziffern.

Sehr geehrter Herr Gerling,

es kann schon fast gar kein Zufall mehr sein, dass Sie sich ausgerechnet für eine Wohnung in diesem Haus entschieden haben.

Und doch hege ich meine Zweifel, dass Sie mit dem Geheimnis dieses Gebäudes vertraut sind. Ich bin die letzte hier, die eingeweiht ist.

Selbst die Sandows sind erst lange nach dem Krieg eingezogen. Ich wohne seit 1929, meinem zehnten Lebensjahr, hier. Mein Vater kaufte das Haus damals.

Mein Vater war ein durchaus wohlhabender Architekt und dennoch überzeugter Kommunist. Keiner von der Sorte, die Fahnen schwingend im Gleichschritt durch die Straßen zogen. Er war ein Theoretiker und wusste sehr wohl um die fehlgeleiteten Tendenzen in der KPD, aber er blieb der Grundidee treu. Ohne der Partei allerdings jemals beizutreten.

Weitsichtig wie er war, erkannte er bereits vor Hitlers Machtergreifung, welche furchtbaren Konsequenzen sich daraus für alle Andersdenkenden ergeben würden.

Mein Vater hatte, im Gegensatz zu den meisten, sehr wohl Hitlers Schriften und die seiner Chefideologen studiert.

Im Herbst 1932 begann er mit Hilfe Gleichgesinnter an diesem Haus Umbauten vorzunehmen. Es war eine überaus komplizierte Arbeit. Vor allem, weil sie vor allen Nichteingeweihten verborgen bleiben musste.

Zum Glück waren damals alle Bewohner des Hauses eingeschworene Gegner der Nazis.

Im Laufe der Zeit wurden wir zu einer Adresse für konspirative Treffen.

Man begann damit, vor einer der Außenmauern von innen eine zweite, massive Wand zu errichten. Der so entstandene

Hohlraum ist breit genug, um Platz für einen erwachsenen Menschen zu bieten. Was zunächst nur als Versteck bei eventuellen Durchsuchungen der Polizei gedacht war, wurde weiter ausgebaut.

Ihre, die Wohnung im Parterre, in der heute die Sandows wohnen, und meine Wohnung sind durch ein Gängesystem miteinander verbunden.

(Der Zugang im Parterre wurde allerdings nach dem Kriege zugemauert.)

1935 kam noch ein Fluchtweg hinzu. Er endet im Keller des Hauses nebenan. Auch dort hatten wir Verbündete. Leider hat man das Nachbarhaus mittlerweile zur Ruine verkommen lassen.

Glauben Sie mir, Herr Gerling, ohne diese Idee meines Vaters wären einige Leute von der Gestapo verhaftet worden.

Ich bin mir ziemlich sicher, dass außer mir niemand mehr da ist, der von diesen Dingen weiß.

Vielleicht sollte ich erwähnen, dass das Haus längst nicht mehr im Besitz meiner Familie ist.

Als ich durch Maria erfuhr, dass Sie über den Widerstand im Dritten Reich schreiben wollen, hielt ich es nun für angemessen, von dem Mut meines Vaters zu berichten.

Er hat einen besonderen Platz in der Geschichte unserer Stadt verdient.

Falls das Nachbargebäude einmal abgerissen wird und man dabei auf den Fluchtweg stößt, soll die Welt wissen, um was es sich da handelt.

Ich habe die reizende Maria darum gebeten, Ihnen eine Kopie des Bauplans, der damals eigenhändig von meinem Vater gezeichnet wurde, zukommen zu lassen.

Es ist eigentlich nur ein Teil des Gesamtplans, der sich auf Ihre Wohnung beschränkt.

Der Zugang zum Fluchtweg ist mit einem unverfänglichen L (Meine geliebte Mutter trug den Namen Luise) markiert.

Ich schreibe diese Zeilen in dem Wissen um meine momentane geistige Klarheit. Mir ist bekannt, dass sich dieser Zustand schnell ändern kann. Daher hoffe ich, dass ich bei einem weiteren Zusammensein in ähnlicher guter Verfassung sein werde.

Hochachtungsvoll,
Käthe Ahrens

Richard versuchte das Gelesene in seinem vollen Umfang zu erfassen.

*Die Ratten stecken in dem Hohlraum zwischen den Mauern.*

Er las den Text erneut, konzentrierter als beim ersten Mal.

*Das ist keine Erklärung für den toten Kater auf dem Küchentisch.*

Der Plan bestand aus vier Kopien, die er zunächst in der richtigen Reihenfolge aneinander legen musste, dann erkannte er den Grundriss seiner Wohnung.

Ohne Erläuterung hätte er den Fluchtweg gar nicht identifizieren können. Der Hohlraum zwischen der äußeren und der später eingezogenen Mauer war lediglich schraffiert und wäre dem unkundigen Betrachter sicher nicht weiter aufgefallen.

Richard tippte mit der Fingerspitze auf den Buchstaben **L**.

Der befand sich in der äußersten rechten Ecke der Küche. Richard wusste sofort, was sich dort befand.

Er wandte den Kopf und sah zu der Stelle, die nur wenige Meter von ihm entfernt war.

Sein Nachbar Münzberg hatte ihm die längst vergessene Abstellkammer neben dem Kühlschrank bei der Suche nach der Ratte in Erinnerung gebracht. Ein muffiger Hohlraum hinter einer Holztür, die nahezu perfekt in die Wand integriert war.

Richard öffnete die schmale Tür in der Wand. Sofort schlug ihm der faulige Geruch entgegen. Mit spitzen Fingern griff er nach der Plastikflasche und stellte sie hinter sich auf den Küchenboden. Ein paar Brocken der grünlichen Kruste, die einen Kranz um den Deckel der Flasche gebildet hatten, waren an seiner Hand kleben geblieben. Angewidert wischte er sie an der Hose ab.

Die Kammer war gut fünfzig Zentimeter tief, was dem Hohlraum zwischen den Mauern entsprach, ungefähr einen Meter hoch und zur Tarnung mit Holz verkleidet. Da sie sich in der rechten Zimmerecke befand, bildeten die tatsächlichen Außenwände des Hauses Rückseite und rechte Seite der Kammer. Richard klopfte gegen die linke Seitenwand. Sie klang massiv. Es gab keinen Riegel, kein Schloss, dass es mit einem Schlüssel zu öffnen galt.

Richard überlegte, dass es sich um eine ganz simple Konstruktion handeln musste. Bei einer Hausdurchsuchung hätte die Gestapo mit Sicherheit auch in dieser Kammer nachgesehen. Schließlich war sie groß genug, dass sich jemand darin hätte verstecken können. Ein Riegel oder ein ähnliche Vorrichtung in einer Vorratskammer wäre ungewöhnlich und somit verdächtig gewesen.

Andererseits, fiel Richard ein, hätte ein sehr penibler Gestapo-Mann darüber stolpern müssen, dass sich überhaupt jemand die Mühe macht, eine solche Kammer so tief in die Wand einzulassen. Aber falls er wirklich so schlau gewesen wäre, hätten sich die Gesuchten schon längst aus dem Staub machen können.

Er drückte fest gegen die linke Holzwand. Sie gab nicht nach. Er probierte es erneut. Ohne Erfolg.

In dem Schränkchen unter der Spüle lag der Hammer, den er Maria geliehen hatte. Er holte ihn, kroch auf den Knien in die Kammer zurück und schlug zu. Beim ersten Schlag sprang die Holzplatte ein winziges Stück nach hinten, beim zweiten fiel sie aus der quadratischen Öffnung. Die Holzplatte war mindestens fünf Zentimeter dick, deshalb hatte es auch überhaupt nicht hohl geklungen, als Richard dagegen geklopft hatte.

*Die Ratten!*

Sein erster Reflex war es, sich sofort aus der Kammer zurückzuziehen. Aber dann überwog die Neugierde und er hoffte darauf, dass der Lärm die Biester vertrieben hatte.

Er spähte vorsichtig in die Öffnung; die Hand schützend vor dem Gesicht, falls sich eine Ratte doch noch zum Angriff entscheiden sollte, und konnte nichts erkennen. Es war stockdunkel. Aufgewirbelter Staub ließ ihn husten. Er erinnerte sich daran, dass er irgendwo im Wohnzimmer eine Taschenlampe haben musste.

Nach minutenlanger Suche entdeckte er sie in einem Schuhkarton, der fälschlicherweise mit einem Edding als Behältnis für Manuskripte beschriftet worden war. Beim Einschalten stellte er fest, dass die Batterien schon ziemlich schwach waren.

Richard zog sich Halbstiefel und eine Lederjacke an, um so gegen Rattenbisse zumindest halbwegs gewappnet zu sein und kroch erneut in die Kammer. Der Schein der Lampe beleuchtete einen Teil des schmalen Ganges, war aber zu schwach, um über die gesamte Länge zu reichen.

Er kletterte durch die Luke und richtete sich auf. Die Luft war schal und roch nach feuchten Lumpen und Schimmel. Er konnte sich nur seitwärts bewegen und überlegte, dass man bei der Konstruktion des Fluchtwegs nicht an korpulente Menschen gedacht hatte. Die wären hier stecken geblieben wie ein Korken in einem Flaschenhals.

Er leuchtete die Außenwand an. Sie war in einem mäßigen Zustand, wies feuchte Flecke auf und hatte feine Risse, von denen allerdings keiner groß genug war, um mehr als eine Spinne durchzulassen. Außerdem verbarg sich dahinter noch die Außenwand der Ruine.

Es existierten keine störenden Wasserrohre oder Stromleitungen, sie waren woanders verlegt worden.

Nach ein paar Metern – mittlerweile musste er sich auf der Höhe seines Schlafzimmers befinden – befiel ihn ein Gefühl des Eingeschlossenseins. Es war, als würde sich der Gang immer mehr verengen, um ihn schließlich wie ein Schraubstock einzuzwängen.

Richard schloss die Augen und versuchte sein Atmen unter Kontrolle zu behalten.

Es konnte nur Einbildung sein. Der Abstand zwischen den Wänden hatte sich nicht verändert.

Ganz langsam schob er sich seitwärts weiter; die Taschenlampe auf den Boden gerichtet. Er suchte nach den Spuren der Ratten. Nach Kot, Kratzspuren, vielleicht sogar nach einem toten Exemplar.

Der Boden knirschte unter seinen Schuhen. Er entdeckte winzige Gesteinsbröckchen, Mörtelreste und Staub.

Der enge Raum machte es ihm unmöglich, in die Knie zu gehen. Richard konnte lediglich den runden Schein der Taschenlampe auf die Stelle richten. Der Dreck war von der Innenwand gerieselt. Sie wies tiefe Furchen auf.

Wie von Krallen. Von vielen und riesigen Krallen.

Richard spürte, wie sich die Furcht ihren Weg aus den Tiefen des Unterbewusstseins bahnte.

Er war wieder in dem lehmigen Loch hinter dem Keller seiner Eltern.

Und er war nicht allein.

Richard machte reflexartig zwei, drei kurze Schritte zur Seite und trat ins Leere ...

*

„Werden Sie mich töten?“, fragte Maria. Sie wollte versuchen, den Mann umzustimmen, und war sich gleichzeitig darüber im Klaren, wie irrational ihr Vorgehen war.

Er würde sie in jedem Fall töten.

„Es gibt doch gar keinen Grund dafür“, hörte sie sich betteln. Ein Teil ihres Ichs schämte sich dieser kläglichen und unterwürfigen Stimme, aber die wenigsten Menschen können dem Tod gefasst entgegensehen. Erst recht dann nicht, wenn er sich in der Gestalt einer permanent rauchenden Gestalt zeigt, die auf einem Stuhl in einer kalten, nach Verfall riechenden Halle hockt und erst vor kurzer Zeit bereits eine hilflose, alte Frau ermordet hat.

Sie fragte sich, wie viel Zeit seit ihrem Gespräch mit Richard Gerling vergangen war.

*Eine Stunde?*

Er hatte Richard in ihre Wohnung gelockt.

*Warum?*

„Bitte! Es gibt doch keinen Grund, mich zu töten.“, flehte sie erneut.

Der Mann auf dem Stuhl regte sich nicht.

„Bitte!!!“

Ein Rascheln war zu hören, als er sich bewegte. „Ich töte nicht.“

Ihr stockte der Atem. Allein die Hoffnung, dass er sie vielleicht doch freilassen würde, ließ sie innerlich jubeln, versetzte sie für Sekunden in Euphorie, bis die Stimme weitersprach: „Ich nehme nur Impfungen vor.“

Maria fragte sich, was er damit meinte. Das Wort *Impfungen* klang nicht gut. Überhaupt nicht gut aus dem Munde dieses Irren.

„Du hast getötet“, fuhr der Fremde fort.

„Nein“, erwiderte Maria sofort. „Nein! Das habe ich nicht!“

„Du hast getötet, indem du Richard Kenning zu der alten Ahrens gebracht hast.“

Sie versuchte verzweifelt den Worten des Mannes einen Sinn geben zu können. „Wer ... wer ist Richard Kenning?“

„Dein Liebster heißt eigentlich Kenning“, antwortete er und sie hörte, dass er aufstand und mit langsamen Schritten auf sie zukam. „Schleicht sich unter falschem Namen in deine Stadt ein“, fuhr der Mann fort. „Der Schwindler!“

Maria sah ihn neben dem Tisch stehen. Eine große Gestalt, die ihr so viel Furcht einflößte, das sie einfach alles getan hätte, um sich aus seiner Gewalt befreien zu können. Sie wusste jetzt, wie sich die Opfer in den Folterkammern der Militärs und Diktatoren fühlten. Sie war bereit alles zu tun, alles und jeden zu verraten. Dabei hatte er noch nicht einmal damit begonnen, ihr richtig weh zu tun.

Sie sah die rote Glut des Zigarillos, der in seinem Mundwinkel klebte, auf und nieder hüpfen, als er weitersprach: „Kenning verdient eine Sonderbehandlung. Mehr als die einfache Impfung. Und er wird sie in deiner hübschen Wohnung erfahren.“

Er beugte sich zu ihr hinab. Asche löste sich vom Zigarillo und fiel ihr aufs Gesicht. Sie war noch heiß, aber sie konnte die Asche wegen der Nägel rechts und links nicht von ihrem Kopf abschütteln. Maria ertrug den Schmerz lautlos.

„Weil deine Wohnung der Ort ist, an dem er am wenigsten damit rechnet.“

Sie hörte, wie er mit dem Mund Kussgeräusche nachahmte und ekelte sich.

„Weil er in dich verknallt ist, Kleine.“

Ich fing auch gerade an, mich in ihn zu verlieben, dachte sie. Aber jetzt hat Liebe keine Bedeutung mehr. Nur noch das Überleben zählt.

Der Mann trat den Zigarillo auf dem Boden aus.

Maria schloss die Augen und wollte an die schönen Tage in ihrem Leben denken. Sich einfach nur weit, weit weg träumen.

„Vielleicht sollte ich ihm ein Stück von seiner Liebsten mitbringen“ riss er sie in die Realität zurück. „Was mag er wohl am liebsten an dir?“

Maria zuckte und erneut spürte sie eine Nagelspitze in ihrer Wange.

„Die Augen“, beschloss der Fremde mit heiterer Gelassenheit.

*

Richard spürte keinen Boden unter den Füßen und fiel. Die Taschenlampe entglitt seinen Fingern, wirbelte durch die Luft und zauberte für eine Sekunde hektische Blitze aus Licht an die Wände.

Richard streckte reflexartig die Arme aus. Sein Sturz wurde ebenso abrupt wie schmerzhaft gestoppt, als seine Hände nach den Rändern der Öffnung griffen.

Er steckte fast bis zum Kinn in einem Loch, das groß genug war, um Durchlass für einen Erwachsenen zu bieten, der es durch den Hohlraum bis hierher geschafft hatte.

Richards Beine zappelten in der Luft, traten gegen die vordere Wand, ohne Halt zu finden, dann gegen die hintere.

Eine Sprosse.

Richard stellte sich mit beiden Beinen auf die Sprosse und stemmte sich mit den Ellbogen aus dem Loch, bis er wieder schwer atmend im Gang lag.

Er tastete nach der Lampe, schob sich halb auf der Seite, halb auf dem Bauch liegend auf die Öffnung zu und leuchtete hinein. Das Loch nahm die ganze Breite des Ganges ein. Schmale Sprossen aus Metall waren in die Wand eingelassen worden und führten in die Tiefe. Einige Meter unter ihm war ein zweiter Durchlass auf der Höhe der Wohnung im Parterre.

Dort wohnte das Rentnerehepaar Sandow. Frau Ahrens hatte in ihrem Brief geschrieben, dass der Fluchtweg im Erdgeschoss zugemauert worden war.

Die Sprossen endeten im Keller. Richard leuchtete in die Höhe. Über ihm gab es einen weiteren Durchgang. Von dort konnte man in die Wohnung der Verstorbenen gelangen.

Richard fragte sich, ob Ratten die rostigen Sprossen empor klettern konnten. Er hatte eine Dokumentation über diese Tiere gesehen, in denen sie ihre außerordentliche Intelligenz und Geschicklichkeit unter Beweis gestellt hatten und kam zu dem Entschluss, es durchaus für möglich zu halten.

*Aber warum scheinen sich die Biester nur für mich zu interessieren?*

Er beleuchtete noch einmal die tiefen Furchen auf der Rückseite seiner Wohnzimmerwand und sah dann in die dunkle Tiefe des Schachts, der bis in den Keller führte.

*Sie werden dort unten stecken!*

Eigentlich, so sagte er sich, hatte er genug gesehen. Er empfand diesen Geheimgang direkt hinter Wohnzimmer und Küche als sehr, sehr beunruhigend.

Nein, er würde nicht in den Schacht steigen. Es war wohl besser, sich nach einer neuen Wohnung umzusehen. Vielleicht würden dort auch die Wahnvorstellungen verschwinden. Niemand konnte auf Dauer bei klarem Verstand bleiben, wenn riesige Ratten damit beschäftigt waren, sich durch die Wand zu graben.

Er leuchtete noch einmal den Gang entlang.

„Die Viecher müssen doch verdammt noch mal scheißen", sagte er laut.

Dann entdeckte er etwas, dass er vorhin übersehen haben musste: ein Fingernagel großes Etwas.

Nur mit Mühe gelang es ihm, sich in dem engen Gang danach zu bücken. Er hob es auf Augenhöhe und betrachtete es im immer schwächer werdenden Licht der Taschenlampe.

Es war der Rest eines Zigarillos. Keine zwei Zentimeter lang und wie Richard feststellte, als er ihn zwischen Daumen und Zeigefinger quetschte, noch nicht völlig vertrocknet. Hätte der Tabak schon seit Ewigkeiten hier gelegen, wäre er wie Staub zu Boden gerieselt.

Richard dachte nach. Das Gefühl, beobachtet zu werden, der seltsame Anruf und als Höhepunkt des Ganzen: der Kater auf dem Küchentisch. War es möglich, dass noch jemand von dem geheimen Fluchtweg wusste? Und das sich dieser jemand Zugang zu seiner Wohnung verschaffte?

Die Vorstellung war so abstrus, dass Richard sich fragte, ob sein Verstand nicht schon so verwirrt war, dass er sich in einer Art Tagtraum befand. Aber ist ein geistig Verwirrter noch dazu in der Lage, sich diese Frage zu stellen? Kann ein Schlafender erkennen, dass er träumt?

Richard roch an dem Zigarillostummel. Er besaß noch immer den scharfen, würzigen Geruch von starkem Tabak. Und dieser Geruch war von Bedeutung. Richard versuchte sich zu konzentrieren und dann war die Erinnerung wieder da. Er sah vor seinem inneren Auge das Gesicht der alten Frau Ahrens und glaubte sogar ihre Stimme zu hören.

*„Hier war jemand. Ich konnte ihn nur riechen. Er raucht starken, dunklen Tabak. Vielleicht brasilianischen oder kubanischen.“*

Die alte Frau hatte es sich nicht eingebildet. Jemand war in ihrer Wohnung gewesen. Jemand, der den alten Fluchtweg ihres Vaters benutzt hatte.

*Wer kommt in Frage?*

Richard dachte an Sandow.

*Vielleicht ist sein Zugang gar nicht verschlossen. Vielleicht aber auch Münzberg. Schließlich ist der von allen Bewohnern des Hauses am merkwürdigsten. Aber er hat keinen direkten Zugang zu dem Gängesystem. Seine Wohnung liegt auf der anderen Seite des Hauses. Und wäre der so verrückt, seinen geliebten Pauli auf meinem Küchentisch zu platzieren?*

*Unsinn!*

Beinahe hätte Richard laut aufgelacht, als ihm bewusst wurde, dass Münzberg unmöglich durch die schmalen Hohlräume passte.

Richard dachte an die anderen Nachbarn und erkannte, dass er fast nichts über sie wusste. Jeder kam in Frage. Sogar Krüger, der Waffennarr. Der war alt genug, um von dem Fluchtweg Wind bekommen zu haben. Vorausgesetzt, dass er Zigarillos rauchte.

Eine weitere Frage drängte sich Richard auf: Konnte der Eindringling etwas mit dem Tod von Frau Ahrens zu tun haben?

Richard verspürte eine eigenartige Mischung von Gefühlen, wie er sie nie zuvor erfahren hatte. Da war Furcht, Neugierde, aber auch eine Erregung darüber, dass er vielleicht gerade etwas erlebte, was er bei seiner Arbeit als Krimiautor immer nur in der Fantasie ersonnen hatte.

Er befestigte die Halteschlaufe der Taschenlampe an seinem Gürtel und begann, die Sprossen hinabzuklettern. Bei jedem neuen, tastenden Schritt befürchtete er, das Metall würde unter seinem Gewicht aus dem Mauerwerk brechen, aber die Erbauer hatten solide gearbeitet. Die Sprossen waren zwar von Rost überzogen, hielten aber stand.

Er erreichte das Erdgeschoss. In der zweiten Mauer gab es eine Stelle, an der man deutlich erkennen konnte, dass dort vor geraumer Zeit neue Ziegelsteine eingesetzt worden waren. Sie bildeten ein Rechteck, das genau dem ehemaligen Fluchtweg aus der Wohnung im Parterre entsprach.

Sandow verfügte über keinen direkten Zugang mehr.

Richard kletterte weiter in die Tiefe. Die Luft wurde kühler und feuchter. Mit Besorgnis stellte er fest, dass der

Schein der Taschenlampe zu einem gelblich schwachen Glühen wurde.

Schwer atmend erreichte den Keller.

Die Wände schienen ihn mehr denn je zu erdrücken. Er rang nach Luft. Musste Richard sich während des Abstiegs auf jeden Schritt und jeden Handgriff konzentrieren, wurde er sich jetzt wieder der erdrückenden Enge bewusst.

Das Licht schmolz zu einem düsteren Glühen. Er schaltete die Lampe aus. Die Schwärze sprang ihn an wie ein wildes Tier. Er drückte sich fest gegen die Rückwand und es war, als würde ihm ein feuchter Sack über den Kopf gestülpt, der ihn kaum noch Atmen ließ.

Hastig schaltete er die Lampe wieder ein. Für ein paar Herzschläge leuchtete sie ein wenig heller als zuvor, wurde aber dann wieder schwächer.

Richard nutzte die letzten Reserven der Batterien, um sich zu orientieren.

Verzweifelt wischte seine Hand über die Wand, bis ihm einfiel, dass sich der Ausgang auf der eigentlichen Außenmauer des Hauses befand und in den Keller des Nachbargebäudes führte. Er musste sich einfach nur umdrehen.

Er stemmte sich gegen die Holzplatte. Er hatte keinen Platz, um genügend Anlauf zu nehmen und hoffte, dass die Konstrukteure das berücksichtigt hatten.

Zu seinem Erstaunen schwang die schwere Holzplatte schon unter leichtem Druck nach außen. Sie war an zwei Scharnieren befestigt.

Er stieg in den Keller der unbewohnten Ruine und bewegte sich ganz leise.

Der Raum war winzig, kaum zehn Quadratmeter groß. Kohle, die meiste mittlerweile ein schwarzer, zäher Matsch, bedeckte den Boden. Und Müll. Aufgeweichte Tüten, aus denen undefinierbare Wäschestücke quollen, ein verbogener Fahrradrahmen und Gegenstände, deren Nutzen er nicht einmal erahnen konnte.

Einst musste ein Regal vor dem Ausstieg aus dem Gang gestanden haben. Jetzt war es um gestürzt und der Inhalt, Obst in Einkochgläsern hatte, sich in einem Gemenge aus Glassplittern und längst verfaulten Birnen und Stachelbeeren über dem Boden ergossen.

Auf dieser Seite hatte die Holzplatte ein winziges Schlüsselloch. In die Holzplatte war ein massives Schloss eingesetzt worden. Aber es war nicht abgeschlossen gewesen.

Die Taschenlampe erlosch. Richard stellte fest, dass er dennoch etwas erkennen konnte. Durch ein schmales, vergittertes Fenster fiel trübes Tageslicht.

Richard hörte, wie draußen vor dem Fenster ein Auto durch eine Pfütze fuhr. Es musste in der Zwischenzeit angefangen haben zu regnen.

Er stapfte vorsichtig durch die matschige Masse aus Kohle und Wasser zur Tür. Sie war nicht verriegelt. Dahinter war ein dunkler, fensterloser Flur.

Richard horchte. Alles blieb still. Niemand schien sich hier unten aufzuhalten.

An der Wand entdeckte Richard einen Lichtschalter. Ein rundes, klobiges Ding aus Bakelit. Er streckte die Hand danach aus, obwohl er nicht damit rechnete, dass die Ruine noch an das Stromnetz angeschlossen war. Zu seiner Überraschung schalteten sich Lampen an der rußigen Decke ein. Die Glühbirnen konnten die Dunkelheit nicht bannen. Sie konnten sie nur zurückdrängen und den muffigen Flur mit seinen Spinnweben voller Staub und den Hüllen ausgesaugter Nachtfalter in trübes Beige tauchen.

Richard versuchte sich zu orientieren. Zu seiner Rechten

zweigte nach ein paar Metern ein weiterer Flur ab. Er spähte hinein und sah an dessen Ende eine Treppe, die nach oben führte.

Es wäre ihm lieber gewesen, wenn er die Ruine nicht wieder durch den alten Fluchtweg verlassen musste.

Die gesamte Treppe war von Holzwürmern befallen. Winzige Häufchen aus fein zermahlenem Holz zeugten davon, dass sie noch immer aktiv waren. Prüfend stellte er einen Fuß auf die unterste Stufe. Sie knarrte, aber sie hielt.

Die Tür am oberen Ende der Treppe war allerdings fest verschlossen.

Richard kehrte in den Keller zurück und begann damit die einzelnen Räume zu durchsuchen. Einige waren leer, aber in anderen hatten die ehemaligen Mieter bergeweise Müll und alte Möbel zurückgelassen. Eigenartigerweise waren es ausschließlich Büromöbel: Schreibtische, Drehstühle auf verrosteten Rollen und sogar mehrere Schreibmaschinen der Marke Robotron. Zwei von ihnen hatte man allerdings in einem Akt von Vandalismus gegen die Wand geschleudert.

Aus aufgerissenen Verpackungen waren kleine Flaschen mit einem weißlich gelben Inhalt auf den Boden gefallen. Die meisten von ihnen hatte man wie die Schreibmaschinen zerschmettert. Wo sie aufgeprallt waren, hatten sie einen klebrigen Fleck hinterlassen.

Richard betrachtete eines der Fläschchen näher. Die Schrift auf dem Aufkleber war noch lesbar: *Büroklebstoff Barock Gold*.

In einem Raum waren Kartons voller Aktenordner bis unter die Decke gestapelt. Die Pappe der unteren Kartons waren feucht geworden und ihr Inhalt begann sich in einen zähen Brei zu verwandeln, auf dem bleiche Pilze gediehen, eine Sorte, die Richard nie zuvor gesehen hatte. Sie erfüllten die Luft mit einem Geruch, der an gärendes Obst erinnerte.

Richard nahm einen der Aktenordner in die Hand. Er fühlte sich klamm an und als er ihn aufschlug, pappten die meisten Seiten zusammen. Der Inhalt beschränkte sich auf lange Listen mit unbekannten Chemikalien, Metallen und Werkzeugen, Lieferscheinen und Materialanforderungen.

Der ganze Kram stammte aus der Fabrik. Offensichtlich hatte man die Kellerräume damals angemietet oder einfach übernommen, um sie als Lager und Archiv zu benutzen.

Wenn das stimmte, überlegte Richard, müsste es auch eine Verbindung zwischen den Gebäuden geben. Man hatte Akten und Schreibtische wohl kaum über die Straße geschleppt.

Jetzt sah Richard die ersten Ratten. Zu zweit hockten sie auf einem Karton und starrten ihn mit ihren schwarzen Augen unverwandt an. Richard fluchte laut und warf den Aktenordner nach ihnen. Mit wütendem Pfeifen flohen sie in ein Versteck. Richard zog die Tür schnell hinter sich zu und verzichtete darauf, die übrigen Räume zu durchsuchen.

Wenn er nicht völlig die Orientierung verloren hatte, musste sich direkt hinter der Mauer am Ende des Ganges die Fabrik befinden. Die Lampe in diesem Bereich des Kellers funktionierte nicht. Die Überreste der zerschlagenen Glühbirne ragten noch aus der Fassung.

Richard entdeckte die Tür in dem Halbdunkel erst, als er sich bis auf wenige Meter genähert hatte. Ihre Farbe war von demselben schmutzigen Grau wie der gesamte Keller. Sie bestand aus Stahl und machte noch immer einen soliden Eindruck. An der Wand warnte ein Schild:

**Kein Durchgang für Unbefugte!**

Er drückte die Klinke herunter. Die Tür war abgeschlossen und so, wie sie aussah, würde er einen Schweißbrenner benötigen, um sie zu öffnen.

Am Ende des Flures roch es noch bestialischer als im restlichen Keller. Der Gestank kam eindeutig aus dem Raum zur Linken von Richard. Die Tür stand einen Spalt weit auf und als er nach dem Lichtschalter griff, schaltete sich eine 25 Watt Birne ein und tauchte den Raum in ein müdes Licht. Er war mit großen Holzkisten gefüllt, auf die vor vielen Jahren jemand mit schwarzer Farbe Zahlen und Buchstabenkolonnen gemalt hatte. Eine der Kisten war aufgebrochen worden und eine Flut immer gleicher Metallteile – sie sahen wie unfertige Scharniere aus – bedeckte den Boden.

Richard wischte angeekelt eine große Spinne von seinem Arm.

Er wollte sich gerade abwenden, als er das Tier in einer Ecke entdeckte. Von dort kam der grässliche Gestank. Richard hielt sich die Nase zu und stieß den Kadaver mit der Stiefelspitze an. Zuerst dachte er, es sei eine tote Ratte, aber dann stellte er fest, dass der Kopf fehlte.

Es war Jan Münzbergs Pauli. Die fortgeschrittene Verwesung führte einen Zermürbungskrieg mit den Überresten und ließ den Körper des Katers schrumpfen.

Nun gab es keinen Zweifel mehr. Irgendjemand – Richard verdrängte das in seiner Fantasie immer wieder auftauchende *Irgendetwas* – hatte den geheimen Fluchtweg benutzt und den Kater auf seinem Küchentisch platziert und wieder entfernt, während Richard außer sich vor Panik in den Hausflur zu Münzbergs Wohnung getaumelt war.

Richard hatte davon gehört, dass Menschen, in deren Haus oder Wohnung eingebrochen worden war, während sie sich darin aufhielten, im Nachhinein ein Trauma durchlebten. Man war in ihre ganz persönliche Schutzzone eingedrungen, hatte sie vielleicht sogar im Bett beobachtet und die Möglichkeit besessen, sie in ihrer Hilflosigkeit zu töten.

In diesem Augenblick wusste er, wie diese Menschen litten.

Aber er war nicht bestohlen worden. Man hatte ihn mit einem kopflosen Kater konfrontiert. Und all die anderen Vorfälle, auf die er sich bisher keinen Reim machen konnte, von denen er glaubte, sie seien Bestandteil seines Abgleitens in den Wahnsinn, hervorgerufen durch den Blitzschlag; sie alle waren Bestandteil eines perfiden Plans, der bisher noch keinen Sinn ergab.

Vorsicht, mein Freund!, mahnte eine innere Stimme. Das ist noch keine Erklärung für deine Anfälle. Manchmal ist deine Welt blaustichig und voller öliger Schlieren. Du pisst dir in die Hose. Mal ganz davon abgesehen, dass du dich halbnackt und im Delirium auf der Straße gewälzt hast. Vielleicht geschieht das alles hier nur in deinem Wahn.

Richard ballte die Fäuste. Nein, er war nicht verrückt! Er musste es sich nur beweisen. Brauchte endlich Klarheit. Und dafür benötigte er keinen Dr. Busch.

Vermutlich fand er weitere Antworten hinter der stählernen Tür. In der Fabrik. Wenn er nicht durch diese Tür gelangte, musste er sich einen anderen Zugang verschaffen.

Jetzt.

*

Marias Sinne waren niemals wacher, angespannter gewesen. Sie spürte, wie der Tisch, auf dem sie gefesselt war, kaum merkbar vibrierte, wenn draußen ein schweres Fahrzeug vorbeifuhr. Vor ein paar Minuten hatte sie sogar ganz weit entfernt die Sirenen eines Polizeiwagens gehört, und für einen Moment gehofft, man würde zu ihrer Befreiung herbeieilen, aber dann war das Geräusch immer leiser geworden.

Sie vernahm ein Plätschern und wusste, dass der Fremde gar nicht weit von ihr die Wand anpisste. Er stieß einen

Seufzer der Erleichterung aus, dann folgte das Geräusch des Reißverschlusses.

Mit einem Mal verspürte sie auch einen starken Harndrang. Wie lange war es her, dass sie auf der Toilette war? So lächerlich es war, wollte sie doch auf gar keinen Fall in Gegenwart ihres Entführers auf den Tisch pinkeln.

Der Mann setzte sich wieder auf den Stuhl und zündete sich einen neuen Zigarillo an.

„Mein Vater raucht Zigarre", sagte sie und spürte, dass ihr das Sprechen mit ihrer völlig ausgetrockneten Kehle und der Zunge, die mittlerweile wie ein Fremdkörper in ihrem Mund lag, immer schwerer fiel. Sie wartete auf eine Antwort, denn so lange er redet, würde er ihr vielleicht nicht wehtun.

Als sie bereits davon überzeugt war, dass er ihre Bemerkung überhört hatte, sprach er. „Es ist ein Laster. Mein einziges. Dafür rühre ich keine Drogen, keinen Tropfen Alkohol an. Hab es früher mal wild mit dem ganzen Zeug getrieben, bis ich geläutert wurde." Er spuckte auf den Boden. „Ich kann dir nur raten, Kleine: Lass die Finger davon. Es ruiniert den Verstand."

Maria klammerte sich an jedes seiner Worte, in der Hoffnung heraushören zu können, dass er sie doch noch davonkommen ließ. Hatte er gerade nicht gesagt *Lass die Finger davon*? Konnte das bedeuten, dass er ihr doch noch eine Zukunft zugestand?

„Da haben Sie völlig recht", sagte sie und versuchte nicht allzu kriecherisch zu klingen. „Ich mag eigentlich gar keinen Alkohol. Ich werde schon nach einem Glas Wein betrunken."

Keine Reaktion. Nur das stetige Geräusch des Rauchens.

„Ich würde gern wissen, warum Richard Gerling in Wirklichkeit Kenning heißt", versuchte sie die Unterhaltung zu beleben, obwohl ihr die Frage nicht wirklich von Bedeutung war. Nicht in ihrer Situation.

Der Mann grunzte verächtlich. „Der Scheißkerl hat dich angelogen. Weder ist er in Duisburg geboren, noch schreibt er ein Buch über Nazis.“

Woher wusste der Mann davon?, fragte sich Maria. Wie konnte er ihre Gespräche belauschen?

„Er hat versucht, mir mein Leben zu stehlen“, fuhr der Mann fort und Maria spürte, wie der Fremde sehr schnell wütend wurde. Es war besser, das Thema zu wechseln.

„Kommen Sie aus dieser Gegend?“, fragte sie.

„Nein“, kam die Antwort. „Aber ich könnte mich an diese Stadt gewöhnen.“ Er lachte kurz. Es klang wie das Bellen eines sehr großen Hundes. „Aber dann würde ich mir natürlich einen anderen Ort zum Wohnen als diesen hier aussuchen.“

„Dann leben Sie zurzeit hier?“

„Was will man machen, Kleine.“ Jetzt hörte er sich beinahe amüsiert an. „Ich muss nun mal in der Nähe von deinem Liebsten sein. Je näher, desto besser. Und hier komme ich ihm sehr, sehr nahe.“

Maria überlegte, was er damit meinte und versuchte Rückschlüsse auf ihren Aufenthaltsort zu ziehen.

*Wo bin ich?*

*Ganz bestimmt noch in Döbeln.*

*In der Nähe von Richard Gerling .... Kenning.*

Sie spürte plötzlich eine unbändige Wut auf diesen Richard. Er war schuld an ihrer Lage. Hätte er nicht plötzlich mit dem Hammer in der Hand vor ihr gestanden, wäre ihr nichts geschehen.

Aber der Zorn verflog, als der Mann unaufgefordert weiterredete. Der Schuldige – der Irre! – hockte wenige Meter von ihr entfernt.

„Es gibt eine übergeordnete Macht. Von ihr erhalte ich die Befehle, denn die Macht ist unzufrieden mit der Menschheit.

Sie ist schwach, unzüchtig, dekadent. Deshalb bin dazu aufgerufen worden, die Impfungen vorzunehmen."

„Impfungen?", fragte Maria nach, obwohl sie das Gefühl hatte, sich mit diesem Thema auf ganz dünnes Eis zu begeben.

„Wer sich von mir töten lässt, ist es nicht wert, auf dieser Erde weiterzubestehen. So einfach ist das. Was bleibt, ist die Elite. Stark genug für die Zukunft. Eine ganz klare Sache. Ein ganz klar umrissener Auftrag." Er stand so abrupt auf, dass der Stuhl umfiel. Er begann durch den Raum zu schreiten, während er mit dem Zigarillo rot glühende Muster in das Halbdunkel wirbelte.

Maria erkannte, dass er in Rage geriet. Und das war nicht gut. Überhaupt nicht gut.

„Wo sind Sie geboren?", fragte sie mit zitternder Stimme, aber der Mann achtete nicht auf sie.

„Ich führe die Menschen in ein neues Zeitalter", schnaufte er und hielt inne, um an dem Zigarillo zu saugen. „Aber diese ganzen Trottel können das nicht erkennen. Sie würden an simplen Mord denken, wo doch nur Befehle ausgeführt werden. Richtige Befehle! Wenn man mich einsperrt, kann ich die Probleme dieser Welt nicht lösen."

Er stand jetzt hinter ihr. Sie konnte ihn nicht sehen, so sehr sie auch die Augen verdrehte.

„Es ist manchmal eine sehr schmutzige Arbeit", sagte er jetzt in einem fast träumerischen Tonfall. „Weißt du, Kleine: Menschen machen selbst beim Sterben noch viel Dreck. Aber zum Glück bin ich nicht allein. Es existieren viele wie ich. In allen Teilen der Welt stehen sie zu ihrer Berufung und führen die Impfungen durch."

Seine Hand schnellte vor und umfasste ihren Kopf wie ein Schraubstock. „Hältst du mich für verrückt, Mädchen?" Er hob ihren Kopf ein wenig an, so dass der Draht in die zarte Haut an ihrer Kehle schnitt.

„Nein“, röchelte sie.

Er ließ sie nicht los. „Du hast mich eben gefragt, wo ich geboren bin. Du siehst, ich habe dir genau zugehört. Ich will gar nicht mehr wissen, wo ich geboren bin. Das ist völlig belanglos. Die gesamte Vergangenheit ist belanglos.“ Er hob ihren Kopf noch ein Stück weiter an. Maria war sich sicher, dass der Draht ihren Kehlkopf zerschneiden würde. Sie gurgelte und spuckte blutigen Schaum.

„Nur eines ist nicht belanglos“, fuhr er mit gepresster Stimme fort, als könnte er sich nur noch mit Mühe davon abhalten, ihren Schädel wie eine überreife Tomate zwischen seinen kräftigen Fingern zu zerquetschen. „Sie haben mir Jahre gestohlen. Jahre, durch die ich mit den Impfungen in Verzug geraten bin. Sie nennen es Forensik. Ich nenne es Klapsmühle. Und das ist der letzte Ort, an den ich gehöre.“

Er ließ sie los und schaute auf seine Armbanduhr. „Wie viel Zeit haben wir eigentlich noch?“

Maria schnappte nach Luft, bekam einen heftigen Hustenanfall, stieß sich zuerst am rechten und dann am linken Nagel blutig.

„Ich hätte das alles hier noch gern sehr viel länger ausgekostet.“ Der Mann deutete mit dem Kopf beiläufig in jene Richtung, in der sich ein Haufen Müll oder irgendetwas anderes, unter einer Plane wölbte. „Aber das Stück Scheiße da vorn hat alles kaputt gemacht.“

*

Den Aufstieg in seine Wohnung musste er im Dunkeln schaffen. Die Batterien der Taschenlampe waren endgültig am Ende.

Einmal war er an einer Sprosse abgerutscht und hatte sich den Rücken der rechten Hand verletzt. Er biss die Zähne zusammen und kletterte stoisch weiter. Er durfte keinen Gedanken daran verschwenden, in welch gefährlicher Situation er sich gerade befand. Es waren noch ein paar Meter und doch kam ihm der Aufstieg ohne Licht um ein Vielfaches länger vor als der Abstieg. Er atmete erleichtert auf, als er endlich den Lichtschein sah, der aus seiner Küche in den Gang fiel.

Krüger, sagte sich Richard, während er seine blutende Hand in der Spüle unter fließendes Wasser hielt. Eigentlich spricht alles für Krüger.

Je länger er darüber nachdachte, deutete alles auf den Sammler von Stichwaffen.

Hatte sein Nachbar Sandow nicht sogar die Vermutung geäußert, dass der Alte möglicherweise die eigene Frau um die Ecke gebracht hatte? Ganz zu schweigen von seinem aggressiven und vor allem bewaffneten Auftritt nach Münzbergs Drohbrief.

Vielleicht hatte Krüger in der Fabrik Spuren hinterlassen. Er würde der Sache auf den Grund gehen. Richard sah es als einen notwendigen Prozess zur Selbstheilung an. So bizarr die Umstände auch waren, er fühlte sich so tatkräftig wie seit langem nicht mehr. Geradezu aufgeputscht.

Da er keine Ersatzbatterien für die Taschenlampe hatte, steckte er sich ein Einwegfeuerzeug ein. Das musste reichen. Er hatte keine Lust, seine Spurensuche auch nur um eine Stunde aufzuschieben. Vielleicht gab es in der verlassenen Fabrik, genau wie in dem Haus, noch eine funktionierende Stromversorgung.

Als er in den Flur trat, kam ihm aus der gegenüberliegenden Wohnung eine ältere Frau entgegen.

„Hallo, Sie!“, rief die Frau und winkte ihm zu.

Richard war der Frau mit der schlecht sitzenden Lokkenperücke schon einige Male begegnet. Er nahm an, dass es Münzbergs Mutter war. Sie putzte seinem Nachbarn die Wohnung und schleppte prall gefüllte Tüten mit Lebensmitteln heran. Offensichtlich besaß sie einen Schlüssel für Münzbergs Wohnung.

Er fragte sich, was sie wohl von dem seltsamen Hobby ihres Sohnes – dem Sammeln von Nachrichten, um eine weltweite Verschwörung aufzudecken – hielt.

„Wissen Sie, wo mein Junge ist?", fragte sie. Sie machte einen ziemlich aufgebrachten Eindruck.

„Keine Ahnung, tut mir leid." Er hatte es eilig und wollte weitergehen, aber die Frau hielt ihn am Ärmel fest.

„Er ist sonst immer da, wenn er weiß, dass ich komme."

„Vielleicht ist er in die Stadt gegangen", sagte Richard, weil ihm nichts Besseres einfiel.

Die Frau schnaufte. Für Richard hörte es sich abfällig an. „Wie denn! Seine Simson steht doch vor der Tür."

„Nun, wenn ich ihn sehe, werde ich ihm sagen, dass Sie ihn suchen."

Die Frau ließ ihn los. „Ja, tun Sie das."

Richard war schon auf der dritten Stufe, als sie ihm nachrief: „Jan hat mir am Telefon gesagt, dass er Sie sehr nett findet."

Als er das Haus verließ, stellte er beiläufig fest, dass Münzbergs altes Moped tatsächlich an der Außenwand lehnte. Das war ihm vorher gar nicht aufgefallen.

Er sah auf die Armbanduhr. Es war 16.35 Uhr. Richard dachte an das Rendezvous mit Maria. Er freute sich darauf, aber das hier hatte Vorrang und mit Sicherheit konnte er die Durchsuchung der Fabrik rechtzeitig zu Ende bringen.

Richard blickte zu Krügers Wohnung empor. Hinter der Gardine glaubte er eine Bewegung auszumachen, aber er konnte sich auch getäuscht haben, denn das Tageslicht reflektierte sich auf den Fenstern.

Er fürchtete sich nicht vor dem alten Mann, aber dennoch gab ihm Krügers Stilett, dass er unter der Jacke verbarg, ein zusätzliches Gefühl der Sicherheit.

Er zwängte sich an dem Bauzaun vorbei und erkannte sofort, dass sich hier Kinder oder Jugendliche herumgetrieben hatten. Er selbst hatte sich im Alter von vierzehn, als ihn alle nur Ritsch nannten, mit seinen Freunden immer wieder auf einen verlassenen Bauernhof am Stadtrand von Unna zurückgezogen. Es war für eine Weile ihr ganz persönliches Paradies gewesen, aber in der Pubertät war man ungestüm und fand Spaß daran, Dinge sinnlos zu zerstören.

Genau davon hatte der Nachwuchs hier ausgiebig Gebrauch gemacht. Man hatte Scheiben eingeworfen worden, Stühle aus den Gebäuden gezerrt und im Freien zerschmettert. Überall lagen Plastiksäcke herum. Einige waren aufgeschlitzt worden und ihr Inhalt hatte sich in der Verbindung mit Luft und Wasser zu dicken Klumpen verhärtet.

All das interessierte Richard nicht. Der Zugang zu dem alten Haus befand sich unter der Erde.

Stufen führten ins Dunkel. An den Gestank, der ihm dort unten entgegenschlug, hatte er sich fast schon gewöhnt.

Der Tag erhellte den Treppenschacht nur auf den ersten Stufen, dann wurde die Welt grobkörnig und schließlich finster.

Richard zündete das Feuerzeug an und drehte die Flamme so weit auf, dass er das Zischen des entweichenden Gases hören konnte.

Er entdeckte einen Lichtschalter und probierte ihn ohne Erfolg aus. Als er die Flamme über seinen Kopf hielt, konnte er sehen, dass hier sämtliche Glühbirnen zerschmettert worden waren.

Hinter einer Biegung stieß er auf eine Tür aus Metall. Sie war in einem wesentlich schlechteren Zustand als die im Keller des alten Hauses. Verrostet und zerbeult. In der Höhe des Schlosses hatte sie jemand mit grobem Werkzeug aufgebrochen.

Die Tür ließ sich nicht mehr verriegeln, aber die rostigen Scharniere und die ramponierte Zarge leisteten einigen Widerstand. Während sich die Tür sich knirschend und quietschend öffnete, fiel sein Blick im Schein der flackernden Flamme auf einen dünnen Kupferdraht, der an der Wand entlang führte.

„Verdammt!“, fluchte er und die Flamme erlosch. Das Feuerzeug in seiner Hand war glühendheiß geworden.

*

„Es wird langsam Zeit“, sagte der Mann. „Ich habe heute Abend eine wichtige Verabredung.“ Er bog den Lampenschirm nach oben, so dass eine Hälfte des Raumes von weißem Licht erhellt wurde.

Maria hörte die Botschaft von ihrem Tod in der Tonlage seiner Stimme. *Nein!*, schrie sie, aber das Wort hallte nur von den Innenwänden ihres Schädels wider. Aus ihrem Mund drang kein Laut. Die Angst hatte ihre Stimmbänder gelähmt. Stirn und Schläfen waren trotz der Kühle nass von Schweiß, die Wangen von Tränen und Blut.

Der Fremde öffnete mit leisem Klicken einen Koffer und kam dann zu ihr herüber.

„Was nehme ich bloß?“, sprach er über ihr und schien sie gar nicht mehr als menschliches Wesen wahrzunehmen. In der Hand hielt er ein Messer. Im Licht erkannte Maria, dass es das Messer mit der gewellten Klinge aus ihrer Küche war.

Der Mann ließ das Messer über ihrem Gesicht kreisen. „Er soll ja sofort erkennen, dass es von dir ist. Verstehst du, Kleine?“, wandte er sich direkt an sie.

Sie schloss die Augen. Wünschte, sie könnte einfach den wilden Schlag ihres Herzens stoppen, um einem schmerzvollen Tod zuvorzukommen.

„Augen sind da eine schlechte Idee", hörte sie ihn sagen, als ginge es darum, das passende Hemd für eine Cocktailparty auszusuchen. „Er könnte meinen, ich hätte sie mir in der Metzgerei besorgt. Von einem Kälbchen." Er lachte kurz über seine Bemerkung und wurde sofort wieder ernst. „Du musst nicht denken, dass mir das hier Spaß macht. Es ist nicht meine Art, unnötig wehzutun. Für so etwas habe ich normalerweise auch gar keine Zeit. Kannst du dir vorstellen, wie viel Arbeit das Impfen macht?"

Maria schwieg.

„Nein, das kannst du nicht", stellte er fest und seufzte tief.

Als er nicht weitersprach und sie nur sein regelmäßiges Atmen vernahm, wagte sie es, die Augen zu öffnen. Er stand noch immer neben dem Tisch und schaute gedankenverloren ins Leere. An der Unterseite seines Kinns konnte sie eine wulstige Narbe erkennen.

„Vielleicht muss ich gar nicht geimpft werden", sagte sie.

„Ach, Kleine", sagte er kopfschüttelnd. „Du hast das Prinzip nicht verstanden. Allein, weil du mir nicht widerstanden hast, muss die Impfung an dir vollzogen werden."

„Aber Sie haben mir doch gar keine Chance gelassen!", begehrte sie zum ersten Mal auf. „Und die beschissenen Impfungen sind nichts anderes als Mord!" Ihr war klar, dass er sie auf jeden Fall umbringen würde. Es war völlig egal, wie sie sich verhielt oder was sie sagte.

Er boxte ihr in den Magen, genau wie ein Mann einen anderen schlagen würde, und genauso hart.

Maria bäumte sich auf, wurde von dem Draht vor ihrer Kehle gestoppt und schnappte würgend nach Luft.

Der Mann trat einen Schritt zurück. „Du verstehst gar nichts!“, brüllte er. “Gar nichts, du dumme Kuh!“ Er stampfte wie ein wütender kleiner Junge mit dem Fuß auf. „Du hast dich bisher kooperativ gezeigt, ja, du wurdest mir immer sympathischer.“ Er musste Luft holen. „Ich hätte dich sogar betäubt, um dir unnötige Schmerzen zu ersparen. Aber jetzt ...!“

Maria hörte durch ihr eigenes Wimmern, wie der Mann in dem Koffer kramte. Das Geräusch klang, als würde er eine Plastikfolie entfalten.

Seine Stimme war hektisch. „Eines von dir wird er sofort wieder erkennen. Oh ja! Ich werde dir den Kopf abschneiden.“

Er kam wieder zu ihr zurück. Die Plastikplane schliff hinter ihm über den Boden. „Das wird zwar eine Riesensauerei, aber das ist die Sache wert.“

Für eine Sekunde tauchte eine Säge in ihrem Blickfeld auf. Sie war nicht groß, schien eher für Laubsägearbeiten geeignet. Mit einem metallischen Geräusch legte er sie neben ihrem Körper auf dem Tisch ab.

Er begann damit, den Boden mit der Plane abzudecken. Als er wieder auftauchte und nach der Säge griff, sah Maria, dass er eine Schürze trug.

„Drecksarbeit!“, fluchte er und hielt an ihrem Hals nach dem richtigen Ansatzpunkt für das Sägeblatt Ausschau.

Sie öffnete ihren Mund zu einem Schrei, als irgendwo im Raum eine elektrische Klingel ertönte. Kurz und schnarrend.

„Nanu“, machte der Mann. „Wir bekommen Besuch.“

Er stopfte ihr einen schmutzigen Lappen tief in den Rachen.

*

Das Feuerzeug hatte sich so weit abgekühlt, dass er es wieder anzünden konnte. Er trat über die Türschwelle. Der Boden war übersät mit Scherben, Schutt und zerquetschten Bierdosen. Vor ihm lag eine tote Ratte auf dem Rücken. Ihr Körper war eingefallen, ausgetrocknet. Sie musste schon lange vor dem Auftauchen des Kammerjägers gestorben sein.

Ein paar Meter weiter entdeckte er eine Stablampe am Boden. Sie machte noch einen neuwertigen Eindruck. Er hob sie auf, stellte fest, dass das Glas einen Sprung aufwies und die Lampe noch immer eingeschaltet war. Die Batterien mussten verbraucht sein.

Er hatte die Ausmaße des Fabrikkellers unterschätzt. Es gab abzweigende Flure und jede Menge Türen. Die meisten waren mit brachialer Gewalt geöffnet worden und in den Räumen dahinter verbargen sich kaum mehr als leere Kisten und Säcke mit undefinierbaren Substanzen. Im Gegensatz zum Keller in dem verlassenen Haus nebenan, hatte man hier fast alles abtransportiert.

Richard glaubte, ein Geräusch gehört zu haben. Es war von vorn gekommen.

*Vielleicht Ratten.*

Er hielt das Feuerzeug wie eine Fackel der Dunkelheit entgegen. Es war ein Fehler gewesen, sich ohne vernünftige Taschenlampe hierher zu wagen. Das überhitzte Metall verbrannte seine Haut. Es blieb ihm nichts anders übrig, als es abkühlen zu lassen.

In der absoluten Schwärze vor seinen Augen blitzten gelbe Punkte auf. Eine Reaktion seines Gehirns auf die überanstrengten Sehnerven.

Das Feuerzeug schien noch immer vor Hitze zu glühen.

*Nur ein paar Sekunden*, sagte er sich.

Richard hörte ein leises raschelndes Geräusch. Etwas Großes musste dieses Geräusch verursacht haben.

*Keine Ratte!*

Er wollte jetzt nicht länger warten. Es war egal, wenn ihm das verdammte Feuerzeug die Finger versengte. Er brauchte Licht. Sofort.

Er drehte mit dem Daumen an dem geriffelten Rädchen. Winzige Funken sprühten in der Dunkelheit.

Jetzt war es kein Rascheln. Jetzt war es das Geräusch von Schritten. Von schnellen Schritten, die aus dem Innern der Katakomben auf ihn zukamen.

Er drehte wie wahnsinnig an dem Feuerzeug.

Funken.

Wer oder was da auf ihn zukam; es musste sich im Dunkeln orientieren können.

Das Feuerzeug zündete. Im Schein der Gasflamme raste eine massige Gestalt auf ihn zu. Und während er sich duckte und die Linke zur Abwehr erhob, um sich vor dem Ding zu schützen, dass die Gestalt schwang, stellte der funktionierende Rest seines sich in panischer Auflösung befindenden Verstands die Frage, wie er nur so töricht gewesen sein konnte, sich hierher zu wagen. Mit einem Feuerzeug.

Das Stilett!, fiel ihm ein.

Ehe er auch nur den Versuch starten konnte, danach zu greifen, traf ihn etwas mitten ins Gesicht. Hart. In seinem Kopf war ein Splittern, als würde Porzellan mit einem Hammer zerschlagen.

*

Er war nicht bewusstlos. Konnte nur seine Bewegungen nicht koordinieren. Konnte nicht richtig atmen. Die Nase war völlig verstopft und fühlte sich merkwürdig taub an. Sein Mund war voller Blut. Er lag auf dem Rücken und versuchte sich auf die Seite zu drehen, um besser Luft zu bekommen. Das Blut lief ihm die Kehle hinab.

Allein bei dem Versuch, sich zu bewegen, schoss ein schmerzhaftes Schwindelgefühl durch seinen Kopf.

Ein greller Lichtstrahl wurde direkt auf sein Gesicht gerichtet. Gleichzeitig war die Erinnerung da. Jemand hatte auf ihn eingedroschen.

Mit einem Spaten. Der lehnte jetzt an der Wand.

Daneben lag seine Lederjacke. Man hatte sie ihm ausgezogen.

Seine Brille war weg.

Als Richard etwas sagen wollte, brachte er nur ein nasses Schlürfen zustande.

Er wurde an den Haaren gepackt, wollte sich wehren und stellte erst jetzt fest, dass seine Hände hinter dem Rücken gefesselt waren. Eine Schlinge legte sich um seinen Hals und dann wurde er wie ein ungezogener Hund über den Boden gezerrt. Auf den Knien rutschend, versuchte er Schritt zu halten.

„Krüger ... nicht", brachte er zustande, während sich Steine und Scherben in seine Kniescheiben bohrten. Die Gestalt wandte ihm den Rücken zu und zerrte nur fester an ihm. Er bekam kaum noch Luft. Der Mann war nur ein Schattenriss vor dem tanzenden Strahl der Taschenlampe. Aber Richard erkannte an der Größe, den breiten Schultern, den kraftvollen Bewegungen, dass er es hier nicht mit Krüger zu tun hatte.

Der Mann öffnete eine Türe, zog Richard in den dahinterliegenden Raum und versetzte ihm einen gezielten Tritt in die Nierengegend. Der Schmerz löste spastische Zuckungen aus. Richard zappelte wie eine verrückt gewordene Gliederpuppe, kugelte sich beinahe die gefesselten Arme aus, bis er schließlich zusammengekauert liegen blieb. Über seiner rechten Niere blieb eine heiße Stelle zurück. Er spuckte Blut.

Die Tür fiel ins Schloss. Das laute Geräusch riss Richard aus dem Nebel, der damit begonnen hatte, sein Bewusstsein zu verschleiern.

Er öffnete die Augen zu schmalen Schlitzen. Einige Sekunden lang sah er den Raum – die Schreibtischlampe, deren Schirm gegen die Decke gerichtet war, den Stuhl, einen Koffer, ein paar Säcke – doppelt, dann fügten sich die Bilder zu einem.

Schwere Stiefel tauchten vor seinem Gesicht auf und nahmen ihm die Sicht.

„Hoch mit dir", knurrte eine Stimme, die ihm irgendwie bekannt vorkam. Richard spürte den Ruck an der Leine und beeilte sich aufzustehen. Er stolperte ein paar Meter durch den Raum und wurde dann auf den Stuhl gedrängt.

Richard hob den bleischweren Kopf und blickte sich um.

Es war ein Raum zum Töten.

Links von ihm stand ein großer Tisch aus Metall, eigentlich mehr Arbeitsplatte als Tisch. Darauf lag eine zierliche Gestalt. Gefesselt und mit einem bizarren Rahmen um den Kopf. Dort war der Boden mit einer Plastikplane abgedeckt.

*Maria!*

Zuerst dachte er, sie wäre tot, aber dann bemerkte er, dass sich ihre Brust hob und senkte. In einem sehr hektischen Rhythmus. Sie versuchte jetzt sogar, den Kopf ein wenig anzuheben. Ihre Augen waren ganz groß. In ihrem Mund steckte ein Lappen, aber sie wollte sich trotzdem bemerkbar machen, brachte jedoch nur ein ersticktes Winseln zustande.

„Wie gefällt dir das?", fragte eine Stimme neben seinem Kopf.

Ehe er antworten konnte, erhielt er einen Faustschlag. Wieder exakt auf die rechte Niere. Richard warf sich schreiend nach rechts. Hätte der Mann ihn nicht aufgefangen, wäre er auf den Betonboden gekippt.

Richard hustete und spuckte mehr blutigen Schleim aus. Eine Hand riss seinen Kopf nach hinten.

„Was hast du hier zu suchen?“ Die Stimme klang mühsam beherrscht. „So war das nicht vorgesehen!“

Richard sah dem Mann zum ersten Mal ins Gesicht.

Die Augen durchbohrten ihn, die Zähne waren zu einem sadistischen Grinsen gefletscht.

Der Mann war älter als Richard ... und er kannte ihn. Er war ihm erst vor ein paar Tagen auf der Straße begegnet.

Es war der Kammerjäger.

„Erkennst du mich?“, fragte der Mann mit dem faltigen Gesicht.

„Sie sind der Kammerjäger“, sagte Richard mit einer Stimme, die nicht wie seine eigene klang.

Der Mann lachte kurz auf. „Du erkennst mich also nicht?“

Richard reagierte nicht.

Der Kammerjäger hielt plötzlich eine Klinge in der Hand. Es war Krügers Stilett. Er drückte die Spitze fest in Richards Seite.

„Ich habe die menschliche Anatomie sehr genau studiert. Wenn ich jetzt zusteche, treffe ich deine Bauchaorta und du blutest aus wie ein Schwein. Ist das klar?“

Richard nickte kaum merklich.

„Warum bist du hier?“

Als Richard nicht sofort antwortete, durchstieß die Klinge den Stoff seines Pullovers und bohrte sich in die darunterliegende Haut.

„Wegen der Ratten“, keuchte Richard.

Der Druck des Stiletts ließ nicht nach. „Du meinst die Ratten hinter deiner Wand?“

„Ja.“

„Das war ich.“

Richard sah irritiert zu dem Mann empor. Hatte das irgendetwas mit dem Beruf des Mannes zu tun? Gaukelte er eineRatteninvasion vor, um an lukrative Aufträge zu kommen? Das konnte es nicht sein. Warum hatte er dann Maria entführt?

„Ich war es, der hinter deiner Wand kratzte. Ich war es, der jederzeit Zugang zu deiner Wohnung hatte. Ich habe dich beobachtet, wenn du in deinen jämmerlichen Schlaf gefallen bist. Und ich habe dich belauscht, wenn du mit deiner Liebsten zusammen warst." Der Mann zwinkerte ihm zu und machte eine Kopfbewegung in Richtung Maria. „Noch einmal: Wieso bist du hier?"

„Ich habe Baupläne bekommen", kam es Richard über die Lippen, denn er sah keinen Vorteil für sich, wenn er log.

„Aha", machte der Kammerjäger. „Dann wusstest du von den geheimen Gängen. Von wem waren die Baupläne? Von der alten Ahrens?"

Richard nickte nur. Er sah, dass Maria versuchte, ihn und den Mann im Auge zu behalten. Sie sah furchtbar aus. Die Flecken auf ihrem Gesicht mussten Blut sein.

„Die Pläne sind mir entgangen. Davon wusste ich nichts", sagte der Mann wohl mehr zu sich selbst.

Er hat Frau Ahrens umgebracht, wurde Richard klar.

„Ich habe mich hin und wieder am Kühlschrank der Alten bedient, ohne dass sie davon etwas mitbekommen hat", erzählte der Mann. „Sie hatte die dumme Angewohnheit, nahezu permanent Selbstgespräche zu führen. So war man über alles informiert, was sie vorhatte. Auch, dass sie dir von den Fluchtwegen erzählen wollte. Aber das sie auch Pläne besaß ... nun ja."

Das Stilett stach noch immer in die Haut über der Aorta. Richard versuchte, ein wenig zur Seite zu rücken. Die Hand mit der Klinge folgte ihm.

„Die Gänge habe ich durch Zufall entdeckt. Irgendwelche Rabauken haben drüben in dem alten Gemäuer alles kurz und klein geschlagen und dabei auch den Zugang zu den Gängen freigelegt. Aber sie waren im Gegensatz zu mir zu dämlich, die Klappe zu öffnen."

Richard erinnerte sich an das umgeworfene Regal mit den Einmachgläsern im Keller des alten Hauses. Es hatte zuvor die Luke verdeckt.

„Herrje!", seufzte der Mann. „Welche Möglichkeiten sich dadurch ergaben! Ich wollte unbedingt in deiner Nähe sein, aber mit einem Mal konnte ich dir unmittelbar auf den Pelz rücken."

Die Stimme sprach jetzt direkt in sein Ohr. „Ich hätte dich in den Wahnsinn getrieben. Jeden Tag ein wenig mehr. Glaube mir, ich stand mit meiner Kreativität noch ganz am Anfang. Zuerst lässt man nur ein paar deiner Gegenstände verschwinden, legt Scherben und Nägel aus und lässt dich Bekanntschaft mit einer echten Ratte machen. Mein Ideenreichtum war noch längst nicht ausgeschöpft. Wie fandest du die Sache mit dem Anruf?"

Richard spürte, wie Speicheltropfen seine Wange trafen.

„Das war übrigens Pauli im Original. Ich habe ihn mit meinem Handy aufgenommen, ehe ich ihm den Kopf abriss."

Richard überlegte, ob er den Mann mit einem abrupten Kopfstoß außer Gefecht setzen konnte. Aber er war gefesselt, geschwächt und ein fester Stoss der Klinge würde ihn ausbluten lassen.

„Vielleicht hätte ich den Kater besser nicht töten sollen", fuhr der Mann fort. „Ich wollte einfach dein Umfeld mit einbeziehen, um es dir so ungemütlich wie möglich zu machen. Das war ein Fehler. Dadurch trat dein Freund in Aktion."

Der Kammerjäger packte Richards Kopf und drehte ihn zur Seite.

„Sieh gefälligst hin!“, donnerte die Stimme.

Zunächst hielt Richard den Haufen in der Ecke für Müll oder für ein paar von den Säcken, die hier überall herumlagen, aber beim genauen Hinsehen zeichneten sich unter der halbtransparenten Folie die Umrisse eines Menschen ab. Eines sehr beleibten Menschen.

*Münzberg!*

„Erst höre ich, dass der Dicke von der Stadt einen Kammerjäger verlangen will ... also mache ich euch den Kammerjäger. Dann konnte ich es natürlich nicht zulassen, dass ihr euch anfreundet. Da half ein böser Brief an den alten Krüger von nebenan und schon war es aus mit eurer Beziehung. Aber dann taucht der Fettsack auch noch hier unten auf. Pfui!“

In seiner Todesangst konnte Richard den Anblick der Leiche seines Nachbarn gar nicht vollständig realisieren. Er versuchte einfach nur zu verstehen, was hier eigentlich geschah.

„Deshalb muss nun alles beschleunigt vonstattengehen. Sehr bald wird man Kamerad Pudding vermissen.“ Der Mann geriet in Rage. Die Klinge bohrte sich tiefer. Richard ächzte und spürte ein wenig Blut fließen.

„Außerdem hat sich Busch mir entzogen.“

„Busch?“, krächzte Richard.

„Dein Psycho-Doktor. Er wollte leider nicht mehr mit mir zusammenarbeiten. Seine Behandlung hätte dir den Rest geben sollen.“

Mit der freien Hand griff der Mann in seine Jackentasche und holte ein winziges Fläschchen hervor. Darin schwappte eine klare Flüssigkeit.

„Weißt du, was das ist?“

Richard starrte auf das Fläschchen und sah, dass es einen ähnlichen Verschluss hatte, wie der, den er in seiner Wohnung gefunden hatte.

„Ich verabscheue Drogen, aber für ein Arschloch wie dich sind sie doch wie gemacht. Ich habe mit den Dosierungen und den verschiedenen Mittelchen immer ein wenig experimentiert und sie dir untergeschmischt. Da waren ein paar gute Trips dabei, nicht wahr?“ Er grinste breit. „Du warst hier zu fast keiner einzigen Minute so richtig klar im Kopf.“

*Ich werde nicht verrückt! Es waren die Drogen!*

Aber die Erkenntnis half ihm jetzt auch nicht mehr weiter.

„Diazepam und Kodein ergaben eine besonders lustige Mixtur. Sie ließen dich pissen.“ Der Mann schüttelte das Fläschchen vor Richards Augen. „Das wirst du gleich trinken, mein Bester. Es versetzt dich in einen Zustand, wie damals in Unna, ehe du auf dem Schulhof aufgewacht bist.“

Richard gab einen fragenden Laut von sich.

„Ja“, sagte der Mann. „Ich habe mich damals unter die Partygäste deines Verlegers gemischt und es dir in dein Bier geschüttet. Niemand hat etwas bemerkt. Man hielt mich halt für den Freund eines Eingeladenen oder so. War das ein Spaß!“

Der Mann drehte mit Daumen und Zeigefinger den Schraubverschluss auf. Der Deckel fiel zu Boden.

„Trinken!“

Richard presste die Lippen fest zusammen.

„Trink!“

Das Fläschchen war jetzt direkt vor seinem Mund. Er konnte den Inhalt nicht riechen, seine Nase war völlig verstopft und taub. Sie musste gebrochen sein.

„Du wirst es trinken. Sonst!“

Das Stilett drang tiefer. Richard hatte keine Ahnung, wie viel Zentimeter seines Körpers durchstochen werden mussten, um an die Aorta zu gelangen. Er öffnete den Mund. Der Mann hielt ihm das Fläschchen an die Lippen.

Die Flüssigkeit war ein wenig zähflüssig und völlig geschmacksneutral.

„Sehr gut", sagte der Mann. Der Druck der Klinge ließ abrupt nach. Der Kammerjäger trat zwei Schritte zurück und betrachtete sein Opfer.

Richard spürte nichts. Außer Schmerzen. In seinem Kopf und da, wo ihn die Klinge verletzt hatte.

„Die Wirkung setzt nicht sofort ein", erklärte der Mann. Richard betrachtete ihn aus seiner hilflosen Position und fragte sich, woher er den Mann kannte. Er glaubte, ihm schon früher begegnet zu sein. Aber wo?

„Den Fünften strangulierte und erschlug ich im Osten. In Demut vor meiner ungeheuren Aufgabe", rezitierte der Mann und beugte sich vor, um Richards Reaktion auszukosten. „Kennst du das, Richard Kenning? Soll das etwa von dir sein?"

*

Richard Kenning verstand. Sein Betrug hatte ihn eingeholt.

„Weißt du noch meinen Namen?", fragte sein Gegenüber.

Richard brachte kein Wort hervor.

„Das macht nichts", sagte der Mann leutselig. „Mein Name ist auch heute nicht mehr wichtig. Was zählt, ist die Aufgabe."

„Bitte ...", brachte Richard hervor.

„Bitte ... was!", bellte der Mann. „Du hast mich bestohlen. Und was noch viel schlimmer ist, du hast mich lächerlich gemacht."

Der Mann war mit zwei Schritten bei dem Koffer auf dem Boden, ohne Richard dabei aus den Augen zu lassen, und holte ein Buch hervor. Richard erkannte es sofort. Es war eine zerlesene Taschenbuchausgabe seines Bestsellers *Der Reisen-*

*de*. Bunte Schnipsel steckten als Lesezeichen zwischen den Seiten.

Der Mann schlug das Buch auf und las aufgebracht vor:

„Ich stand nackt in der Mitte des Raumes und atmete hektisch und flach. Ich fühlte mich wie ein waidwundes Tier.

‚Wer spricht?'

Die Stimmen in den Wänden wisperten und raunten. Manche klangen zufrieden, ja lobend, andere hingegen ungeduldig. Sie forderten mich auf schneller, effektiver zu arbeiten. Warfen mir jetzt sogar Eitelkeit vor."

Er schleuderte Richard das Buch ins Gesicht. „Du hast mich zum Irren gemacht. Ein Irrer, der Stimmen hört! Und ich habe auch niemals Stacheldraht benutzt. Oder ist das etwa Stacheldraht um deinen Hals, häh? Angelschnur ist viel effizienter. Steck dir deine Klischees in den Arsch, Kenning!"

Der Mann hatte sich verändert. Als er Richard nach einer Lesung in der geschlossenen Forensik angesprochen hatte, war er bleich und untersetzt gewesen. Jetzt war er muskulös und wirkte um Jahre jünger.

Ich schreibe auch, hatte der Mann damals gesagt und Richard ein Manuskript in die Hand gedrückt, mit der Bitte um eine Rückmeldung. So etwas geschah öfters. Ob in geschlossenen Anstalten oder bei normalen öffentlichen Veranstaltungen.

Richard hatte das Manuskript wie üblich nach kurzem Überfliegen zum Altpapier geben wollen. Aber diesmal war der Stoff anders. Er war richtig gut, wirkte geradezu authentisch. Und so hatte er sich dazu entschlossen, das Manuskript mit einigen Änderungen als sein eigenes auszugeben. Schließlich hockte der Verfasser in der geschlossenen Forensik, aus der er wohlmöglich niemals entlassen würde. Selbst, wenn er Protest eingelegt hätte ... wer würde ihm schon glauben?

„Hören Sie“, begann Richard und versuchte ruhig und kontrolliert zu sprechen. „Es war ein Fehler. Ich werde Sie für Ihren Roman bezahlen.“

„Moment“, sagte der Mann. „Du verstehst nicht, wie es ist, wenn man im Fernsehen und in der Zeitung mitbekommt, wie du mit meinem Leben hausieren gehst. Es verdrehst und noch damit einen Haufen Kohle machst.“

Er wechselte das Stilett von einer Hand in die andere. „Das kannst du mit mir nicht machen, Freundchen. Seit ich von deinem Betrug erfahren habe, hatte ich nur noch ein Ziel: Dir dein Lügenmaul zu stopfen, dich zu dem zu degradieren, was du bist. Ein Stück Scheiße! Ich habe mich mustergültig benommen. Den Betreuern gezeigt, dass ich nie mehr rückfällig werde. Habe alle Tests mit Bravour bestanden. Schließlich saß ich ja nur wegen einer Gewaltsache. Kein Tötungsdelikt. Das wusstest du nicht, was! Dachtest, ich würde in der Forensik vergammeln.“

„Wie haben Sie mich gefunden?“

Der Mann versah ihn mit einem verächtlichen Blick. „Ich hatte dich schon einige Zeit in Unna unter Kontrolle. Schließlich wollte ich sehen, wie es dir erging. Als du dann deine Zelte dort abgebrochen hast, musste ich dir nur hierher folgen.“

„Ich gebe Ihnen, was Sie wollen“, flehte Richard. „Ich werde mich öffentlich für alles entschuldigen.“ Er fürchtete sich davor, dass die Wirkung der Droge einsetzte und es ihm unmöglich machen würde, sich zu verteidigen. Dann wurde ihm klar, dass all seine Rechtfertigungsversuche sinnlos waren. Der Mann hatte bereits getötet. Hier in Döbeln. Und er, Richard Kenning, war der Grund dafür gewesen. Das war nichts mehr, das sich mit Geld und guten Worten aus der Welt schaffen ließ.

„Es ist doch nur ein Roman“, versuchte Richard den Mann zu besänftigen.

„Oh nein!“ Der Mann schüttelte energisch den Kopf. „Kein Roman! Es war meine Autobiografie, bis du sie ruiniert hast.“

Richard wusste nichts zu sagen.

„Ich bin der Reisende!“ Der Mann atmete tief ein und stemmte die Arme in die Hüften. „Du hast meinen Auftrag als das Werk eines Psychopathen dargestellt. Dabei bin ich ein Wohltäter, ein Erlöser. Ich beseitige nur Überflüssiges. Ich impfe die Menschheit zur Genesung.“

Richard versuchte hinter dem Rücken seine Hände aus den Fesseln zu winden. Sie waren von Blut und Schweiß ganz glitschig. Ihm war heiß. Er schwitzte immer stärker und nahm an, dass die Droge zu wirken begann. Er schaffte es nur, die Gelenke zu bewegen.

„Dann haben Sie die Morde alle tatsächlich begangen?“ Er musste Zeit gewinnen. Der Strick schien sich jetzt ein wenig gelockert zu haben.

„Keine Morde!“, verbesserte ihn der Reisende mit drohendem Zeigefinger. „Impfungen, Kenning. Notwendige Impfungen! Ich habe lediglich Orte und Zeiten geändert.“

Der Schweiß brannte Richard in den Augen. Er glaubte innerlich zu verbrennen. Die Droge wirkte bereits.

Der Reisende schien das zu wissen. „Es dauert noch, Kenning“, sagte er. „Du hast noch Zeit, ein Finale zu erleben. Auch, wenn ich nun improvisieren muss. Du hättest eigentlich irgendwann dort an Marias Stelle liegen sollen.“

Der Mann schlenderte zu Maria und nahm ihr den Knebel aus dem Mund. Richard hörte, wie sie keuchend Luft einsog.

Der Reisende griff nach der Metallsäge, die auf dem Tisch lag.

„Wie gesagt“, begann der Mann. „Ich habe mir das alles effektvoller vorgestellt.“

„Helfen Sie mir!“ Marias Stimme klang wie die eines kleinen Mädchens.

Richard schwitzte stärker und zerrte hilflos an den Fesseln. Wie groß waren seine Chancen, wenn er einfach auf den Mann zustürmte?

Gleich null.

„Was haben Sie vor?“ Richards Stimme zitterte stark.

„Er schneidet mir den Kopf ab!“, kreischte Maria und wand sich in ihren Fesseln.

„Das ist korrekt“, stimmte ihr der Reisende zu. „Und daran ist ganz allein der feine Herr Autor schuld.“

Richard erhob sich halb von seinem Stuhl und spürte, wie ihm von der Bewegung wieder schwindlig wurde. Er würde es niemals bis zu dem Mann schaffen.

Der Reisende zeigte Maria die Säge. „Ohne deinen Richard würdest du weiterhin mit deinem kleinen roten Fiat durch die Gegend flitzen und den alten Leuten die Windeln wechseln. Ist dir das klar, Maria?“

Maria starrte nur die Metallsäge an.

„Es ist schon ungerecht“, fuhr der Reisende fort. „Das hat man nun davon. Vielleicht sollte ich mich nur um deinen Richard kümmern, oder? Was meinst du, Kleine?“

„Ja“, stieß Maria hervor. „Ja! Ja!“

„So viel zum Thema Liebe.“ Der Reisende schenkte Richard ein falsches Lächeln. „Sie existiert nicht wirklich.“

Maria weinte.

„Du bist ein Sadist!“, brüllte Richard, obwohl ihm die Anstrengung den Schädel zu zerplatzen drohte.

Das Lächeln auf den Lippen des Reisenden erstarb. „Ich habe einen Auftrag, der durch und durch gut und richtig ist.“

„Das ist Kacke! Sieh dir nur an, was du mit Maria machst.“

„Das ist etwas Persönliches.“ Der Reisende hob die Stimme.

„Das hast allein du zu verantworten."

„Du bist krank! Krank und verrückt! Es gibt keinen Auftrag! Du bildest dir das alles nur ein! Du bist noch viel bescheuerter, als ich dich im Roman beschrieben habe!"

„Was! Was!", geiferte der Reisende. „Du hast doch keine Ahnung!"

„Deine Impfungen sind nur Mord! Mord! Mord!" Richard sah Blitze vor seinen Augen zucken, so, als würde er fotografiert.

Der Reisende warf die Säge nach Richard, nahm das Stilett in die rechte Hand und stürmte nach vorn.

Die Metallsäge hatte ihn schmerzhaft am Knie getroffen, Richard sah den Mann wie ein Geschoss auf sich zufliegen und dann nur noch die Klinge.

Der Reisende stieß mit voller Wucht zu und brüllte: „Was sagst du dazu?"

Das Stilett bohrte sich in Richards rechte Schulter, glitt von einem Knochen ab und riss eine tiefe Wunde.

„Du bist vom Blitz getroffen worden! Genau im entscheidenden Moment! Hast du das vergessen! Das war ein Zeichen! Kein Zufall, sondern eine Segnung meines Handelns!"

Richard jaulte wie ein geprügelter Hund.

„Und warum habe ich diesen ach so geheimen Gang entdeckt?" Der Reisende spuckte ihm ins Gesicht. „Damit ich mich an dir rächen kann! Das ist eine weitere Bestätigung meines heiligen Auftrags!"

Wenige Meter entfernt begann Maria hysterisch zu schreien. Ihre Stimme steigerte sich zu einem sirenenartigen Kreischen, das nicht enden wollte.

„Ich schneide ihr jetzt den Kopf ab!", verkündete der Reisende. Blut tropfte von der Klinge in seiner Faust. „Und du wirst zusehen!"

Er stach erneut zu. Kontrollierter. Direkt neben die erste Wunde. Der Schmerz ließ Richards Verstand flackern.

*An! ... Aus ... An!*

Maria kreischte noch immer.

Die Stimme des Reisenden dröhnte wie Donner in Richards Ohren. „Habe ich dir eigentlich schon verraten, dass ich dir eine Überdosis verpasst habe. Heute wirst du nicht in einem Lederslip erwachen. Heute nicht! Dein Herz wird zerplatzen wie ein zu praller Ballon. Sehr bald, Autor!"

Richard kippte vom Stuhl – seine rechte Körperseite war voller Blut – und dieses Mal wurde er nicht aufgefangen. Er klatschte auf den Boden. Der Stuhl landete neben ihm auf dem Beton. Das Scheppern des Metalls vereinigte sich mit Marias hysterischem Kreischen und dem Wutanfall des Reisenden zu einem ohrenbetäubenden Inferno.

Richard war in der Hölle.

Ganz leise drang ein neues Geräusch – beiläufig und an diesem Ort unpassend – an seine Ohren.

*Schriiing!*

Mehr nicht. Wie das kurze, elektrische Läuten, wenn man einen kleinen Laden betritt, dessen Inhaber vielleicht gerade im Lagerraum Ware stapelt.

Der Reisende spie noch immer seine Hasstiraden aus und trat ihm in die Nieren. Einmal. Zweimal.

Er lag auf der Seite und sah durch brennende Augen, wie sich die Tür hinter dem Rücken des Reisenden öffnete. Er hatte sie nicht verriegelt.

Richard fiel der glänzende Kupferdraht ein, den er im Kellerflur hinter der ersten Tür gesehen hatte. Vielleicht löste der ein Signal beim Öffnen der Tür aus.

Das *Schriiing!*

Der Reisende war so vor Richard gewarnt worden, aber jetzt hatte er den kurzen Laut in seiner Rage einfach überhört.

„Scheiße!“, sagte jemand sehr deutlich und dann eine zweite Stimme: „Was ist denn hier los?“

Der Reisende wirbelte blitzschnell herum. Das Stilett noch stoßbereit.

Zwei Männer um die Vierzig in Freizeitkleidung – der eine in Jeans, der andere in bunter Ballonseide – standen in der Tür und starrten auf das Szenario. Sie hielten Baseballschläger in den Händen. Ihre Gesichter zeigten überdeutlich, dass sie einen gänzlich anderen Anblick erwartet hatten.

Ein bekanntes Gesicht spähte über die Schultern der beiden.

Krüger.

Seine Augen drohten ihm aus den Höhlen zu fallen. „Wa...?“, brachte er nur hervor.

Der Reisende nutzte ihre Überraschung, sprang ihnen entgegen und versenkte die Klinge in die Brust des Jeansträgers. Direkt ins Herz. „Uffa!“, machte der Mann und knickte ein. Sein Baseballschläger fiel polternd zu Boden.

Der Reisende schenkte ihm keine weitere Bedeutung, sondern schwang das Stilett in Richtung des zweiten Mannes. Der wich gerade noch rechtzeitig zurück, und die Klinge verfehlte ihn um Fingerbreite. Der Ballonseidenträger stolperte an Krüger vorbei in den dunklen Flur. Sein Gefährte kniete auf dem Boden, presste die Hände vor die Brust und sah in entsetztem Erstaunen, wie furchtbar viel Blut durch die Finger sickerte.

Der Reisende verpasste ihm einen beiläufigen Tritt und der Mann kippte zur Seite.

„Mein Gott!“, keuchte Krüger entsetzt.

Richard kroch auf die Säge zu, die der Reisende nach ihm geschleudert hatte. Sie lag nur einen Meter von ihm entfernt.

Maria war ganz still. In der Ferne verklangen die eiligen Schritte des Ballonseidenträgers. Er lief davon.

Der alte Krüger hingegen dachte nicht an Flucht. Er nahm eine geduckte Haltung auf der Türschwelle ein und hielt plötzlich das Kurzschwert, mit dem er sich vor ein paar Tagen noch gegen Münzberg gewehrt hatte, in beiden Händen.

Er sah aus wie ein alternder, aber zu allem entschlossener Gladiator.

Der Reisende versuchte an ihn heranzukommen, aber Krüger hielt ihn mit schnellen Vorwärtshieben auf Distanz. Obwohl er größer und auch jünger war, befand sich der Reisende momentan in der Defensive. Er machte ein paar Schritte rückwärts und Krüger betrat den Raum. Der alte Mann verschwendete keinen Blick auf seine Umgebung. Er konzentrierte sich voll und ganz auf seinen Gegner.

„Das geht dich hier nichts an“, knurrte der Reisende. Er war kein bisschen außer Atem.

Krüger sagte nichts, stieß nur mit seiner antiken Waffe zu. Der Reisende wich den Attacken geschickt aus.

Der alte Mann hieb erneut zu, sein Gegner sprang gewandt zur Seite und das Kurzschwert schlitzte nur einen der am Boden liegenden Plastiksäcke auf.

Sofort brachte Krüger die Klinge wieder in Angriffsstellung.

Richard tastete mit den gefesselten Händen nach der Säge, versuchte sie in die richtige Position zu bringen und zerschnitt sich dabei die Arme. Als es ihm dann gelang, trotz seiner glitschigen Finger, die Fessel an dem Sägeblatt zu reiben, war er erstaunt, mit welcher Leichtigkeit das Seil durchtrennt wurde. Es gab keinen Zweifel, dass es sich um ein Präzisionswerkzeug handelte, dem selbst menschliche Hälse kein Problem bereiten würden.

Der Reisende beförderte den umgekippten Stuhl mit einem Tritt vor Krügers Füße und der Heranstürmende stolperte darüber. Der alte Mann schlug hart mit dem Kopf auf und blieb benommen liegen. Das Schwert schwirrte durch die Luft und landete irgendwo klirrend auf dem Boden.

„Neue Reihenfolge!", sagte der Reisende nur und drehte sich nach Richard um. „Du zuerst, Autor! Wir warten lieber nicht auf die Droge."

Es gab für den Reisenden keine Zeit mehr zu verlieren, denn trotz seiner panikartigen Flucht war davon auszugehen, dass der Ballonseidenträger gerade lauthals dabei war, nach der Polizei zu kreischen.

Richard sah zu dem Reisenden auf – mehr Blitze schossen durch sein Sichtfeld – und robbte vor ihm davon. Der Reisende akzeptierte kommentarlos, dass sich sein Opfer von den Fesseln befreit hatte. Er hob das Stilett zum finalen Stich.

Krüger wälzte sich keuchend über den Boden und erlang allmählich das volle Bewusstsein zurück. Sein Begleiter und Maria waren ganz still.

„Irgendwie unwürdig", brummte der Reisende.

Richard starrte in das verschwitzte Gesicht und bekam mit der rechten Hand etwas zu fassen. Es schien nichts zu sein, dass er als Waffe benutzen konnte. Es war der von Krügers Schwert aufgeschlitzte Sack. Richard fühlte irgendein Pulver, griff sich eine Handvoll und schleuderte es in Richtung des Reisenden. Es traf ihn im Gesicht und die Wirkung war für Richard überraschend.

Der Mann schlug die Hände vors Gesicht, brüllte vor Schmerzen und taumelte blind umher. Das Stilett fiel neben Richard zu Boden.

Er griff danach, verfehlte es mehrmals, und als er endlich zu fassen bekam, hatten sich seine Beine in Gummi verwandelt. Er machte den Versuch aufzustehen und besaß keine Kontrolle mehr über seine unteren Gliedmaßen. Es war wie damals, als ihn der Lastwagen überrollt hatte.

Noch mehr Blitze!

*Die Droge!*

„Bring ihn um!“, schrie Maria.

*Ich kann nicht! Ich gehe gerade drauf, Maria!*

Die Finger wollten auch nicht mehr gehorchen. Das Stilett entglitt ihm.

Der Reisende stolperte über Richard, fing sich wieder und ging in die Knie. Sein Gesicht wandte sich Richard zu. Die Augen waren winzig, feuerrot und tränten nicht nur; sie schienen sich geradezu in Auflösung zu befinden. Der Reisende war für den Moment fast völlig blind, aber dennoch fand er Richards Kehle, umfasste sie mit Pranken, die nichts von ihrer Kraft verloren hatten, und drückte zu.

Richard spürte, wie das Leben aus ihm gequetscht wurde. In einem Meer greller Blitze.

In weiter Ferne glitt Metall über Beton. Richard öffnete noch einmal die Augen, starrte in das verzerrte Gesicht des Reisenden, und dann sah er, zwischen zwei Blitzen, einen zu allem entschlossenen Krüger über sich.

Der alte Mann hielt das Schwert mit beiden Händen und versenkte die kurze Klinge in den Rücken des Reisenden.

Der mächtige Körper bäumte sich auf, die Füße des Reisenden trommelten auf den Betonboden, aber die Hände drückten weiter zu.

Mit einem hässlichen Geräusch, das klang, als würde man ein gebratenes Huhn in der Mitte durchreißen, drehte Krüger das Schwert im Leib des Reisenden.

Die Hände glitten von Richards Kehle und er vernahm das letzte Hecheln des Mannes, der so viel Aufwand betrieben hatte, um sich an ihm zu rächen.

Der Reisende war tot.

Krüger zerrte die Leiche von Richard und betrachtete sie.

„Du meine Scheiße! Natriumhydroxid!“, ächzte er. „Damit ätzt man Metall.“ Angewidert stieß Krüger die Leiche von sich und eilte zu seinem Begleiter. Der lag in einer immer größer werdenden Lache aus Blut am Boden. Krüger wälzte ihn auf den Rücken.

„Günther! ... Günther!!!“ Seine Stimme schnappte fast über. Er betastete den leblosen Körper, in der Hoffnung irgendetwas tun zu können.

Hilflos hob er die blutigen Hände. „Der ist tot. Meine Tochter ... was soll ich denn jetzt meiner Tochter sagen?“

Dann begann Maria zu schreien, lauter, als jemals zuvor. Es war, als hätte ihre Angst endgültig ein Ventil gefunden.

Krüger drehte sich nach der gefesselten Frau um. Er hatte sie beinahe vergessen.

Maria hörte nicht auf zu schreien. Krüger machte ein paar torkelnde Schritte in ihre Richtung, um sich dann wieder mit verzweifeltem Gesicht zu seinem toten Begleiter umzuwenden.

Marias Schreie verebbten zu einem Weinen und Flehen, zu kaum artikulierten Worten, in denen sie Krüger bat, sie endlich loszubinden. Sie stammelte von dem Gift, das sich den Weg durch Richards Körper bahnte.

Ein Ruck ging durch den alten Mann. „Ich helfe Ihnen.“ Es klang, als hätte er sich selbst einen Befehl gegeben.

Richard versuchte etwas zu sagen. Seine Zunge reagierte nicht. Dann stellte auch das Gehör die Arbeit ein.

## Winter

Am dritten Tag des neuen Jahres saßen Richard Kenning und Maria Couto dos Santos in einem Café und blickten durch die zur Hälfte beschlagene Fensterscheibe nach draußen. Döbeln lag unter einer dünnen Schneeschicht. Die Menschen glitten wie auf einer bewegten Leinwand vorbei. Alles wirkte friedlich, fast ein wenig träge.

Richard wollte sich in den nächsten Tagen nach einer neuen Wohnung umsehen. Er schlief noch immer schlecht, schreckte aus den nächtlichen Albträumen hoch und glaubte die Anwesenheit des Reisenden zu spüren.

Hinter der Wand. Nur Zentimeter von ihm entfernt.

Die Nächte hatten dem Reisenden gehört. Richard war ihm ausgeliefert gewesen.

Maria trank einen Milchkaffee, Richard hatte sich für Kräutertee entschieden. Er vermied alles, was sein Herz auch nur ein wenig schneller schlagen ließ als normal.

Anfangs hatte Richard in Marias Gesicht nichts als formelle Höflichkeit entdecken können.

Er erinnerte sich, dass er noch vom Krankenbett aus versucht hatte, Maria anzurufen. Ohne Erfolg. Sie hatte nicht abgenommen.

Später, nach seiner Entlassung, war es dann doch noch zu einem Telefongespräch gekommen. Sie hatte gesagt, dass Sie ihm keine Schuld gäbe, aber zurzeit den Kontakt vermeiden möchte.

Sie musste das Geschehene erst verarbeiten.

Am ersten Weihnachtstag probierte Richard es dann erneut. Wünschte ein frohes Fest und dann, nach einem langen Schweigen, war sie es, die sich mit ihm treffen wollte.

Jetzt saßen sie hier.

Er wusste nicht, welche Gefühle sie noch füreinander hatten. Ob es nach einem solchen Erlebnis nicht besser war, getrennte Wege zu gehen.

„Arbeiten Sie wieder?“, fragte Richard.

„Ja, seit fast einem Monat. Sybille hat zwar gesagt, ich soll mir Zeit lassen, aber die Arbeit mit den alten Leuten lenkt mich ab.“

Richard starrte in seinen Tee.

„Und Sie, Richard?“

„Ich überlege, ob ich das Ganze nicht aufschreiben sollte. Einschließlich meines Betrugs. Was halten Sie davon?“

Sie zog die Stirn kraus und dachte darüber nach. In diesem Moment hätte Richard sie gern berührt.

„Vermutlich ist das Ihre Art, damit fertig zu werden.“

„Hätten Sie etwas dagegen?“

Sie schürzte die Lippen und schüttelte langsam den Kopf. „Nicht, wenn Sie meinen Namen ändern.“

Er lächelte schüchtern. „Danke.“

Maria blickte sehr lange auf ihre Tasse hinunter, bevor sie wieder zu Richard hinübersah. „Vielleicht ist es überhaupt nicht richtig, darüber zu reden ...“ Sie verstummte.

„Egal, was es ist“, erwiderte Richard vorsichtig. „Ich höre zu.“

Sie nickte kaum merklich. „Nun ... ich habe nie verstanden, warum uns der alte Mann und die anderen beiden zu Hilfe gekommen sind.“

„Krüger hatte beobachtet, wie zuerst Münzberg und dann ich in der Fabrik verschwanden. Er wollte uns mit seinen Schwiegersöhnen eine Abreibung verpassen.“

„Wieso?“, fragte Maria verwirrt.

Richard erklärte ihr, dass Münzberg den Waffensammler für den Tod seines Katers verantwortlich gemacht hatte. „Lothar Böckler ..." Richard seufzte tief. Er hatte die Identität des Mannes aus der Forensik erst durch die Polizei erfahren und spürte jedes Mal, wie die bloße Erwähnung des Namens, der Figur des Reisenden etwas von ihrer Bedrohlichkeit nahm. „Böckler wusste davon und schrieb daraufhin einen anonymen Drohbrief an Krüger, in dem er dem alten Mann Unzucht mit Kindern vorwarf."

„Ich verstehe." Maria nahm einen Schluck aus ihrer Tasse und unter ihrer Nase blieb ein Rand aus geschäumter Milch zurück. Sie bemerkte es sofort und wischte sich über den Mund.

„Ich weiß nicht, ob es vernünftig ist", begann sie.

Er sah, wie sie nervös ihre schlanken Finger knetete.

„Aber was halten sie davon, wenn ich Sie zum Essen einlade? Nächstes Wochenende. Bei mir. Ich koche etwas Portugiesisches", fuhr sie fort. „Und dieses Mal geschieht die Einladung aus freien Stücken."

Richard war sprachlos.

„Oh!" Sie errötete. „Die letzte Bemerkung war taktlos. Vergessen Sie das Ganze einfach."

„Nein, nein", beeilte er sich zu sagen. „Ich freue mich. Ich komme sehr gern." Er räusperte sich. „Und ich verspreche auch, in Zukunft nichts mehr zu verheimlichen."

„Das wäre gut." Jetzt lächelte sie zum ersten Mal.

„Benutzen Sie eigentlich noch immer dieses wunderbare Parfüm?", fragte Richard. „Es erinnert mich so an meine Jugend."

„Welches Parfüm meinen Sie?"

„Vanille." Richard strahlte.

„Ich habe noch nie Vanille benutzt", sagte Maria ein wenig verunsichert. „Das müssen Sie sich eingebildet haben, Richard."

Raimon Weber:
**Wir waren unsterblich**

Fünf Jungen erleben einen Albtraum aus Gewalt und Erpressung, in dem Lüge und Wahrheit miteinander verschmelzen. Sie wollen dem Schwächsten ihrer Clique helfen und schmieden einen riskanten Plan. Es beginnt wie ein schlecht durchdachter Jugendstreich und endet mit der ersten Leiche.

20 Jahre später holt sie die Vergangenheit ein.
Ein Roman über mysteriöse Todesfälle, langjährige Freundschaften und den Glauben an die Unsterblichkeit ...

ISBN 3-9809261-0-9
verlag im bücherzentrum
10,- [D]

Raimon Weber:
**Wozu wir fähig waren**

Unna - eine westfälische Kleinstadt am Rande des Ruhrgebiets im Herbst 1978:
Am Ufer der Ruhr brennt eine Leiche und ein Mann sieht seine Stadt aus einer ungeahnten Perspektive.

Wir waren fünf. Vier Freunde und Udo. Er war älter und glaubte, clever zu sein.

ISBN 3-9809261-1-7
verlag im bücherzentrum
10,- [D]

Raimon Weber:
**Eis bricht**

Eine westfälische Kleinstadt im Winter:
Ein Mann wartet 12 Jahre auf den Mörder seines Sohnes. Er hat nur ein Ziel. Sein Plan ist ganz klar umrissen. Keine Kompromisse.

Aber dann verliert er die Kontrolle ...

Webers besonderes Talent besteht darin, den Leser in die Ängste, die Panik seiner Personen eintauchen zu lassen. Hier agieren keine eiskalten Killer, sondern normale Menschen, die, überfordert von der Situation, von einem Desaster ins nächste tappen. Man spürt die Glaubwürdigkeit der Akteure und leidet mit ihnen, wenn ihnen der Boden unter den Füßen weggezogen wird."

WESTFÄLISCHE RUNDSCHAU

„Schnörkellos und in klaren Bildern ... mühelos und elegant."

HELLWEGER ANZEIGER

ISBN 978-3-9809261-2-6
verlag im bücherzentrum
11,50,- € [D]

Raimon Weber:

**Wer wringt denn da die Katze aus?**

„Um die Mehrwertsteuer zu erklären, benötigt das Finanzministerium einen 140 Seiten dicken Schmöker. Doch selbst wenn Sie das Regelwerk durchgearbeitet haben, werden Sie nicht nachvollziehen können, warum ein Esel mit 19% besteuert wird, ein Maultier hingegen nur mit 7%. Das Reitpferd wird zukünftig mit 19% besteuertwährend der Pferdemetzger für das Huftier nur 7% berappt. Wenn Sie ein Pony für Ihre Tochter kaufen, sollten Sie vielleicht angeben, dass das Tier für den baldigen Verzehr gedacht ist.“

„...spannend, makaber, zynisch, immer sprachgewaltig und humorvoll.“

RUHR NACHRICHTEN

ISBN 978-3-9809261-4-0
verlag im bücherzentrum
10,00,- € [D]